NICOLAS BARREAU

Die Liebesbriefe von Montmartre

NICOLAS BARREAU

Die Liebesbriefe von Montmartre

Roman

THIELE VERLAG

Für meine Mutter,
die mir das Grab von Heinrich Heine zeigte.
Und so vieles andere,
an das ich mich immer erinnern werde.
Danke für alles.

Meine Geliebte, ach komm,
dass ich dich wiederhab'
wie einst im Mai.

Prolog

Am Montmartre, diesem berühmten Hügel im Norden von Paris, wo Touristen sich auf der Place du Tertre um Straßenmaler drängen, die Bilder von zweifelhafter Qualität auf die Leinwand bannen, wo im Frühling Liebespaare Hand in Hand durch die belebten Gassen streifen und sich, vielleicht ein wenig außer Atem, schließlich auf den Stufen von Sacré-Cœur niederlassen, um staunend über diese Stadt zu schauen, die in einem letzten zarten Rosa aufschimmert, bevor die Nacht hereinbricht – dort liegt auch ein Friedhof. Es ist ein sehr alter Friedhof mit erdigen Wegen und langen schattigen Alleen, die unter Linden und Ahornbäumen hindurchführen und Namen und Nummern haben wie in einer richtigen kleinen Stadt. Einer sehr stillen Stadt. Einige Menschen, die hier liegen, sind berühmt, andere wiederum gar nicht. Es gibt Gräber mit kunstvollen Monumenten und engelhafte Gestalten in langen steinernen Gewändern, die ihre Arme sanft ausbreiten und den Blick nach oben richten.

Ein Mann mit dunklem Haar betritt den Friedhof. Er hat einen kleinen Jungen an der Hand und bleibt vor einem Grab stehen, das nur wenige Leute kennen. Hier liegt keine bedeutende Persönlichkeit. Kein Schriftsteller, Musiker oder Maler. Auch keine Kameliendame. Nur jemand, der sehr geliebt wurde.

Der Engel auf der Bronzeplatte, die auf dem Marmorstein angebracht ist, ist dennoch einer der schönsten hier. Ein Frauenkopf, der ernst, vielleicht auch gelassen zurückschaut, das lange Haar umweht das Gesicht, als ob ein Wind von hinten käme. Der Mann steht still da, während das Kind zwischen den Gräbern umherhüpft und bunten Flügeln nachjagt.

»Sieh mal, Papa, ein Schmetterling«, ruft es. »Ist der nicht wunderschön?«

Der Mann nickt kaum merklich. Für ihn ist nichts mehr schön, und an Wunder glaubt er schon längst nicht mehr. Wie soll er auch ahnen, dass hier, genau hier, etwas so Wunderbares passieren wird, dass es tatsächlich einem Wunder gleichkommt. Im Moment hält er sich noch für den unglücklichsten Menschen auf Erden.

Auf dem Friedhof von Montmartre hat er seine Frau kennengelernt. Vor fünf Jahren, am Grab von Heinrich Heine. Es war ein heller Tag im Mai, und der Anfang von etwas, das seit einiger Zeit unwiederbringlich zu Ende ist.

Der Mann wirft einen letzten Blick auf den Bronzeengel, der die vertrauten Züge trägt. Er schreibt heimlich Briefe. Aber auf das, was passieren wird, ist er nicht vorbereitet. So wenig, wie man eben auf das Glück oder die Liebe vorbereitet ist. Und doch ist beides immer da. Das müsste er als Schriftsteller eigentlich wissen.

Der Mann heißt Julien Azoulay.

Und Julien Azoulay, das bin ich.

Kapitel 1
Die Welt ohne dich

Gerade hatte ich mich an den Schreibtisch gesetzt, um mein Versprechen einzulösen und Hélène endlich, endlich zu schreiben, da klingelte es an der Tür. Ich beschloss, das Klingeln zu ignorieren, schraubte bedächtig meinen Füllfederhalter auf und rückte das weiße Blatt Papier zurecht. »Liebe Hélène«, schrieb ich und starrte dann einigermaßen hilflos auf die beiden Wörter, die so verloren dastanden, wie ich mich in diesen letzten Wochen und Monaten gefühlt hatte.

Was schreibt man einem Menschen, den man über alles liebte und den es tragischerweise nicht mehr gibt? Schon damals hatte ich geahnt, dass es eine Schnapsidee war, ihr dieses Versprechen zu geben. Aber Hélène hatte darauf bestanden. Und wie stets, wenn meine Frau sich etwas in den Kopf gesetzt hatte, konnte man schwer dagegen argumentieren. Am Ende setzte sie sich immer durch. Hélène war sehr willensstark. Nur gegen den Tod hatte sie sich nicht behaupten können. Der hatte einen noch stärkeren Willen gehabt als sie.

Wieder klingelte es, aber ich war schon ganz weit weg.

Ich lächelte bitter und sah noch genau ihr blasses Gesicht mit den grünen Augen vor mir, die über den eingefallenen Wangen von Tag zu Tag größer zu werden schienen.

»Ich möchte, dass du mir nach meinem Tod dreiunddreißig Briefe schreibst«, hatte sie gesagt und mich eindringlich angesehen. »Für jedes Jahr, das ich gelebt habe, einen Brief, versprich mir das, Julien.«

»Und wozu sollte das gut sein?«, hatte ich erwidert. »Das macht dich doch auch nicht wieder lebendig.« Damals war ich außer mir vor Angst und Schmerz. Ich saß Tag und Nacht an Hélènes Bett, umklammerte ihre Hand und wollte und konnte mir ein Leben ohne sie nicht vorstellen.

»Warum soll ich Briefe schreiben, wenn ich ja doch niemals eine Antwort bekommen werde? Das ist doch völlig sinnlos«, wiederholte ich leise.

Sie tat, als hätte sie meinen Einwand nicht gehört. »Schreib mir einfach. Schreib mir, wie die Welt ist ohne mich. Schreib mir von dir und von Arthur.« Sie lächelte, und mir stiegen die Tränen in die Augen.

»Es wird einen Sinn haben, vertrau mir. Und ich bin mir sicher, dass es am Ende eine Antwort für dich geben wird. Außerdem werde ich – von wo auch immer – deine Briefe lesen und ein Auge auf euch haben.«

Ich schüttelte den Kopf und schluchzte auf.

»Ich schaffe es nicht, Hélène, ich schaffe das einfach nicht!«

Und damit meinte ich natürlich nicht die dreiunddreißig Briefe, sondern alles. Mein ganzes Leben ohne sie. Ohne Hélène.

Sie hatte mich sanft angesehen, und das Mitleid, das aus ihrem Blick sprach, brach mir das Herz. »Mein armer Liebling«, sagte sie, und ich spürte, wie viel Anstrengung es sie kostete, meine Hand aufmunternd zu drücken. »Du musst jetzt stark sein. Du musst dich um Arthur kümmern. Er braucht dich so sehr.« Und dann sagte sie das, was sie in den Wochen seit der letzten niederschmetternden Diagnose schon mehrfach gesagt hatte und was ihr, anders als mir, offenbar die Kraft gab, dem Ende gelassen entgegenzusehen.

»Wir sterben doch alle, Julien. Das ist ganz normal und gehört zum Leben dazu. Nur bin ich eben etwas früher dran. Nicht dass mich das besonders glücklich machen würde, das kannst du mir glauben, aber so ist es nun mal.« Sie hob hilflos die Schultern. »Komm, gib mir einen Kuss.«

Ich strich ihr eine kupferblonde Locke aus der Stirn und drückte ihr sanft einen Kuss auf die Lippen. Sie war so zerbrechlich geworden in diesen letzten Monaten ihres viel zu kurzen Lebens, und wenn ich sie vorsichtig umarmte, hatte ich immer Angst, etwas kaputtzumachen, dabei war schon alles zerstört. Nur ihr Mut nicht, der war viel stärker als der meine.

»Versprich es mir«, sagte sie wieder, und ich sah ein kleines Funkeln in ihren Augen. »Ich wette, wenn du den letzten Brief geschrieben hast, wird dein Leben eine Wendung zum Guten genommen haben.«

»Ich fürchte, diese Wette wirst du verlieren.«

»Ich hoffe, das werde ich nicht.« Ein wissendes Lächeln huschte über ihr Gesicht, und ihre Augenlider flackerten. »Und dann will ich einen riesigen Rosenstrauß von dir – den größten, den der ganze verdammte Friedhof am Montmartre zu bieten hat.«

So war Hélène. Sie brachte einen selbst in den schlimmsten Momenten noch zum Lachen. Ich weinte und lachte zugleich, während sie mir ihre schmale Hand hinhielt und ich einschlug und ihr mein Wort gab.

Das Wort eines Schriftstellers. Schließlich hatte sie nichts darüber gesagt, wann ich ihr diese Briefe schreiben sollte. Und so war aus Oktober November geworden und aus November Dezember. Ein trauriger Monat folgte auf den nächsten, die Jahreszeiten wechselten ihr Gefieder, aber mir war alles eins. Die Sonne war vom Himmel gefallen, und ich wohnte in einem tintenschwarzen Loch, in dem es keine Worte mehr gab. Inzwischen hatten wir März, und ich hatte noch keinen einzigen Brief geschrieben. Nicht einen.

Nicht dass ich es nicht versucht hätte. Ich wollte ja mein Verspechen halten, es war immerhin Hélènes letzter Wunsch gewesen. Mein Papierkorb war voll mit zerknüllten Seiten, auf denen lauter Sätze standen, die ich nicht zu Ende geführt hatte. Sätze wie:

Meine über alles geliebte Hélène, seit du nicht mehr da bist, gibt es für mich kein …

Geliebte, ich bin so müde geworden von all dem Schmerz, und immer öfter frage ich mich, ob das Leben überhaupt …

Liebste, gestern habe ich die kleine Schneekugel aus Venedig gefunden. Sie lag ganz hinten in deinem Nachttisch, und ich musste daran denken, wie wir beide …

Liebster Mensch auf der ganzen Welt, ich vermisse dich jeden Tag, jede Stunde, jede Minute, weißt du überhaupt …

Liebe Hélène, gestern hat Arthur gesagt, er möchte keinen so traurigen Papa und dass es dir doch jetzt gut ginge bei den Engeln …

Hélène, Mayday, mayday, dies ist der Hilfeschrei eines Ertrinkenden, komm zurück, ich kann nicht …

Mein Engel, heute Nacht träumte ich von dir und war ganz verwundert, als du am Morgen nicht neben mir …

Meine Liebste, so sehr Vermisste, denk bitte nicht, ich hätte mein Versprechen vergessen, aber ich …

Aber ich hatte einfach nichts zu Papier gebracht, was über dieses hilflose Gestammel hinausging. Ich saß da, übermannt von meinem Unglück, und war einfach sprachlos geworden. Ich hatte überhaupt nichts mehr geschrieben – nicht gerade von Vorteil für einen Schriftsteller –, und das war wohl auch der Grund, weshalb es draußen inzwischen Sturm läutete.

Seufzend legte ich den Füllfederhalter auf den Schreibtisch zurück, stand auf und trat ans Fenster. Unten, in der Rue Jacob, stand ein elegant gekleideter kleiner Herr in einem dunkelblauen Regenmantel, der offenbar beschlossen hatte, seinen Finger nicht mehr von der Klingel zu nehmen. Ich hatte es befürchtet.

Der Mann blickte hoch in den nassen Frühlingshimmel, an dem der Wind die Wolken vor sich hertrieb, und ich zog eilig den Kopf zurück.

Es war Jean-Pierre Favre, mein Verleger.

Seit ich denken kann, habe ich mich in der Welt der schönen Worte bewegt. Erst arbeitete ich als Journalist, dann als Drehbuchautor. Und schließlich schrieb ich meinen ersten Roman. Eine romantische Komödie, die wohl einen Nerv traf und für uns alle überraschend zum Bestseller wurde. Man sagt immer, dass Paris die Stadt der Liebe sei, doch dies gilt nicht unbedingt für die Stoffe, welche die Pariser Verleger suchen. Ich bekam damals eine Absage nach der anderen oder ich erhielt erst gar keine Antwort, doch dann meldete sich eines Tages tatsächlich ein kleiner Verlag bei mir, der in der Rue de Seine seinen Sitz hatte. Während seine Kollegen nach hochliterarischen und intellektuellen Stoffen Ausschau hielten, hatte sich Jean-Pierre Favre, Verleger der Éditions Garamond, in mein amüsantes kleines Manuskript voller tragikomischer Verwicklungen verliebt, das der Romantik Rechnung trug.

»Ich bin jetzt dreiundsechzig Jahre alt, und es gibt immer weniger, was mich zum Lachen bringt«, hatte er gesagt, als wir uns zum ersten Mal im Café de Flore trafen. »Ihr Buch, Monsieur Azoulay, hat mich zum Lachen gebracht, und das ist mehr, als man heute von den meisten Büchern sagen kann. Man lacht sowieso immer weniger, je älter man wird, das können Sie mir glauben.« Er ließ sich mit einem Stoßseufzer gegen die lederne Rückbank vor dem Fenster im ersten Stock des Cafés fallen, wo wir einen ruhigen Tisch gefunden hatten, und hob die Hände in komischer Verzweiflung. »Ich frage mich, wo sind sie denn alle hin, die Autoren, die noch richtig gute Komödien schreiben können? Etwas mit Herz und Esprit. Aber nein! Alle wollen über die Hoffnungslosigkeit schreiben, den Zerfall, das große Drama. Drama, Drama, Drama.« Er schlug sich ein paar Mal gegen die Stirn, wo seine grauen Haare, die sich bereits zu lichten begannen, elegant nach hinten gekämmt waren. »Großstadtdepression, mordende Kindermädchen, Visionen des Schreckens inspiriert von El Kaida und Co.« Er fegte ein paar Brotkrümel vom Tisch. »Hat alles seine Berechtigung, aber …« Er beugte sich vor und sah mich mit seinen hellen Augen durchdringend an. »Ich will Ihnen mal etwas sagen, junger Mann. Eine gute Komödie ist sehr viel schwieriger zu schreiben, als man denkt. Etwas herbeizuzaubern, das nicht voller Plattitüden ist und doch jene wunderbare Leichtigkeit hat, die uns mit dem Gefühl zurücklässt, dass das Leben trotz allem lebenswert ist – das ist die wahre Kunst! Ich jedenfalls bin zu alt für Geschichten, nach deren Lektüre man denkt, es wäre besser, man suchte sich gleich das nächste Hochhaus, um sich hinunterzustürzen.« Er riss ungeduldig drei Päckchen Zucker auf, schüttete sie in seinen frisch gepressten Orangensaft und rührte wie ein Besessener in seinem Glas. Dann kam ihm offenbar ein neuer Gedanke.

»Oder das Kino! Nehmen Sie das Kino!«

Er legte eine Kunstpause ein, und ich wartete gespannt, was als Nächstes kommen würde. Dieser Mann war ein brillanter Rhetoriker, so viel hatte ich schon begriffen.

»Nichts als Tristesse und ambitionierte Abgedrehtheit. Jeder möchte heute vor allem eines sein: singulär. Aber ich möchte lachen, verstehen Sie. Ich möchte etwas, das mein Herz zum Schlagen bringt.« Er fasste sich an seine himmelblaue Weste, die er unter dem

Sakko trug, und trank einen großen Schluck Orangensaft. Plötzlich stahl sich ein jungenhaftes Grinsen auf sein Gesicht.

»Haben Sie diesen Film mit dem japanischen Metzger gesehen, der sich in sein Schwein verliebt, und am Ende begehen die beiden Doppelselbstmord durch Harakiri? Ich meine, wer denkt sich so etwas aus?« Er schüttelte den Kopf. »Die Menschen sind verrückt geworden. Ich trauere wirklich Leuten wie Billy Wilder oder Peter Bogdanovich nach. Das waren gute Leute.« Er schnalzte ein paar Mal affirmativ mit der Zunge. »Man kann nur hoffen, dass Woody Allen noch ein bisschen durchhält. *Midnight in Paris* war doch einfach großartig, oder? Das hat einen verzaubert, intelligent unterhalten, zum Lächeln gebracht. Meine Frau und ich, wir sind förmlich aus dem Kino *geschwebt*.«

Ich nickte zustimmend. Ich hatte den Film auch gesehen.

»Glauben Sie mir, Monsieur Azoulay, das Leben ist kein großer Spaß, und deswegen brauchen wir mehr Bücher wie Ihren Roman«, schloss er seine flammende Rede und hielt mir seinen Montblanc-Füller zum Unterschreiben hin. »Ich glaube an Sie.«

Dies alles war nun sechs Jahre her. Mein Roman wurde ein Bestseller, ich bekam einen Drei-Buch-Vertrag bei Garamond, der mich für die nächsten Jahre finanziell absicherte und mir den Luxus erlaubte, mich nur dem Schreiben zu widmen. Ich lernte die rothaarige Hélène kennen, die Gedichte von Heinrich Heine liebte und unter der Dusche Lieder von Sacha Distel sang. Sie wurde Lehrerin, sie wurde schwanger, sie wurde meine Frau, und wir wurden die Eltern eines kleinen Jungen, der, wie Hélène stets betonte, das Glück gehabt hatte, meine dunkelblonden Haare zu erben und nicht ihren Karottenschopf.

Das Leben war hell wie ein Sommertag, und was wir auch anfassten, schien uns zu gelingen.

Bis das Unglück hereinbrach.

»Blut an der falschen Stelle«, sagte Hélène eines Morgens zu mir, als sie aus dem Bad kam. »Na ja, wird schon nichts Schlimmes sein.«

Und dann war es doch schlimm. Schlimmer als schlimm. Ich war Schriftsteller von romantischen Komödien, die sich gut verkauften, ich verdiente mein Geld damit. Und mit einem Mal wurde mein Vokabular durchsetzt von zutiefst verstörenden Worten wie »kolorektales Karzinom« »Tumormarker«, »Cisplatin«, »Metastasen«, »Morphiumpumpe«, »Hospiz«.

Dass das Leben kein großer Spaß war, erfuhr ich nun aus nächster Nähe, auch wenn Hélène sich tapfer hielt und die Prognose am Anfang sehr optimistisch aussah. Nach einem Jahr schien die Krankheit besiegt. Es war Sommer, wir fuhren mit Arthur in die Bretagne, ans Meer. Das Leben war kostbarer denn je, ein Geschenk. Wir waren gerade noch mal davongekommen.

Dann klagte Hélène über Rückenschmerzen. »Ich werde langsam eine alte Frau«, scherzte sie, als sie sich am Strand ihren bunten Pareo umband. Da waren die Metastasen schon überall, hatten sich in ihrem Körper festgekrallt wie kleine Krebse und ließen sich nicht mehr vertreiben. Mitte Oktober war alles vorbei. Die Metastasen waren zerfallen und mit ihnen auch Hélène. Meine stets optimistische, lebensfrohe Frau, die so gern lachte, und mit ihr alle Träume, die wir hatten.

Ich blieb zurück mit unserem kleinen Sohn, mit einem tonnenschweren Herzen, einem nicht eingelösten Versprechen und einem Bankkonto, das allmählich dahinschmolz. Es war März, ich hatte seit einem Jahr keine Zeile mehr geschrieben, von meinem neuen Roman gab es ganze fünfzig Seiten, und nun stand – verständlicherweise – mein Verleger vor der Tür und wollte wissen, wie es weiterging.

Das Klingeln hatte aufgehört.

Monsieur Favre war ein feiner Mann. Er war äußerst verständnisvoll gewesen. Er hatte mich in all den Monaten niemals bedrängt. Er hatte mir Zeit gelassen, um mich wieder zu fangen, um über alles hinwegzukommen, um mich wieder zu sortieren, wie man so schön sagt. Er hatte mit keiner Silbe von dem Roman gesprochen, den er ursprünglich für die diesjährige *Rentrée* eingeplant und dann wohl stillschweigend auf das nächste Frühjahr verschoben hatte.

Erst vor zwei Wochen hatte er versucht, Kontakt aufzunehmen. Die Schonzeit war offenbar vorbei. Vorsichtiges Nachfragen auf meinem Anrufbeantworter, der Tag und Nacht lief. Ein mitfühlender Brief, an dessen Ende eine Frage stand. Seine Nummer auf meinem Mobiltelefon, immer wieder.

Ich hatte mich totgestellt, und irgendwie war ich das ja auch. Meine Kreativität war erloschen. Mein Sprachwitz hatte sich in Zynismus verwandelt. Ich taumelte durch die Tage und war nicht zu sprechen, und was hätte ich ihm denn auch sagen sollen? Dass ich nie wieder etwas Brauchbares zu Papier bringen würde? Dass ich keine Worte mehr hatte? Ein zutiefst unglücklicher Mann, der auf lustige Komödien abonniert war – Ironie des Schicksals.

Wer dachte sich so etwas Perfides aus? Gott war ein sadistischer Spaßvogel, und ich war rettungslos verloren.

»Drama, Drama, Drama«, murmelte ich mit einem bitteren Lächeln und spähte wieder aus dem Fenster. Monsieur Favre war verschwunden, und ich atmete erleichtert auf. Offenbar hatte er aufgegeben.

Ich zündete mir eine Zigarette an und sah auf die Uhr. Noch drei Stunden, dann musste ich Arthur aus dem Kindergarten abholen. Arthur war der einzige Grund, warum es mich überhaupt noch gab. Warum ich überhaupt noch aufstand, mich anzog, im Supermarkt etwas zu essen kaufte. Redete.

Der kleine Kerl ließ nicht locker. Das hatte er von seiner Mutter. Er zog mich mit seinen kleinen Händen, um mir zu zeigen, was er aus Legosteinen gebaut hatte, er krabbelte nachts zu mir ins Bett und schmiegte sich vertrauensvoll an mich, er verwickelte mich in Gespräche, stellte tausend Fragen, machte Pläne. Er sagte »Ich will in den Zoo, die Giraffen schauen« oder »Papa, du kratzt« oder »Du hast versprochen, mir etwas vorzulesen« oder »Ist Maman jetzt leichter als Luft?«.

Ich drückte die Zigarette aus und setzte mich wieder an den Schreibtisch. Ich rauchte zu viel. Ich trank zu viel. Ich ernährte mich von Magentabletten. Ich zog eine neue Zigarette aus der Schachtel, auf der mich das abstoßende Bild einer Raucherlunge ansprang. Na bitte! Es würde auch mit mir zu Ende gehen, aber vorher würde ich wenigstens noch diesen Brief schreiben – den ersten von dreiunddreißig Briefen, die mir so überflüssig erschienen wie ein Kropf. Briefe an eine Tote. Ich fuhr mir mit der Hand durch die Haare. »Ach, Hélène, warum … warum?«, flüsterte ich und starrte auf das gerahmte Foto, das auf der dunkelgrünen Lederbespannung des Schreibtischs stand.

Das Ding-Dong der Wohnungsklingel ließ mich zusammenfahren. Vor Schreck zog ich an der kleinen Kette der altmodischen grünen Bankerlampe und löschte das Licht, das überflüssigerweise seit dem frühen Morgen dort brannte. Wer war das jetzt? Eine Sekunde später hämmerte jemand mit der Faust energisch gegen die Tür.

»Azoulay? Azoulay, machen Sie auf, ich weiß, dass Sie da drin sind!«

Ja, ich war da drin, in meinem selbstgewählten Gefängnis in der dritten Etage, und musste mit einem Mal daran denken, wie ich mit Hélène und der Maklerin vor ein paar Jahren in den leeren Räumen ebendieser Altbauwohnung stand, die wir von der ersten Honorarabrechnung tatsächlich anzahlen konnten. Eine Traumwohnung, hatte die Maklerin gesagt, sonnig, nur ein paar Schritte vom Boulevard Saint-Germain entfernt und doch ruhig. Aber ohne Aufzug, hatte Hélène eingewandt, da werden wir im Alter ganz schön schnaufen, wenn wir all die Treppen hochkraxeln müssen. Wir hatten gelacht – »im Alter«, das war noch so weit weg gewesen.

Schon seltsam, worüber man sich manchmal Gedanken macht – und dann kommt doch alles ganz anders.

Jean-Pierre Favre war es jedenfalls gelungen, sich irgendwie Zutritt in das Haus zu verschaffen, und er hatte auch alle Treppenstufen behände überwunden.

Wahrscheinlich hatte er bei einem der Nachbarn geklingelt. Hoffentlich nicht bei Cathérine Balland, bei der ein Schlüssel unserer Wohnung deponiert war – für den Notfall.

Cathérine war die beste Freundin meiner Frau. Sie wohnte allein ein Stockwerk unter uns mit ihrer Katze Zazie und versuchte mir Beistand zu leisten, so gut sie konnte. Sie hatte selbst fünf Tage vor Hélènes Tod noch daran geglaubt, dass alles wieder gut werden könnte. Manchmal passte sie auf Arthur auf und spielte mit ihm stundenlang ein Kartenspiel namens Uno, dessen Reiz sich mir nie erschlossen hatte. Sie war wahnsinnig nett, aber sie vermisste Hélène selbst viel zu sehr, als dass sie mich wirklich hätte trösten können. Im Gegenteil – manchmal konnte ich ihr »Ach Julien …« und den traurig-vielsagenden Blick ihrer halbmondförmigen Julie-Delpy-Augen nicht ertragen.

So weit käme es noch, dass ich mich bei ihr ausheule, besten Dank!

»Azoulay? Azoulay, seien Sie nicht albern. Ich hab Sie doch eben am Fenster gesehen. Machen Sie die Tür auf! Ich bin's, Jean-Pierre Favre, Ihr Verleger. Erinnern Sie sich? Jetzt lassen Sie mich doch nicht so blöd hier im Flur stehen. Ich will nur mit Ihnen reden. Machen Sie auf!« Erneutes Hämmern.

Ich blieb mucksmäuschenstill sitzen. Erstaunlich, was der kleine Mann mit den stets perfekt manikürten Händen für eine Schlagkraft hatte.

»Sie können sich doch nicht ewig so verkriechen«, tönte es wieder von draußen.

Doch, kann ich, dachte ich trotzig.

Auf Zehenspitzen schlich ich zur Wohnungstür und hoffte, seine Schritte zu hören, die sich über die Holztreppe entfernten. Aber ich hörte nichts. Vielleicht standen wir beide so da, ich drinnen, er draußen, mit angehaltenem Atem und lauschten angestrengt.

Dann erklang ein Geräusch, als ob jemand eine Seite aus einem Heft reißen würde. Sekunden später schob sich ein weißes Blatt unter der Tür durch.

Azoulay? Geht es Ihnen gut? Bitte sagen Sie mir wenigstens, dass alles in Ordnung ist. Sie müssen mich nicht hereinlassen, aber ich werde nicht eher weggehen, bis Sie mir ein Lebenszeichen geben. Ich mache mir Sorgen um Sie.

Offenbar vermutete er mich schon auf einem Stuhl, mit der Schlinge um den Hals, wie der depressive Held aus *Brot und Tulpen*, einem seiner Lieblingsfilme.

Ich lächelte wider Willen und schlich zum Schreibtisch zurück.

Es ist alles in Ordnung, schrieb ich in Druckbuchstaben und schob das Blatt durch die Tür.

Warum machen Sie dann nicht auf?

Ich überlegte einen Moment.

Ich kann nicht.

Postwendend kam die Antwort.

Was soll das heißen, Sie können nicht? Sind Sie nackt? Oder betrunken? Haben Sie etwa Damenbesuch?

Ich schlug die Hand vors Gesicht, presste die Lippen aufeinander und schüttelte den Kopf. Damenbesuch – so ein altmodisches Wort konnte auch nur Favre benutzen.

Nein, kein Damenbesuch. Ich schreibe.

Ich schickte das Blatt wieder durch den Spalt unter der Wohnungstür und wartete.

Das freut mich zu hören, Azoulay. Es ist gut, dass Sie wieder schreiben. Das wird Sie ablenken, Sie werden schon sehen. Dann will ich nicht stören. Schreiben Sie, mein Freund! Und lassen Sie von sich hören. Bis bald!

Ja. Bis bald! Ich melde mich, schrieb ich zurück.

Jean-Pierre Favre blieb noch einen Moment unschlüssig vor der Tür stehen, dann hörte ich seine Schritte auf der Treppe. Ich hastete ans Fenster und sah, wie er aus dem Haus trat, seinen Mantelkragen hochschlug und mit energischen kleinen Schritten die Rue Jacob in Richtung Boulevard Saint-Germain davonging.

Und dann setzte ich mich an den Schreibtisch und schrieb.

Liebe Hélène,

die Beerdigung hätte dir gefallen. Das klingt so, als wäre es erst gestern gewesen, und für mich ist es auch so, obwohl du nun schon sechs Monate fort bist. Seit jenem goldüberglänzten Oktobertag, der so unpassend für eine Beerdigung war und doch so passend für dich, die immer so strahlend war, ist die Zeit stehengeblieben. Ich hoffe, du siehst es mir nach, dass ich dir erst jetzt schreibe. Den ersten Brief von dreiunddreißig sinnlosen Briefen. Nein, entschuldige, ich will nicht zynisch sein. Du hast es dir so gewünscht, ich habe dir meine Hand darauf gegeben, und ich werde dieses letzte Versprechen halten. Du hast dir etwas dabei gedacht, da bin ich mir sicher. Auch wenn ich im Moment nicht genau weiß, was.

Alles ist so sinnlos geworden, seit du fort bist.

Aber ich versuche es. Ich versuche es wirklich. Du hast damals gesagt, du würdest meine Briefe von wo auch immer lesen. Ich würde es so gerne glauben. Dass dich meine Worte irgendwie erreichen.

Es wird bald Frühling, Hélène. Aber Frühling ohne dich ist kein Frühling. Draußen ziehen die Wolken vorbei, es regnet, dann scheint wieder die Sonne. Dieses Jahr werden wir nicht zusammen im Jardin du Luxembourg spazieren gehen und Arthur an den Händen fassen und »eins-zwei-drei-hoooch« durch die Luft fliegen lassen.

Ich fürchte, ich mache mich nicht besonders gut als alleinstehender Vater. Arthur beklagt sich schon, weil ich nie lache.

Neulich haben wir einen alten Disney-Film zusammen angeschaut, Robin Hood, du weißt schon, den mit den Füchsen, und als die Szene kam, wo Robin Hood und seine Bande dem bösen King John die Geldsäcke per Seilzug entwenden, während dieser im Bett liegt und schnarcht, sagte er plötzlich: »Papa, du musst lachen, das war jetzt ganz lustig.« Und da hab ich den Mund verzogen und so getan, als ob.

Ach Hélène! Ich tue die ganze Zeit so, als ob. Ich tue, als ob ich fernsehe, ich tue, als ob ich lese, ich tue, als ob ich schreibe, telefoniere, einkaufe, esse, spazieren gehe, zuhöre. Ich tue, als ob ich lebe.

Es ist so verdammt schwer geworden, das Leben. Ich gebe mir schon Mühe, das musst du mir glauben. Ich versuche stark zu sein, wie du es gesagt hast, und weiterzumachen, ohne dich.

Doch die Welt ohne dich ist eine so einsame, Hélène. Ohne dich bin ich so verloren. Ich habe das Gefühl, ich bekomme rein gar nichts mehr hin.

Aber die Beerdigung hätte dir gefallen. Alle haben gesagt, dass es eine schöne Beerdigung war. Ein Widerspruch in sich, ich weiß, aber dennoch … Ich habe alles so gemacht, wie du es dir gewünscht hast. Darauf zumindest kann ich stolz sein.

Ich habe einen wunderbaren Platz auf dem Friedhof Montmartre gefunden, direkt neben einer alten Kastanie. Sogar das Grab von Heinrich Heine ist nicht weit, das würde dir gefallen. Und ich habe allen gesagt, dass sie nicht in Schwarz kommen sollen, so wie du es wolltest. An diesem Oktobermorgen, nur wenige Tage nach deinem dreiunddrei-

ßigsten Geburtstag, den du gerade noch so erlebt hast, wäre alles vollkommen gewesen, wenn es nicht den endgültigen Abschied von dir bedeutet hätte. Die Sonne schien, die Blätter leuchteten in Gelb und Rot, es war alles so friedlich, fast heiter, und eine lange Prozession bunt gekleideter Menschen spazierte hinter deinem blumengeschmückten Sarg her, als ginge es zu einem Fest. Ich habe mich gefragt, ob etwas Buntes gleichzeitig auch traurig sein kann. Und ja, es kann.

Alle sind gekommen. Dein Vater, dein Bruder und deine Tanten und Cousinen aus dem Burgund. Meine Mutter und ihre Schwester Carole, die sogar den alten Paul mitbrachte, ihren verwirrten Mann, der alle paar Minuten fragte: »Und wer ist jetzt gestorben?« Und es sofort wieder vergaß. Alle unsere Freunde waren da. Sogar deine Jugendfreundin Annie ist aus Honfleur angereist und hechtete auf den Friedhof, nachdem die Zeremonie in der Kapelle bereits vorbei war und wir schon am Grab standen. Sie war viel zu spät dran, weil sich irgend so ein lebensmüder Idiot vor den Zug geworfen hatte, und hatte tatsächlich noch einen Taxifahrer aufgetrieben, der sie in halsbrecherischer Geschwindigkeit die letzte Strecke nach Paris fuhr. Ihr Gesteck aus Rosen und Lilien war völlig zerrrupft, aber immerhin hat sie es noch geschafft, die treue Seele.

Viele deiner Kollegen sind gekommen und die Schüler aus deiner Klasse. Der Direktor hat ein paar nette Worte gesprochen in der Kapelle, und auch der Geistliche hat seine Sache sehr gut gemacht. Der Schulchor sang herzergreifend schön das Ave Maria. *Cathérine hat eine wunderbare Rede* auf dich gehalten, die allen sehr nahegegangen ist. Sie war ganz ruhig und gefasst, ich habe das wirklich bewundert. Später hat sie mir gestanden, sie hätte ein Beruhigungsmittel genommen. Ich selbst wäre nicht in der Lage gewesen, auch nur ansatzweise so etwas wie eine Rede herauszubringen, das verstehst du sicher. Aber ich habe in der Kapelle ein großes Bild von dir aufgestellt – das Foto, wo du vor diesem riesigen Lavendelfeld stehst, die Hände vor der Brust verschränkt, und so ausgelassen in die Kamera lachst. Unser erster gemeinsamer Urlaub in der Provence, weißt du noch? Du siehst darauf so glücklich aus, es war immer eines meiner Lieblingsbilder, auch wenn du stets moniert hast, dass du gegen die Sonne blinzeln musstest.

Und ich habe ein Lied für dich ausgesucht, das gespielt wurde, während wir am Grab standen – Tu es le soleil de ma vie. Denn das bist du immer für mich gewesen, mein Liebling, die Sonne meines Lebens.

Arthur hat schrecklich geweint, als der Sarg in die Erde gelassen wurde. Er klammerte sich erst an mich, dann an Mamie. Es war wohl für uns alle schrecklich. Dich so verschwinden zu sehen in diesem tiefen Loch, unwiderruflich und für immer. Alexandre stand neben mir wie ein Fels in der Brandung und drückte meinen Arm. »Glaub mir, das ist der schlimmste Moment«, sagte er. »Schlimmer wird es nicht.«

Mit fielen die Worte von Philippe Claudel ein, der mal geschrieben hat, dass wir am Ende alle hinter Särgen hergehen.

Ich stand da wie erstarrt und sah all die Blumen und Kränze mit den letzten Grüßen, ich sah mein weinendes Kind, das nun keine Mutter mehr hatte, und dann sah ich nichts mehr, weil meine Augen von Tränen blind waren. Später, als wir im Restaurant waren, wurde alles leichter. Die Leute haben angeregt miteinander geredet, tüchtig zugelangt, sogar gelacht, alle waren erleichtert, dass es vorbei war, und das schuf eine vorübergehende Vertrautheit und Herzlichkeit, wie man sie manchmal auf einem fröhlichen Fest nicht findet, wo Menschen aus so unterschiedlichen Lebenskreisen aufeinanderstoßen. Sogar ich habe mich unterhalten und ein paar Happen gegessen, weil ich plötzlich ganz hungrig war, und Arthur ist von einem zum anderen gesprungen und hat erklärt, dass du jetzt mit deinen sämtlichen Koffern im Himmel Einzug hältst, weil du auch dort schön sein willst. Und dass du dich sicher freust, deine Maman endlich wiederzusehen (bei Letzterem war ich mir nicht ganz so sicher, ich weiß ja, wie schwierig deine Mutter war – ich hoffe einfach mal, ihr werdet nicht auch noch im Himmel weiterstreiten, wo ja, wie man hört, der große Friede herrschen soll).

Jedenfalls stellt Arthur sich vor, dass du inzwischen wie durch einen Zaubertrick deinen Sarg verlassen hast und nun über den Wolken schwebst. *Er ist überzeugt davon, dass es dir gut geht, weil du nun ein Engel bist, und dass du da oben jeden Tag* Clafoutis aux cerises *zu essen bekommst, diesen warmen Kirschkuchen, den du so sehr magst.*

Neulich, als ich ihm Spaghetti mit Lieblingssauce machte (ein bisschen Tomatensauce mit Sahne verrühren und alles in einem Topf erwärmen, das kann sogar ich), sagte Arthur plötzlich, du hättest ihm erzählt, dass du eine sehr, sehr lange letzte Reise machst, und dass man dich dort, wo du dann bist, leider nicht anrufen kann, nicht mal auf dem Mobiltelefon, weil der Empfang so schlecht ist. »Aber du musst dir keine Sorgen machen, Papa«, hat er hinzugefügt, »am Ende sehen wir uns dort alle wieder, und bis dahin besucht uns Maman in unseren Träumen, hat sie gesagt. Ich treffe sie ganz oft im Traum«, versicherte er mir eifrig, und ich war mir nicht sicher, ob er nicht doch einfach flunkerte, um mich zu trösten. »Sie sieht aus wie ein Engel und hat jetzt ganz lange Haare.«

Gestern wollte er wissen, ob du wohl auch Flügel hast und ob du wirklich ALLES vom Himmel aus sehen kannst. Ich glaube, er hatte nach dem Zähneputzen noch heimlich Schokolade gegessen und war etwas beunruhigt.

Ich wünschte, ich könnte mit deinem Tod so gut umgehen wie Arthur, Hélène. Auch er ist manchmal traurig und vermisst seine Maman, aber er hat sich doch sehr viel schneller damit abgefunden, dass es dich hier unten nicht mehr gibt. Er fragt mich oft, was Maman jetzt wohl sagen würde – und das frage ich mich auch. Ich habe so viele Fragen und keine Antworten, mein geliebtes Wesen. Wo bist du jetzt?

Ich vermisse, vermisse, vermisse dich!

Ich setze ein Ausrufezeichen, aber eigentlich müssten dort tausend stehen.

In meinem Schmerz bin ich bescheiden geworden. Ich wäre schon zufrieden, wenn ich dich nur einen Nachmittag im Monat ausleihen könnte von »da oben«, wenn wir nur ein paar Stunden zusammen sein könnten. Wäre es nicht wunderbar, wenn so etwas möglich wäre?

Stattdessen schreibe ich dir nun endlich. Immerhin.

Ich bin froh, dass Mamie so nah wohnt, so kann sie sich um Arthur kümmern. Sie hilft mir wirklich sehr. Und auch sie vermisst dich. Sie mochte dich von Anfang an, gleich als ich dich zum ersten Mal mit nach Hause gebracht habe, weißt du noch? Sie ist wirklich das Gegenteil einer bösen Schwiegermutter. *Und wie jede gute Oma vergöttert sie ihren kleinen Enkel. Er wickelt sie um den Finger mit seinem unentwegten Geplapper, und sie kann ihm kaum einen Wunsch abschlagen. Man könnte direkt neidisch werden. Ich kann mich nicht erinnern, dass sie mit mir immer so geduldig und nett gewesen wäre. Wenn es wärmer wird, wollen die beiden für zwei Wochen nach Honfleur fahren, ans Meer. Das wird dem Kleinen guttun, wenn er nicht immer meine Trauermiene sehen muss.*

Heute Morgen stand plötzlich Favre vor der Tür. Er ist übrigens auch zur Beerdigung gekommen mit seiner Frau Mathilde, die eine sehr nette, warmherzige Person zu sein scheint. Natürlich will er wissen, was mit dem neuen Roman ist. O je, ich weiß nicht, ob ich ihn jemals zu Ende schreiben werde. Du würdest jetzt sicher sagen, ich sollte mich zusammenreißen, aber ich brauche einfach noch Zeit. Die Zeit gibt, die Zeit nimmt. Die Zeit heilt alle Wunden. Ich habe selten noch so einen dummen Spruch gehört. Meine Wunde ist jedenfalls noch nicht verheilt.

Ich kann nur hoffen, dass es dir besser geht, mein Engel! Übrigens wird es dich vielleicht freuen zu hören, dass ich einen Grabstein aus Marmor habe anfertigen lassen, der eine Bronzeplatte mit dem Kopf eines Engels trägt. Alexandre, unser Superästhet, kannte einen Steinmetz, der mit einem Bildhauer zusammenarbeitet, und der hat das Relief nach einem Bild von dir angefertigt. Es ist sehr schön geworden. Auch Arthur hat dich gleich erkannt, als wir neulich am Grab waren. Ich habe ihm erzählt, dass wir uns auf diesem Friedhof zum ersten Mal begegnet sind, du und ich, am Grab von Heinrich Heine. Ohne diesen Dichter würde es dich vielleicht gar nicht geben, habe ich gesagt. Das fand er sehr komisch.

Morgen werde ich also zum Friedhof von Montmartre fahren und dir meinen ersten Brief bringen. Verzeih, dass es so lange gedauert hat. Jetzt, da der Bann gebrochen ist, wird der nächste rascher folgen. Und du wirst staunen, denn ich habe mir für unsere doch sehr einseitige Korrespondenz etwas ganz Besonderes ausgedacht.

Bis bald, meine geliebte Hélène, bis zum nächsten Brief – bis ich dich wiederhab' wie einst im Mai.

Julien

Kapitel 2
Jeder Mensch muss doch irgendwo hingehen können

Der frühlingshafte Himmel hatte mich an der Nase herumgeführt. Als ich am nächsten Morgen die Métrostation Abbesses verließ, gab es einen Platzregen, der die jungen Mädchen, die sich gerade vor dem Belle-Époque-Schild *Métropolitan* fotografieren lassen wollten, auseinandersprengte wie Konfetti. Sie kreischten und lachten und flüchteten sich in eines der nahegelegenen Cafés, die um diese Uhrzeit schon gut besucht waren.

Auch ich stellte mich in einem Hauseingang unter, bis der Regen nachgelassen hatte, dann machte ich mich auf den Weg zum Cimetière Montmartre. Unwillkürlich fasste ich mir an die Brust, um mich zu vergewissern, das der Brief, der in der Innentasche meiner braunen Lederjacke steckte, noch da war.

Seltsamerweise ging es mir heute besser als sonst. Dass ich endlich an Hélène geschrieben hatte, gab mir ein gutes Gefühl, auch wenn es natürlich die Situation nicht wirklich änderte. Vielleicht hatte das Schreiben eine kathartische Wirkung auf mich? Jedenfalls war ich in dieser Nacht nicht um vier Uhr aufgewacht wie so oft in den letzten Monaten. Ich hasste allmählich diese frühen Stunden, wenn die Gedanken sich wie böse Geister auf meine Brust hockten und die Dunkelheit meine Seele auffraß.

»Was machst du heute, Papa?«, hatte Arthur gefragt, als wir beim Frühstück saßen und er mich über seiner Boule mit der heißen Schokolade, die er mit beiden Händen umfasst hielt, interessiert ansah. Das fragte er sonst nie. Vielleicht haben Kinder wirklich ein »Gespür für die Dinge«, wie meine Mutter oft sagt.

Ich sah auf seinen kakaoverschmierten Mund und lächelte.

»Ich besuche heute Maman«, sagte ich.

»Oh, kann ich mitkommen?«

»Nein, heute nicht, Arthur, du musst doch in den Kindergarten.«

»Ach, bitte!«

»Nein, mein Schatz, nächstes Mal!«

Heute hatte ich eine Mission, bei der ich nicht gestört werden wollte.

Nachdem ich Arthur zum Kindergarten gebracht hatte – mitleidige Blicke der Kindergärtnerinnen, ich war der unglückliche Mann, der seine Frau zu früh verloren hatte und dem man es nachsah, wenn er sich am Nachmittag verspätete –, nahm ich die Linie 12, die mich in dem unterirdischen Netzwerk der Métro zum Montmartre brachte. Der Friedhof im Norden von Paris lag für mich, der ich in Saint-Germain wohnte, nicht gerade vor der Haustür – ein Abstand, der vielleicht auch ganz gut war, sonst hätte ich mich womöglich noch auf dem Friedhof eingerichtet. So aber wurde jede Fahrt mit der durch die dunklen Schächte schaukelnden Métro zu einer kleinen Reise, an deren Ende ich in eine andere Welt eintauchte, die grün und still war.

Hier, zwischen verwitterten Statuen, eingesunkenen Grabsteinen, über die sich die Patina des Vergessens gelegt hatte, und frischen Blumen, die einem entgegenleuchteten und die auch welken und am Ende ihre Farbe verlieren würden, spielte die Zeit keine Rolle mehr und die Erde war zum Stillstand gekommen.

Auch ich verlangsamte unwillkürlich meinen Schritt, als ich jetzt das Eingangstor des Friedhofs passierte und über die verlassenen Wege ging. In den Pfützen spiegelten sich die Wolken. Ich folgte der Avenue Hector Berlioz ein paar Schritte und nickte dem Friedhofsgärtner zu, der mir mit seiner Harke entgegenkam, bevor ich nach rechts in die Avenue de Montebello abbog und dann einen der kleineren Wege einschlug und nach dem großen Kastanienbaum Ausschau hielt. Bald würden die Blüten ihren wunderbaren Duft verströmen. Unwillkürlich griff ich in die Jackentasche, in der noch immer die Kastanie steckte, die ich am Tag der Beerdigung vom Boden aufgeklaubt hatte, und umfasste die Schale, die so tröstlich und glatt in meiner Hand lag, wie einen Anker.

Ich warf einen Blick nach links, wo in der Ferne hinter grünen Büschen und Grabsteinen, die miteinander zu verschmelzen schienen, das Grab von Heinrich Heine lag. Ich konnte mich nicht mehr genau daran erinnern, was mich damals auf den Friedhof von Montmartre geführt hatte. Eigentlich kam ich so gut wie nie in das 18. Arrondissement, ein Quartier, das wegen der Sacré-Cœur-Basilika, dem Blick über Paris und seinen verwinkelten Gässchen, die aufs Schönste nach oben und unten führen, vor allem bei Touristen so beliebt ist. Vielleicht war es mein bester Freund Alexandre, der gesagt hatte, ein Mal im Leben müsse man sich den Cimetière Montmartre schon anschauen – allein schon wegen der Grabstätte von Marie de Plessis, Vorbild für Alphonsine de Plessis, besser bekannt als »Kameliendame«, deren unglückliche Liebesgeschichte Alexandre Dumas in seinem berühmten Roman verewigt hatte.

An diesem Tag im Mai, der mir jetzt eine Ewigkeit zurückzuliegen schien, spazierte ich also über diesen verwunschenen Friedhof, schlenderte gedankenverloren zwischen Engeln und verwitterten Grabstätten einher, die mit ihren Säulen und spitz zulaufenden Dächern wie kleine Häuser aussahen, und suchte nach dem Grab der *Dame aux camélias*. Doch ich kam nie dort an, weil vorher etwas meine Aufmerksamkeit erregte. Es war ein kupferroter Lockenschopf, der in der Sonne aufflammte, wie eine Abendwolke über den Grabsteinen schwebte und zu einer jungen Frau gehörte, die in einem grünen Kleid andächtig vor der Büste von Heinrich Heine stand und die Gedichtzeilen las, die in die Marmorplatte am Boden eingemeißelt sind. Sie hielt eine Mappe gegen ihre Brust gedrückt und hatte den Kopf ein wenig schräg gelegt, und ich verliebte mich sofort in ihren weichen roten Mund und die kleine spitze Nase, die voller Sommersprossen war. Ich trat leise neben sie, legte auch den Kopf ein wenig schräg und las halblaut die Worte des deutschen Dichters, der hier seine letzte Ruhestätte gefunden hat:

Wo wird einst des Wandermüden
Letzte Ruhestätte sein
Unter Palmen in dem Süden
Unter Linden an dem Rhein

Werd ich wo in einer Wüste
Eingescharrt von fremder Hand?
Oder ruh ich an der Küste
Eines Meeres in dem Sand?

Immerhin! Mich wird umgeben
Gottes Himmel dort wie hier,
Und als Totenlampen schweben
Nachts die Sterne über mir.

Die Frau drehte sich zu mir um und musterte mich neugierig. Sie war groß, fast so groß wie ich.

»Schön, nicht?«, sagte sie dann.

Ich nickte. Allzu schön konnte es sich nicht angehört haben, denn meine Deutschkenntnisse waren recht rudimentär.

»Mögen Sie auch die Gedichte von Henri Heine?« Sie sprach seinen Namen mit französischem Akzent aus und so zärtlich, als wäre sie mit ihm verwandt: *'onri 'äne.*

»Sehr«, log ich. Bis zu diesem Moment hatte ich kaum etwas von diesem Dichter gelesen.

»Ich liebe Henri Heine«, erklärte sie mit Inbrunst. »Einer der letzten Lyriker der Romantik.« Sie lächelte. »Ich schreibe gerade meine Magisterarbeit über ihn und die romantische Ironie.«

»Oh, wie interessant.«

»Der arme Kerl hat kein leichtes Leben gehabt. War krank und ohne Heimat. Da kann man schon mal ironisch werden. Irgendwie muss man sich ja retten, nicht wahr? Und doch hat er so wunderbare Gedichte geschrieben.«

Versonnen starrte sie auf die Marmorbüste, die das Gesicht eines etwas misanthropischen Mannes zeigte.

»Ich bin nur froh, dass er wenigstens hier seine letzte Ruhestätte gefunden hat und nicht unter deutschen Linden, wo ihn sowieso keiner verstanden hat. So ist er wenigstens mit Mathilde vereint. Es war sein ausdrücklicher Wunsch, hier begraben zu werden, auf dem Friedhof von Montmartre, wussten Sie das?«

Ich schüttelte den Kopf. »Nein, aber ich kann es verstehen. Das ist ja auch wirklich ein lauschiges Plätzchen hier.«

»Ja«, meinte sie gedankenverloren. »Ich würde auch gern hier begraben sein, wenn ich mal sterbe. Ich liebe diesen Friedhof.«

Irgendwo zwitscherte ein Vogel, und das Licht fiel durch die Bäume und malte zitternde Kreise auf den Weg, wo wir nebeneinander standen.

»An einem so schönen Tag sollte man aber nicht ans Sterben denken«, sagte ich und beschloss, einen Vorstoß zu wagen. »Hätten Sie Lust, mit mir einen Kaffee trinken zu gehen? Ich würde gern mehr erfahren über Ihren Freund Heine und die romantische Ironie.«

»So, so. Und ich wette, auch etwas über mich, was?«, gab sie zurück und sah mich mit schelmischem Blick an. Sie hatte mich längst durchschaut.

Ich lächelte und fühlte mich ertappt. »Vor allem über Sie.«

So lernte ich Hélène kennen. Auf einem Friedhof. Wir erzählten es später gern als lustige Anekdote. Aber damals, an jenem Tag im Mai, als wir vor einem Café in der Sonne saßen, die Beine ausstreckten und ausgelassen herumalberten, hätte ich es nie für möglich gehalten, dass ich sie wenige Jahre später tatsächlich hier besuchen würde.

Als ich Hélènes Grab erreichte, hatte ich nasse Füße. Vertieft in meine Erinnerungen, war ich in eine Pfütze getreten, in der ein paar aufgeweichte Zigarettenkippen schwammen.

Vor dem hellen schmalen Grabstein mit dem reliefartigen Engelskopf aus Bronze, der im Profil zu sehen war und Hélènes Züge trug, lag ein frischer Strauß Vergissmeinnicht. Wer den wohl gebracht hatte?

Ich schaute mich um, aber es war niemand zu sehen. Ich zupfte ein paar Kastanienblätter aus dem grünen Efeu, der das Grab bedeckte, richtete mich wieder auf und ließ meinen Blick wehmütig über den schlichten Marmorblock gleiten, auf dem in goldenen serifenlosen Lettern Hélènes Name und ihr Geburts- und Sterbedatum eingraviert waren. Und darunter vier Zeilen, die mich immer an unsere erste Begegnung erinnern würden:

Meine Geliebte,
ach komm,
dass ich dich wiederhab'
wie einst im Mai.

Irgendwann würden wir uns wiederhaben. Auch wenn ich kein besonders gläubiger Mensch war, hoffte ich nichts sehnlicher als das. Vielleicht würden wir als weiße Wolken miteinander tanzen, vielleicht würden sich die Wurzeln zweier Bäume finden in ewiger Umarmung, wer wusste das schon? Keiner hat je das Reich der Toten verlassen, um uns darüber Auskunft zu geben, was passiert, wenn ein Leben verlischt, und alles menschliche Denken endet an diesem Punkt in Ungewissheit, in Hoffnung und Spekulation, im Nichts oder im Glauben daran, dass da noch etwas ist, dass da noch etwas sein könnte.

»Hélène«, flüsterte ich. »Wie geht es dir wohl?« Zärtlich strich ich mit den Fingern über das Gesicht des Engels, und mir wurde ganz eng in der Kehle. Ich schluckte. »Schau, ich habe mein Versprechen gehalten. Und nun pass gut auf.«

Ich zog den Brief aus meiner Jacke und sah mich noch einmal um, bevor ich mich niederkniete und mit den Händen hinten an der unteren Hälfte des Grabsteins entlangtastete, um die Stelle zu finden, die den Mechanismus in Gang setzte und das Geheimfach öffnete, das – für das Auge unsichtbar – in den Stein eingelassen war. Der Hohlraum im Inneren des Steins würde wohl Platz genug bieten für dreiunddreißig Briefe, die hier für immer gut aufgehoben sein würden. Die steinerne Klappe sprang auf, und ich legte rasch meinen Umschlag hinein und drückte sie wieder zu.

Niemand außer meinem schönen Engel, der mit entrücktem Blick in eine unbestimmte Ferne schaute, und dem Steinmetz, der den Auftrag ausgeführt hatte und dem ich in diesem Leben wohl niemals mehr begegnete, würde jemals von der kleinen Schatzkammer erfahren, die ich für meine Briefe an Hélène hatte anfertigen lassen. Ich war sehr stolz auf diese Idee, die es mir ermöglichte, meine Korrespondenz in einen geheimen Postkasten zu legen und überdies an einen Ort zu bringen, der real existierte.

Jeder Mensch muss doch irgendwohin gehen können, wenn er einen Toten besucht, dachte ich. Und dann dachte ich, dass dieser Wunsch wohl auch der Grund war, warum es überhaupt Friedhöfe gab. Sicherlich konnte man auch ein Foto aufstellen mit einer Kerze davor, aber das war eben kein wirklicher Ort. Nicht die Stätte, wo der geliebte Mensch ruhte.

Ein leises Rascheln ließ mich zusammenfahren. Ich drehte mich um und blickte angestrengt über den Friedhof. Hinter einem verwitterten Grabstein sprang eine rot-getigerte Katze hervor, die einem Blatt nachjagte, das der Wind zu früh vom Baum gerissen hatte, und ich lachte erleichtert auf. Ich hatte niemandem von Hélènes seltsamem letztem Wunsch erzählt, nicht einmal mein Freund Alexandre wusste von den Briefen.

Als ich wenig später mit gesenktem Blick den Friedhof verließ, wäre ich fast mit einer blonden Frau zusammengestoßen, die über einen der verschlungenen Wege dem Ausgang zustrebte. Es war Cathérine.

»Na, so was, Cathérine! Was machst du denn hier?«

»Ich nehme an, dasselbe wie du«, gab sie verlegen zurück. »Ich war am Grab.«

»Ja, also … ich auch«, entgegnete ich lahm.

Wir waren beide irgendwie befangen und wussten nicht so recht, was wir sagen sollten. Sich auf einem Friedhof zu begegnen ist eben doch etwas anderes als in einem Café oder im Hausflur – vielleicht weil jeder mit seiner Traurigkeit allein sein möchte.

»Ist sehr schön geworden, der Grabstein«, meinte sie schließlich. »Wirklich schön. Besonders der Engel.«

Ich nickte. »Ja.« Und um noch etwas zu sagen, fragte ich: »Warst du das mit dem Vergissmeinnicht-Sträußchen?«

Jetzt nickte sie. »Da waren noch ein paar alte Blumen, aber die waren schon ziemlich hinüber. Ich hab sie eben weggebracht. Ich hoffe, das war in Ordnung. Der Regen …« Sie hob die Schultern in einer entschuldigenden Geste.

»Ja, klar, völlig in Ordnung.« Ich lächelte großzügig. Ich wollte nicht den Eindruck erwecken, eine Monopolstellung zu haben, was Hélènes Grab anging. Schließlich konnte jeder an ein Grab gehen, dazu waren Friedhöfe nun mal da. Die Toten vom Montmartre konnten sich ja nicht einmal wehren, wenn irgendwelche Fremden an ihre Gräber kamen und Blumen niederlegten oder fotografierten, und Cathérine war immerhin Hélènes Freundin gewesen.

»Bist du mit der Métro hier? Wollen wir zusammen zurückfahren? Oder noch irgendwo einen Café trinken? Ich hab heute Vormittag keinen Unterricht.« Sie strich sich eine Haarsträhne hinters Ohr und sah mich wieder mit diesem trauerumflorten Blick an.

»Ein anderes Mal gern. Ich bin noch verabredet. Mit Alexandre«, sagte ich rasch, und das war nicht einmal gelogen.

»Na dann …«, meinte sie und schien zu zögern. »Geht's dir denn … so … so einigermaßen?«

»So einigermaßen«, erklärte ich knapp.

»Du weißt, dass du mir Arthur immer bringen kannst. Er spielt so gern mit Zazie.« Sie versuchte ein Lächeln. »Wir könnten ja auch mal zusammen zu Abend essen, dann koche ich uns etwas Schönes. Ich weiß, du machst gerade eine schwere Zeit durch, Julien. Wir alle …« Ihre halbmondförmigen Augen glänzten, und ich hatte Angst, dass sie im nächsten Moment wieder mal in Tränen ausbrechen würde.

»Ich weiß. Danke, Cathérine. Nun muss ich aber los. Na dann …«

Ich winkte ihr mit einer unbestimmten Geste zu, die alles und nichts bedeuten konnte, und floh. Es war sicher nicht sehr höflich von mir, aber ich ließ sie einfach stehen und spürte ihren enttäuschten Blick in meinem Rücken, als ich im Gewühl der lebhaften Gassen, die zur Place des Abbesses führten, verschwand.

Kapitel 3
Kein Mann sollte auf Dauer allein sein

»Junge, Junge, du siehst vielleicht fertig aus«, sagte Alexandre. »Isst du eigentlich auch mal was, oder rauchst du nur noch?«

Ich schüttelte den Kopf. »Sehr aufbauend, Alexandre. Das schätze ich so an dir.« Ich riskierte einen Blick in den alten venezianischen Spiegel, der links neben der Ladentür hing. Ich sah wirklich bemerkenswert grau aus, das volle, leicht gewellte Haar etwas zu lang, und die Ränder unter meinen Augen waren spektakulär.

»Dabei hatte ich heute Morgen das Gefühl, das wäre einer meiner besseren Tage«, seufzte ich und strich mir die Haare glatt.

Seit kurzem hatte ich es mir angewöhnt, die Tage einzuteilen, in gute, bessere und schlechte Tage. Wobei gute Tage eigentlich nicht vorkamen.

»Ach wirklich? Das hätte ich jetzt nicht gedacht.« Alexandre hielt einen Siegelring aus Rotgold gegen das Licht und nickte zufrieden, bevor er ihn in einem dunkelblauen Samtbeutel verschwinden ließ und mich streng musterte.

»Sag mal … Ziehst du noch mal was anderes an als diesen grauen Rollkragenpulli?«

»Was hast du gegen den Pulli – das ist Kaschmir!«

»Ja, aber hast du ein Gelübde abgelegt oder so? Ich lass diesen Pulli an, bis die Posaunen von Jericho erklingen?« Er zog die Augenbrauen hoch und grinste. »Ich seh dich nur noch darin.«

»Bullshit. Du siehst mich eben nicht immer.«

Ich stand in Alexandres Geschäft in der Rue de Grenelle, und mir ging es gleich besser, wie immer, wenn ich ihn sah. Alexandre war nämlich der Einzige in meiner Umgebung, der mich »ganz normal« behandelte. Er nahm keine Rücksicht auf »meine Situation«, und sein Mangel an Mitgefühl ärgerte mich manchmal zwar etwas, aber ich wusste im gleichen Augenblick, dass seine Ruppigkeit nur gespielt war.

Alexandre Bondy ist einer der empathischsten Menschen, die ich kenne. Eine Künstlerseele mit verrückten Ideen und großem handwerklichem Geschick. Alexandre ist mein Freund, und er würde notfalls seinen rechten Arm für mich hergeben. Früher waren wir jeden Winter zusammen Skilaufen in Verbier oder Val d'Isère und hatten eine Menge Spaß zusammen. Wir gaben uns immer als die ungleichen Brüder aus, er schwarzhaarig, mit dunklen Augen, ich dunkelblond mit blauen Augen, und nannten uns Jules und Jim. Ich war natürlich Jules, das bot sich ja an, und er war Jim. Nur haben wir uns im Gegensatz zu den Helden aus dem Film glücklicherweise nie in dieselbe Frau verliebt. Zu meinem dreißigsten Geburtstag schenkte mir Alexandre eine Uhr, auf deren Rückseite *Jules* eingraviert war. Die Gravur hatte er selbst gemacht.

Alexandre ist Goldschmied, einer der kreativsten und teuersten von Paris. Sein kleiner Laden trägt den Namen *L'espace des rêveurs*, »Raum der Träumer«, und ich kenne keine Frau, die sich nicht sofort in seine exquisiten handgefertigten Schmuckstücke verliebt, die mal mit winzigen kostbaren Edelsteinen in zarten Frühlingsfarben, mal mit dicken schwarzen glänzenden Südseeperlen verziert sind, die es, dem Preis nach zu urteilen, nur noch sehr selten gibt. Runde oder eckige Anhänger aus mattem gehämmertem Gold oder Silber mit eingravierten Sätzen von Rilke und Prévert, schimmernde, spitz zulaufende Feen-Herzen aus Rosenquarz, Achat oder Aquamarin, die von goldenen kreuzförmigen Fassungen gehalten werden, in deren Schnittpunkt ein stecknadelkopfgroßer Rubin steckt – ich kenne niemanden, der so detailverliebt ist wie Alexandre. Alle drei Monate lässt er seinen Laden in einem anderen Farbton streichen – mal dunkelgrau, mal lindgrün, mal ochsenblutrot – und an den Wänden hängen handgebrannte quadratische Keramikkacheln in der Farbe von Milch, in deren Mitte in feiner schwarzer Schreibschrift nur ein Wort steht.

So etwas wie *Blütenstaub* oder *Chagrin d'amour* oder *Königreich* oder *Toi et moi – Du und ich.*

Jemand, der solch zauberhafte Dinge formt und gestaltet, muss über ein hohes Maß an Sensibilität verfügen, und ich glaube, keiner wusste in diesen Tagen so gut, wie es in mir aussah, wie Alexandre. Er war ein wahrer Freund, aber er hasste Allgemeinplätze und verschonte mich mit gutgemeinten Sprüchen wie »Die Zeit heilt alle Wunden« oder »Alles wird gut«.

Das war ja gerade das Problem, dass eben nichts gut wurde. Ich war nicht zu trösten. Jedenfalls nicht jetzt. Und wenn dem doch irgendwann so sein sollte, würde ich das schon selbst merken.

»Ich komme gerade vom Friedhof«, sagte ich.

»Schön, dann hast du sicher Hunger. Frische Luft macht immer hungrig.« Er legte den Samtbeutel behutsam in den riesigen dunkelgrauen Tresor, der an der Rückwand des Ladens aufragte, schloss die schwere Eisentür und tippte eine Zahlenkombination ein.

Ich nickte und merkte verblüfft, dass ich tatsächlich hungrig war. Das Croissant, das ich morgens gedankenlos in meinen Kaffee getunkt hatte, hatte nicht lange vorgehalten.

»Ich räume nur rasch ein paar Sachen weg, dann können wir los. Gabrielle muss jeden Augenblick hier sein.«

Er verschwand im hinteren Teil des Ladens, und ich hörte ihn mit seinen Geräten herumklappern. Im Gegensatz zu mir ist Alexandre ein äußerst ordentlicher Mensch. Es muss immer alles an seinem Platz sein. Unordnung verursacht ihm geradezu physische Schmerzen. Ich trat zur Tür, zündete mir eine Zigarette an und hielt Ausschau nach Gabrielle.

Gabrielle Godard, ein schlankes blasses Wesen mit dunklem aufgestecktem Haar, das stets in schwarze oder weiße Gewänder gekleidet war und alle Rechnungen mit dunkelblauer Tinte von Hand auf cremefarbenes Büttenpapier schrieb, war die heimliche Herrscherin über das *L'espace des rêveurs*. Mit unnachahmlicher Grazie trug sie die Schmuckstücke, die Alexandre fertigte und die sie verkaufte, ohne eine Verkäuferin zu sein. Sie war seine Muse und ich vermutete, auch die heimliche Herrscherin über sein Herz – Genaueres wusste ich nicht, aber die beiden hätten jedenfalls perfekt zueinander gepasst in ihrer Versponnenheit und ihrem Stilwillen.

Gabrielle ließ sich Zeit, und so trat ich die Zigarette aus und ging wieder in den Laden zurück und schaute mir die Auslagen der beleuchteten Vitrinenschränke an, die vor der – diesmal himmelblau gestrichenen – Wand standen. Ein Ring fiel mir besonders ins Auge. Er sah aus wie gesponnenes Gold. Bindfadenfeine Goldfäden, die wieder und wieder umeinandergewickelt worden waren, bis sich ein schwerer Goldring daraus formte, der einer mittelalterlichen Königin würdig gewesen wäre. So etwas hatte ich noch nie gesehen. Offenbar ein neues Modell.

»Na … gefällt dir mein Fadenring?«, fragte Alexandre stolz und rückte seine schwarze Brille zurecht. »Meine neueste Kreation. Man kann ihn natürlich auch mit eingearbeiteten Brillanten oder Rubinen haben.«

»Ein Meisterstück«, sagte ich anerkennend. »Wie von der schönen Müllerstochter gesponnen.« Ich seufzte. »Schade, dass ich keine Verwendung mehr habe für so etwas.«

»Ja, wirklich schade«, stimmte er mir ohne Umschweife zu. »Aber immerhin hast du auf diese Weise eine Menge Geld gespart. Denn dieses Schmuckstück wäre nicht so wohlfeil zu haben wie das Gold der schönen Müllerstochter.«

»Das ist ein starker Trost.«

»Sag ich doch. Komm, lass uns was essen gehen! Ich hab keine Lust, noch länger zu warten.«

Gerade als wir den Laden verlassen wollten, flatterte uns Gabrielle in ihrem schwarzen Rabengewand entgegen und grüßte verhalten, bevor sie an uns vorbei durch die Tür schwebte und drinnen Position bezog. Wenig später saßen wir an der Theke bei Alexandres Lieblingstraiteur in der Rue de Bourgogne, der um diese Uhrzeit gut besucht war, und aßen Huhn mit gekochtem Chicorée in Rotweinsauce. Zu der Flasche Merlot musste mich Alexandre nicht erst überreden. Wir redeten über dieses und jenes, nur nicht über Hélène, und während sich die wohlige Wärme des

Rotweins in meinem Körper ausbreitete, kam mir das Leben vorübergehend wieder einigermaßen »normal« vor. Ich lauschte Alexandres Erzählungen, riss mir ab und zu ein Stück von dem frischen Baguette und tunkte es zufrieden in die pfeffrige Sauce.

Das Essen war einfach und gut.

Alexandre wischte sich mit seiner Serviette den Mund ab.

»Und? Wie geht's mit dem Schreiben voran?«

»Gar nicht«, antwortete ich wahrheitsgemäß.

Er sog missbilligend die Luft ein und wackelte ein paar Mal mit dem Kopf.

»Du musst dir jetzt mal allmählich einen Ruck geben, Julien.«

»Ich kann nicht. Ich bin zu unglücklich«, erklärte ich. Ich trank mein Glas aus und spürte, wie eine Woge des Selbstmitleids mich überspülte.

»Na, nun heul mal nicht«, sagte Alexandre, doch ich sah seinen besorgten Blick. »Die meisten großen Schriftsteller waren gerade dann am besten, wenn sie am unglücklichsten waren. Denk nur mal an … F. Scott Fitzgerald oder William Butler Yeats oder … Baudelaire. Großes Unglück kann manchmal einen wahnsinnig kreativen Schub auslösen.«

»Aber nicht bei mir, Idiot. Mein Verleger erwartet einen wahnsinnig komischen Roman von mir, eine Ko-mö-die.« Ich starrte in mein Rotweinglas, das leider leer war.

»Ja und? Alle guten Clowns sind doch zutiefst traurige Wesen.«

»Mag sein, aber ich trete nicht in einem Zirkus auf, wo man sich aus Versehen volle Wassereimer über den Kopf schüttet oder auf Bananenschalen ausrutscht. Ein bisschen anspruchsvoller ist das schon, was ich mache.«

»Du meinst, was du *nicht* machst.« Alexandre winkte dem hünenhaften Kellner hinter der Theke und orderte zwei Espresso. »Und jetzt?«

»Keine Ahnung. Vielleicht sollte ich die Schriftstellerei einfach an den Nagel hängen.«

»Um womit dein Geld zu verdienen?«

»Irgendwas mit begrenztem Wortschatz«, entgegnete ich zynisch. »Ich kann ja Eisverkäufer werden. Ich kaufe mir so eine Eismaschine und einen Wagen und dann … Vanille, Schokolade, Erdbeer …«

»Tolle Idee. Der traurige Eisverkäufer vom Boulevard Saint-Germain. Ich sehe es schon vor mir. Die Leute werden in Scharen herbeiströmen, nur um dein düsteres Gesicht zu sehen.«

Der Hüne stellte uns mit seinen riesigen Händen den Espresso in winzigen Tassen aus dickem Porzellan hin und klatschte einen Zuckerstreuer daneben.

»Was soll ich machen? Mir fehlt einfach die Inspiration.«

»Willst du meine Meinung hören?« Alexandre rührte sich etwas Zucker in den Kaffee.

»Nein, will ich nicht.«

»Dir fehlt einfach eine Frau.«

»Richtig. Mir fehlt Hélène.«

»Hélène ist aber tot.«

»Stell dir vor, das habe ich auch schon bemerkt.«

»Jetzt werd nicht gleich sauer.« Er legte mir beschwichtigend seinen Arm um die Schulter. Ich schüttelte ihn ab.

»Es reicht, Alexandre. Du bist geschmacklos.«

»Nein, bin ich nicht. Ich bin nur dein Freund. Und ich sage, dir fehlt eine Frau. Kein Mann sollte auf Dauer allein sein. Das ist einfach nicht gut.«

»Ich hab mir das nicht ausgesucht, okay? Ich war sehr glücklich.«

»Das ist es doch gerade. Du *warst* glücklich. Und jetzt bist du es ganz offensichtlich nicht. Das kann man doch mal zugeben.«

Ich ließ meinen Kopf in die Hände sinken.

»Ich gebe alles zu. Und jetzt?«

»*Jetzt* ... ist immer die richtige Zeit, denn es ist die einzige Zeit.«

»Du solltest dich mal hören. Du klingst wie ein Prediger«, gab ich dumpf zurück.

»Ich meine doch nur, dass du mal wieder unter Leute gehen solltest. Du bist fünfunddreißig Jahre, und du lebst seit einem halben Jahr wie ein Eremit ... Julien!« Er schüttelte mich sanft, und ich löste den Kopf aus meinen Händen. »Am Samstag nach Ostern mache ich meine Frühlingsausstellung, und ich will, dass du da hinkommst. Vielleicht findest du dort deine Inspiration wieder, wer weiß? Ein bisschen menschliche Gesellschaft wird dir guttun, mein Lieber.«

Er trank seinen Espresso in einem Schluck und grinste mich unvermittelt an. »Wusstest du eigentlich, dass unglückliche junge Witwer bei den Damen ganz hoch im Kurs stehen? Frauen haben da so ein Helfer-Syndrom.«

»Interessiert mich nicht.«

»Das Gleiche gilt natürlich auch für unglückliche *alte* Witwer, aber nur, wenn sie sehr reich sind. Vielleicht solltest du doch weiter Bestseller schreiben und dir den Eismann für das nächste Leben aufsparen.«

»Hör auf damit, Alexandre!«

»*Bon*, ich höre auf, ich muss eh in den Laden zurück.« Er warf einen Blick auf seine Uhr, die das Pendant zu meiner war. »Aber du musst mir versprechen, dass du kommst.«

»Ich verspreche es, allerdings ungern.«

»Das macht nichts, man kann nicht immer nur das tun, was man gern macht.«

Alexandre warf ein paar Scheine auf die Theke, und wir traten auf die Straße und verabschiedeten uns voneinander.

Ostern war in zwei Wochen, und meine Mutter plante, mit Arthur für vierzehn Tage ans Meer zu fahren. Wenn mir danach war, konnte ich also Alexandres

Ausstellung besuchen, ohne groß etwas organisieren zu müssen. Vielleicht würde mich das Fest tatsächlich auf andere Gedanken bringen – immerhin ein Datum im Kalender meines derzeit eher monotonen und freudlosen Lebens, dessen Tage ineinander verschwammen und mehr oder weniger nur noch durch den immer gleichen Rhythmus von Schlafen, Essen, Arthur in den Kindergarten bringen oder Arthur vom Kindergarten abholen geprägt waren.

Ich hatte wirklich vor, zu dieser Frühlingsausstellung zu gehen. Ich trug mir das Datum, den 17. April, sogar in meinem Kalender ein, auch wenn mich die Vorstellung, dass ich dort womöglich niemanden kannte, mit einigem Unbehagen erfüllte. Ich war noch nie besonders gut im Smalltalk gewesen.

Dass ich dann letztlich doch nicht zu Alexandres Fest ging, hatte jedoch einen anderen Grund, der mich in tiefste Verwirrung stürzen sollte.

Kapitel 4
Arthur von der Tafelrunde

Meine über alles Geliebte,

heute Nacht stand wie ein kleines Gespenst plötzlich Arthur in der Schlafzimmertür. Er weinte bitterlich, und an seiner Hand baumelte Bruno, sein alter brauner Teddybär. Erschrocken machte ich die Nachttischlampe an und sprang auf. Seit ich allein im Bett liege, habe ich einen sehr leichten Schlaf. Ich bin nicht mehr das Murmeltier, über das du immer gespottet hast, wenn du mit Schwung die Gardinen im Schlafzimmer aufgezogen hast, um die Sonne hereinzulassen.

Ich hab mich also neben unseren Kleinen gehockt und ihn in die Arme genommen. »Spätzchen, was ist … was ist denn nur los? Hast du Bauchweh?« Er schüttelte den Kopf und schluchzte einfach weiter. Ich hob ihn hoch und trug ihn mitsamt seinem Bären, den er fest umklammert hielt, in unser Bett. Immer wieder streichelte ich über sein nasses Gesichtchen und murmelte alle Kosenamen, die mir einfielen. Doch er war lange Zeit kaum zu beruhigen. »Nein, lass mich! Die Mama soll kommen, ich will, dass die Mama kommt«, weinte er dann plötzlich und strampelte mit seinen Beinen gegen die Bettdecke.

Hilflos sah ich ihn an. Ich hätte ihm jeden Wunsch der Welt erfüllen können, doch diesen nicht.

»Spätzchen, die Mama ist im Himmel, das weißt du doch«, sagte ich leise und unglücklich. »Wir beide müssen jetzt eine Weile ohne sie auskommen. Aber wir haben ja noch uns, das ist doch schon mal was, hm? Und am Sonntag gehen wir mit Mamie in den Jardin des Plantes und schauen uns die Tiere an.«

Das Schluchzen hörte für einen Moment auf, bevor es wieder einsetzte.

Ich redete zärtlich auf ihn ein und besprach ihn mit beschwörenden Worten wie ein Priester die Hostie. Schließlich erzählte er mir weinend und stockend, er habe einen »schlimmen Traum« gehabt. Und es war wirklich ein schlimmer Alptraum, Hélène. Er hat mir deutlich gemacht, dass Arthur, unser kleiner munterer aufgeweckter Sohn, der sich augenscheinlich so gut mit der neuen Situation arrangiert hat und beschämenderweise seinen schwermütigen Vater aufzuheitern versucht, den Tod seiner Maman doch nicht so gut weggesteckt hat, wie ich gedacht habe. Mag sein, dass Kinder sich leichter an neue Gegebenheiten anpassen als wir Erwachsene. Was bleibt ihnen auch anderes übrig. Wenn ich Arthur höre, mit welch großer Natürlichkeit er mit seinen Freunden aus dem Kindergarten von dir spricht, überhaupt Dinge ausspricht, über die wir Erwachsene schweigen, muss ich immer an diesen alten Film von René Clement denken – Jeux interdits, *den wir einmal zusammen in dem kleinen alten Kino am Montmartre gesehen haben.*

Die Filmmusik hat dir damals so gut gefallen, dass du dir später die CD von diesem spanischen Gitarristen gekauft hast, Narciso Yepes, und sie wieder und wieder hörtest. Ich weiß noch, dass uns der Film so berührte, dass wir den ganzen Abspann über sitzen blieben und uns stumm an den Händen gefasst hielten. Ich glaube, wir waren die Letzten, die das Kino verließen. Die kleine Paulette und ihr Freund Michel – wie sie in ihrer kindlichen Art so spielerisch mit dem Tod und den Schrecken des Krieges umgehen und sich eine eigene Welt erschaffen, die eine eigene Ordnung hat. Wie sie all diese Kreuze vom Friedhof und sogar aus der Kirche stehlen, um Paulettes toten Hund und dann all die anderen toten Tiere auf ihrem geheimen Friedhof zu begraben. Ich habe immer schon gedacht, dass Kinder erstaunliche Wesen sind. Mit ihrer Phantasie und dieser Einfachheit und Klarheit, mit der sie auf die Dinge schauen. Wie sie sich einrichten im Leben und es irgendwie schaffen, für sich das Beste daraus zu ziehen. Wann verliert man das eigentlich? Dieses Vertrauen ins Leben?

Auch Arthurs Traum spielte auf einem Friedhof. Mir läuft es jetzt noch kalt den Rücken hinunter, wenn ich daran denke. Er sei ganz allein auf dem Cimetière Montmartre gewesen, erzählte er mir. Zunächst wären wir beide zusammen einen Weg entlanggegangen, aber dann habe er einen Moment nicht aufgepasst und ich sei plötzlich verschwunden gewesen. Also habe er nach deinem Grab gesucht, in der Hoffnung, mich dort zu finden. Stundenlang sei er auf dem Friedhof herumgeirrt, habe sich verlaufen, sei weinend und rufend über die Wege und Alleen gestolpert. Und schließlich habe er es gefunden, dein Grab. Vor dem Marmorstein mit dem Engelbild stand ein Mann in einer Lederjacke, und er, Arthur, sei ganz erleichtert gewesen und habe »Papa! Papa!« gerufen.

Aber als der Mann sich umdrehte, war es ein Fremder.

»Wen suchst du denn?«, habe der fremde Mann freundlich gefragt.

»Ich suche meinen Papa!«

»Wie heißt dein Papa?«

»Julien. Julien Azoulay.«

»Julien Azoulay?«, hätte der Fremde gesagt und auf den Grabstein gedeutet. »Ja, der liegt hier, aber er ist schon lange tot.«

Und auf dem Grabstein hätte mit einem Mal nicht nur dein Name gestanden, sondern auch der von mir, von Mamie und sogar der von Cathérine und ihrer Katze Zazie. Und da hätte er plötzlich gewusst, dass alle tot waren und er ganz allein sei auf der Welt.

»Ich bin doch nur vier«, schluchzte er und sah mich aus seinen großen Kinderaugen panisch an. »Ich bin doch nur vier!« Unglücklich hielt er seine Hand hoch und zeigte mir vier Finger. »Ich kann doch nicht allein sein.«

Mir drehte sich das Herz um.

»Arthur, Schätzchen, das war doch nur ein Traum. Ein böser Traum, aber nichts davon ist wahr. Du wirst nicht allein sein, ich bin doch da. Ich bin immer da, hörst du? Ich werde dich niemals verlassen, da kannst du ganz sicher sein.«

Ich nahm ihn in den Arm, wiegte ihn sacht hin und her und sprach beruhigend auf ihn ein, bis sein Schluchzen nach und nach aufhörte.

Mir war selbst ganz schlecht von diesem Traum, und Arthurs Ängste und seine kindliche Verzweiflung bohrten sich mir tief ins Herz. Ich tröstete unseren Kleinen, so gut ich konnte, mein Gewissen schlug heftig, und ich nahm mir fest vor, mich in Zukunft besser um Arthur zu kümmern. Ich würde ihm vorlesen, mit ihm Filme schauen, ich würde mit ihm in den Tuilerien Waffeln essen und auf dem großen Wasserbecken dort die Boote segeln lassen. Ich würde mit ihm aufs Land fahren und an kleinen Flüssen spazieren gehen. Im Sommer würden wir im Bois de Boulogne ein Picknick machen, unter irgendeinem schattigen Baum auf einer Decke liegen und in den Himmel schauen. Ich würde sogar an seinem fünften Geburtstag mit ihm in dieses grauenvolle Disneyland fahren, von dem er so oft spricht, er könnte sich ein paar Freunde mitnehmen, und wir würden auf der Wildwest-Achterbahn in die Tiefe sausen und anschließend Berge von Pommes frites und Zuckerwatte essen. Ich würde versuchen, weniger auf mich zu schauen und ein aufmerksamerer Vater zu sein, ja, ich würde sogar versuchen, zu schreiben – und wenn es auch nur eine Seite am Tag wäre.

»Papa, kann ich heute Nacht bei dir schlafen?«, fragte er schließlich, und ich sagte: »Natürlich, mein Spätzchen, das Bett ist ja groß genug.«

»Kannst du das Licht noch anlassen?«

»Klar.«

Ein paar Minuten später war er eingeschlafen. Er hielt meine Hand ganz fest und im anderen Arm hatte er Bruno.

Weißt du eigentlich, Hélène, dass er mich damals gefragt hat, ob er dir Bruno mit auf die Reise geben soll? »Dann wär Maman nicht so allein«, sagte er, hielt seinen Bären fest an sich gedrückt und sah mich unschlüssig an.

Es wäre ein zu großes Opfer gewesen.

»Das ist eine tolle Idee, Arthur«, sagte ich. »Aber ich glaube, Maman macht sich nicht so schrecklich viel aus Teddybären. Ich denke, Bruno sollte bei dir bleiben.«

Er nickte erleichtert.

»Ja, das stimmt«, sagte er und überlegte einen Moment. »Dann geb ich ihr aber den roten Ritter mit … und mein Holzschwert.«

Und so sind sein Lieblingsritter und das Holzschwert, das er sich damals bei Si tu veux, *diesem zauberhaften Spielzeugladen in der Galerie Vivienne, nach langem Überlegen ausgesucht hat, in deinen Sarg gewandert, meine Liebste. Keine Ahnung, ob du da, wo du jetzt bist, wirklich Verwendung dafür hast. Arthur meint, so ein Schwert sei immer nützlich.*

Ich lag also neben ihm, heute Nacht, es war drei Uhr, und betrachtete im Schein der Nachttischlampe noch lange sein zartes Gesicht, das von dunklen Wimpern beschattet war. Er ist ja noch so klein, ein Vögelchen, und ich schwor mir, seine verletzliche Seele zu beschützen mit allem, was ich hatte. Ich hätte mir so sehr gewünscht, dass ich alles Schlimme von ihm fernhalten könnte. Ich sah auf dieses schlafende Kind, für das ich nicht weniger gegeben hätte als mein Leben, und dachte darüber nach, dass es eines Tages, bald schon, größer werden würde, mit seinen Freunden Streiche aushecken würde, in der Schule ein Fünf in Mathe schreiben würde (falls es meine Gene geerbt hatte), laute nervtötende Musik in seinem Zimmer hören würde, in das ich keinen Zutritt mehr hätte, mit seinen Freunden in sein erstes Konzert gehen würde, die ganze Nacht durchmachen würde, bis die Sonne sich als rosa Streifen am Himmel zeigte, sich zum ersten Mal verlieben würde, sich aus Liebeskummer betrinken würde und aufschluchzend das Foto eines hübschen Mädchens in tausend kleine Fetzen zerreißen würde.

Er würde Fehler machen und Dinge genau richtig machen, er würde traurig sein und dann wieder unvorstellbar glücklich, und ich würde an der Seite dieses wunderbaren Kerlchens sein, so lange ich konnte, ihm helfen und ihm dabei zusehen, wie er wuchs und groß wurde und die beste Version seiner selbst.

Und eines Tages würde er dann an meiner Seite sein.

Ich gab Arthur einen Kuss, und für einen kurzen Moment überwältigte mich der Gedanke, auf welch dünnem Eis wir uns bewegen, wenn wir unser Herz an etwas Lebendiges hängen.

Wir alle sind so zerbrechlich. Jeden Tag. Jede Stunde.

Ich erinnerte mich daran, wie wir damals nach einem Namen für ihn suchten. Da war er noch ein wolkenhaftes Gebilde auf dem Ultraschallbild in deiner Hand.

»Arthur – ist das nicht ein etwas großer Name für so ein kleines Wesen?«, hatte ich gefragt. Bei Arthur musste ich an die Ritter der Tafelrunde denken. »Warum nicht einfach Yves oder Gilles oder Laurent?«

Du hast gelacht. »Aber Julien, er bleibt ja nicht immer klein. Er wird schon noch in seinen Namen hineinwachsen, du wirst sehen. Mir gefällt Arthur. Ein alter Name mit einem guten Klang.«

Und so ist es bei Arthur geblieben. Arthur Azoulay. Was wohl werden wird aus unserem kleinen Ritter der Tafelrunde? Wir werden sehen. Wie schade, dass du nun nicht mehr erleben kannst, wie dein kleiner Sohn in seinen Namen hineinwächst, Hélène. Das hatten wir uns anders vorgestellt, nicht wahr? Aber vielleicht, vielleicht, vielleicht siehst du es ja doch mit deinen schönen Augen, die sich für immer geschlossen haben.

Ich hoffe es so sehr. Ich werde gut auf ihn achtgeben, das verspreche ich.

Heute Morgen war die Welt schon wieder in Ordnung. Arthur war ganz munter und frühstückte mit Appetit. Es war, als hätte es diesen bösen Traum nie gegeben. Kinder vergessen schnell. Allerdings möchte er jetzt immer »in Mamas Bett« schlafen. Dann wäre ich auch nicht so allein, meinte er. Außerdem sei unser Bett viel kuscheliger.

Dann sind wir losgegangen, und er hüpfte aufgeregt die Straße entlang in seinen blauen Gummistiefeln mit den weißen Punkten, weil ihm wieder eingefallen war, dass sie heute mit dem Kindergarten einen Ausflug zum Kasperletheater im Parc des Buttes-Chaumont machen. Du weißt, wie sehr er das Kasperletheater liebt.

Ich hingegen war wie zerschlagen. Ich habe höchstens drei Stunden geschlafen. Vielleicht lege ich mich später noch mal etwas hin. Glücklicherweise habe ich ja keine großartigen Verpflichtungen. Nur dass ich heute zu Mamie geladen bin, zum Mittagessen. Sie hat darauf bestanden. Ihre zänkische Schwester Carole wird auch da sein mit ihrem dementen Mann. Da werde ich wohl dann mein eigenes Kasperletheater bekommen. Die Szenen, die sich zwischen den dreien abspielen, sind ja recht absurd und immer von hohem Unterhaltungswert.

Was soll's? Ein vernünftiges Essen und ein kleiner Spaziergang in die Rue de Varenne werden mir guttun.

Manchmal denke ich, dass alles einfacher wäre, wenn ich so einen Nine-to-five-Job *hätte, wo ich morgens ins Büro und am Nachmittag wieder nach Hause gehen würde. Dann gingen die Tage schneller vorbei, und ich wäre gezwungen, etwas zu tun. So muss ich mir alles selbst einteilen, und das ist nicht immer einfach. Es ist gut, dass ich morgens Arthur in den Kindergarten bringen muss, wer weiß, wann ich sonst aufstehen würde.*

Oft denke ich voller Wehmut daran, wie wir früher immer unseren ersten Kaffee zusammen im Bett getrunken haben, bevor du Arthur geweckt hast und zur Schule gegangen bist. Damals hab ich es gar nicht so zu würdigen gewusst, wenn du mit den beiden großen Tassen zu mir ins Bett geschlüpft bist, aber heute fehlt mir diese friedliche Viertelstunde mit dir, bevor der Tag anbricht und das Leben losgeht.

Und nicht nur diese.

Seit du fort bist, Hélène, ist der frühe Morgen meine liebste Tageszeit geworden. Diese wenigen kostbaren Sekunden, bevor ich wach werde.

Ich kuschele mein Gesicht ins Kissen und höre, halb im Schlaf noch, die Geräusche, die leise von der Straße ins Zimmer dringen. Ein Auto, das vorbeifährt. Ein Vogel, der zwitschert. Das Schlagen einer Haustür. Ein Kinderlachen. Für einen kurzen Moment ist meine Welt in Ordnung.

Ich taste nach deiner Hand, murmele »Hélène«, mache die Augen auf.

Und dann bricht die Wahrheit wieder über mich herein.

Du bist fort, und nichts mehr ist in Ordnung.

Ich vermisse dich, mon amour. *Wie sollte ich je aufhören, dich zu vermissen?*

Ich werde dich lieben und vermissen – bis ich dich wiederhab' wie einst im Mai.

Ich grüße dich von Herz zu Herz
Julien

Kapitel 5
Confit de canard

Meine Eltern führten eine glückliche Ehe. Meine Mutter, Clémence, war sicherlich das schönste Mädchen in dem friedlichen Ort Plan-d'Orgon im Süden Frankreichs. Sie wuchs in einem Landhotel auf, umgeben von Hühnern, Wiesen und den Gästen des Hauses, die hier ihre Ferien verbrachten oder auf der Durchreise waren, um sich die von Lavendelfeldern umgebenen Städtchen und Dörfer der Provence anzuschauen – Les Baux-de-Provence mit seiner trutzigen Burg, das malerische Roussillon, das inmitten ockerfarbener und roter Felsen in der Abendsonne aufleuchtete, Arles mit seiner berühmten Arena und den lebhaften Wochenmärkten, auf denen man rote Artischocken, schwarze Oliven und bunte Stoffballen finden konnte, oder Fontaine-de-Vaucluse, wo man bei einem Spaziergang entlang des Ufers in das klare und türkisblaue Gebirgswasser schaute.

Wenn mein Vater nicht eines Tages in diesem Hotel ein Zimmer genommen und sich in die schönen Augen der jungen Frau verguckt hätte, die in ihrem hellen geblümten Kleid wie eine Lichtgestalt im Frühstücksraum umherging und den Gästen Kaffee, Croissants, gesalzene Butter, Ziegenkäse, Landpastete und Lavendelhonig brachte, wäre Clémence sicher immer dort geblieben und hätte irgendwann das Hotel ihrer Eltern übernommen. So aber ging sie nach Paris mit Philippe Azoulay, einem aufstrebenden Diplomaten, der fünfzehn Jahre älter war als sie und mit dem sie in den ersten Jahren ihrer Ehe viel herumreiste, bevor Philippe seine Stelle im Außenministerium am Quai d'Orsay antrat, die beiden ihre Wohnung in der Rue de Varenne bezogen und einen kleinen Jungen bekamen – mich. Damals war meine Mutter schon vierunddreißig, mein Vater fast fünfzig, die Geburt war schwierig, und so blieb es bei diesem einen Kind, das die beiden sich so sehr gewünscht hatten.

Trotz all der Jahre in der Großstadt hat sich Maman ihren gesunden Appetit bewahrt. Sie ist eine leidenschaftliche und gute Köchin. Und auch die Liebe zur Natur ist tief in ihrem Herzen verankert, und auch wenn es in Paris keine Lavendelfelder oder Wildblumenwiesen mit Klatschmohn und Margeriten gibt, streift sie doch gern durch die Tuilerien oder den Bois de Boulogne, weil sie »etwas Grünes sehen muss«. Das beruhigt ihre Seele, erklärt sie mir immer.

Früher fuhr sie am Wochenende oft aufs Land, um ihre ältere Schwester Carole zu besuchen, eine nette, aber streitlustige Person, doch seitdem deren Mann

Paul krank geworden war und die beiden wegen der besseren ärztlichen Versorgung in die Stadt gezogen waren, lagen sich die Schwestern ständig in den Haaren. Zum einen, weil Paul in seiner Verwirrtheit meine Mutter nun offenbar für seine Frau hielt, was der eifersüchtigen Carole Anlass zu wilden Spekulationen gab, zum anderen weil die ältere Schwester es der jüngeren neidete, dass sie es vermeintlich leichter gehabt hatte im Leben und auch über den Tod meines Vaters hinaus gut versorgt war. Besonders unser Sommerhaus in der Normandie war ihr ein Dorn im Auge.

Als mein Vater vor einigen Jahren an einer verschleppten Lungenentzündung starb, die ihn so geschwächt hatte, dass er nicht mehr auf die Beine kam, hinterließ er meiner Mutter die Stadtwohnung in der Rue de Varenne und eben dieses kleine Ferienhaus in Honfleur, wo wir damals immer die großen Ferien verbrachten.

Es waren endlose Sommer oder zumindest kommt es mir heute so vor. Sie dufteten nach Pinienholz und Rosmarin, und ich liebte diesen ganz eigenen Geruch, der in der Luft lag, wenn man durch struppige Büsche und geduckte Bäume den Weg zum Strand hinunterlief und die getrockneten Hölzer und Zweige leise unter den Füßen knackten.

Es war der Geruch meiner Kindheit, die so leicht und heiter war wie jene unwiederbringlichen Sommer. Der silbrig glitzernde Atlantik, die Fischsuppe abends im Hafen, die Rückfahrt zum Haus über die dunklen Landstraßen, mein Vater am Steuer, der sich leise mit meiner Mutter unterhielt, während ich im Fond unseres alten Renaults saß und den Kopf an die Scheibe lehnte, schläfrig und mit dem Gefühl absoluter Geborgenheit.

Ich erinnere mich gut noch an die späten Frühstücke auf der schattigen Terrasse, deren verwitterte Holzbalken von Glyzinien überwuchert waren – Maman barfuß und in ihrem weißen Batistnachthemd, über das sie einen Schal geworfen hatte, Papa stets korrekt angezogen in seinem blaugestreiften Hemd, der leichten Hose, den weichen Wildlederschuhen – ich glaube, er wäre niemals auf die Idee gekommen, in kurzen Hosen und Sandalen durch den Ort zu schlappen, in der üblichen Touristenkluft, wie man sie heute überall sieht, das hätte er einfach wenig elegant gefunden. Er hätte auch nie im Bett gefrühstückt, auch wenn er seiner Frau Clémence manchmal eine heiße Tasse Café Crème ans Bett brachte, weil diese wiederum nichts schöner fand, als den ersten Kaffee am Morgen noch vor dem Aufstehen im Bett zu trinken.

Man kann sagen, dass meine Eltern in vielerlei Hinsicht sehr unterschiedlich waren. Und doch liebten sie sich sehr. Das Geheimnis ihrer Ehe bestand in einem hohen Maß an Toleranz, Humor und einer wunderbaren Großzügigkeit des Herzens. Ich hätte ihnen gewünscht, dass sie sich wie einst Philemon und Baucis im hohen Alter zusammen von dieser Welt hätten verabschieden und zu Blätterranken werden können, die auf ewig miteinander verschlungen waren. Leider kommt es im Leben nicht immer so, wie man es sich wünscht.

An dem Tag, als mein Vater nicht mehr aufstehen konnte, um sich angezogen an den Tisch zu setzen, starb er.

Er war ein wirklich feiner Mann.

Als ich an diesem Tag die Wohnung in der Rue de Varenne betrat, duftete es schon aus der Küche nach Gebratenem.

»Hmmm, das riecht ja köstlich«, sagte ich.

»Ich hab ein *Confit de canard* gemacht, das isst du doch so gerne«, erklärte Maman strahlend und nahm mich fest in die Arme. »Komm herein, komm herein!«

Ich kenne niemanden, der einen so freudig begrüßt wie Maman. Sie lacht und strahlt, während sie zurücktritt, um einen hereinzulassen, und man fühlt sich unglaublich willkommen.

Maman nahm die Schürze ab, warf sie achtlos über einen Stuhl und führte mich in den Salon, wo schon ein Feuer im Kamin flackerte und der runde Tisch für vier Personen gedeckt war.

»Setz dich, Julien, wir haben noch ein bisschen Zeit, bevor Carole und Paul hier einlaufen.« Wir setzten uns in das grüne Samtsofa, das in dem Erker stand, der zur Straße hinausging, und sie drückte mir ein Glas Crémant in die Hand und hielt mir einen Teller mit gerösteten Brotscheiben entgegen, die dick mit Paté bestrichen waren.

»Du hast schon wieder abgenommen.« Sie musterte mich besorgt.

»Ach, Maman, das sagst du jedes Mal. Wenn es wirklich so wäre, würde es mich ja schon gar nicht mehr geben«, verteidigte ich mich. »Ich esse ganz normal.«

Sie lächelte nachsichtig. »Was macht Arthur?«, fragte sie dann. »Freut er sich schon auf unsere Ferien in Honfleur?«

»Na klar!« Ich nahm einen Schluck von dem Crémant, der mir kalt und perlend über die Zunge rollte. »Er spricht von nichts anderem als von euren Ferien am Meer. Er war ja noch nie im Haus.«

»Und du? Willst du nicht doch für ein paar Tage nachkommen? Ein bisschen frischer Wind um die Nase würde dir auch guttun.«

Ich schüttelte den Kopf. »Nein, nein, ich werde versuchen zu schreiben. Es muss ja mal weitergehen mit diesem blöden Buch.«

Ich zuckte mit den Schultern und lächelte entschuldigend, und sie nickte und war taktvoll genug, nicht weiter nachzufragen.

»Aber am Sonntag kommst du doch mit in den Jardin des Plantes?«, hakte sie nach.

»Ja, natürlich.«

»Was machst du denn so den ganzen Tag?«

»Ach … ich … na ja, das Übliche eben«, erklärte ich vage. »Arthur, der Haushalt, gestern war Louise zum Putzen da, und ich bin auf dem Friedhof gewesen und hab anschließend Alexandre zum Essen getroffen. Er hat mich zu seiner Frühlingsausstellung eingeladen.«

Ich griff nach dem Sektglas und merkte, wie meine Hand zitterte. Ich musste wirklich anfangen, gesünder zu leben.

»Deine Hand zittert«, stellte Maman fest.

»Ja, ich hab nicht viel geschlafen heute Nacht, Arthur hatte einen Alptraum. Aber heute morgen ging's ihm schon wieder gut«, beeilte ich mich hinzuzufügen.

»Und du? Wie geht es dir? Kommst du zurecht?«

Sie sah mich an, und ich wusste, dass es zwecklos war, ihr etwas vorzumachen. Man kann jeder Person etwas vormachen, aber nicht seiner eigenen Mutter.

»Ach, Maman …«, sagte ich.

»Ach, Kind.« Sie drückte meine Hand. »Es wird schon wieder besser werden. Irgendwann. Du bist doch noch so jung. Auch du wirst wieder lachen. Man kann nicht sein ganzes Leben lang traurig sein.«

»Hm.«

»Du weißt, wie sehr ich Hélène mochte, aber wenn ich dich hier so unglücklich sehe, würde ich mir wünschen, ich könnte die Zeit einfach vorspulen, in ein Leben, wo du wieder froh sein kannst. Und dann denke ich, irgendwo da draußen wird schon das Mädchen herumlaufen, das sich in meinen Julien verliebt.«

Sie lächelte, ich wusste, sie meinte es nur gut.

»Können wir über etwas anderes reden, Maman?«

»Ja. Nächste Woche fahre ich wieder zu Oxfam, um dort alte Sachen vorbeizubringen. Was hältst du davon, wenn wir mal deine Schränke ausmisten.« Sie sagte *deine Schränke* und meinte natürlich Hélènes Kleiderschrank.

»Das kann ich doch allein machen.« Ich würde niemanden an Hélènes Kleiderschrank lassen.

»Allein machst du es aber nicht, Julien.«

»Warum soll ich die Sachen weggeben? Sie stören doch niemanden.«

»Julien.« Sie sah mich streng an. »Ich habe auch meinen Mann verloren und war sehr unglücklich damals, das weißt du. Aber ich kann dir versichern, es liegt kein Segen darauf, Erinnerungen zu horten. Erinnerungen machen sentimental, und wer sentimental ist, kann sich nicht mehr vorwärts bewegen, er lebt im Rückwärts. Es wird dir besser gehen, wenn diese Kleider verschwinden und überdies noch einen guten Zweck erfüllen. Du willst doch aus eurer Wohnung kein Mausoleum machen wie der verrückte Monsieur Benoît?«

Ich seufzte und fühlte tief in mir drin, dass sie recht hatte.

Monsieur Benoît hatte seine Frau durch einen Unfall verloren, als ich noch zur Schule ging. Sie überquerte den Boulevard Raspail, ohne groß zu schauen – wie für jede gute Pariserin war es unter ihrer Würde, die Ampel oder den Zebrastreifen zu benutzen –, sie lief einfach so über die Straße, im Vertrauen darauf, dass alle schon abbremsen würden, und wurde von einem Auto erfasst.

Jean, der Sohn von Monsieur Benoît, war ein Schulkamerad von mir. Nach der Schule gingen wir manchmal zu ihm nach Hause, weil wir, da sein Vater erst spät von der Arbeit kam, dort ganz ungestört waren. Ich weiß noch, wie irritiert ich war, dass im Schlafzimmer der Eltern, das im Parterre lag und in einen kleinen Garten führte, wo wir heimlich unsere ersten Zigaretten rauchten, nichts angefasst oder verrückt werden durfte. Vor allem die Spiegelkommode der Mutter war heiliges Terrain. Es lag noch alles so da wie am Tag des Unfalls: ihre Bürsten und Kämme, ihre Ohrringe, die Perlenkette, der Glasflakon mit dem teuren schweren Duft *L'heure bleu*, zwei Theaterkarten, die nie mehr benutzt werden würden. Das Buch, das sie zuletzt gelesen hatte, wartete auf dem Nachttisch, die Pantoffeln standen ordentlich an ihrer Seite vor dem Bett, der seidene Morgenmantel hing an einem silbernen Haken an der Tür. Und sicher verbargen sich hinter den Türen der hellen Lamellenschränke auch noch sämtliche Kleider der Verstorbenen.

Jahrelang blieb alles unverändert. Monsieur Benoît bestand darauf. Ich erinnerte mich noch gut, wie gespenstisch ich das damals fand und wie ich meiner Mutter davon erzählte – von diesem Geisterhaus und dass Monsieur Benoît wohl verrückt geworden war in seiner Trauer.

War ich wirklich schon auf dem Weg, ein Berufshinterbliebener zu werden wie dieser skurrile alte Mausoleumswärter, den alle bemitleideten und belächelten?

»Also schön«, erklärte ich. »Bringen wir es hinter uns.«

Die Türglocke beendete unser Gespräch. Maman ging in den Flur, um aufzumachen. Sobald Carole mit ihrem Mann die Wohnung betreten hatte, wurde es laut. Meine Tante hätte mit ihrem Getöse selbst Tote zum Leben erwecken können. Ich grinste, als ich im Flur ihre laute Stimme hörte, die sich über das launische Wetter und die Unfreundlichkeit der Pariser Taxifahrer beschwerte.

Wenig später saßen wir am Tisch und aßen das schmackhafte *Confit de canard*, das Maman mit einer Preiselbeersauce und einem leichten roten Burgunder servierte.

Auch dem alten Paul schien es zu schmecken. Tief gebeugt saß er in seinem dunkelblauen Wollpullover über dem Teller und schnitt umständlich an dem zarten faserigen Fleisch herum, das Bissen für Bissen in seinem Mund verschwand. Mein Onkel war vor seiner

Pensionierung *Professeur* für Philosophie gewesen und hatte uns und seine drei Kinder gerne mit Sprüchen von Descartes, Pascal und Derrida belehrt, während seine Frau Carole, eher praktisch veranlagt, als Angestellte in einem Steuerbüro arbeitete und das Geld zusammenhielt. Es war schon ein Jammer, dass ausgerechnet dieser intelligente Mann, dem die Schriften der Philosophen alles bedeuteten und dessen Leitsatz stets die drei berühmten Worte von Descartes – *cogito ergo sum*, Ich denke, also bin ich – gewesen waren, seit einigen Jahren an Demenz litt.

Carole, das musste man ihr lassen, war stets an der Seite ihres zunehmend verwirrten Mannes. Dank der tatkräftigen Unterstützung einer sanftäugigen Pflegerin aus Guadeloupe konnten die beiden im Bastille-Viertel wohnen bleiben, wo sie vor einigen Jahren noch eine einigermaßen günstige und große Wohnung ergattert hatten, bevor dort die Mieten anfingen zu steigen. Das Problem war nur, dass Carole immer schon sehr eifersüchtig auf ihren gutaussehenden Mann gewesen war. Und dass Paul offensichtlich Gefallen an der hübschen Pflegerin fand, mit der er viel lachte und schäkerte, passte ihr gar nicht.

Schlimmer war jedoch, dass Paul in seiner fortschreitenden Vergesslichkeit seit einiger Zeit meine Mutter als seine rechtmäßige Ehefrau zu betrachten schien, was bei meiner Tante Ärger und großes Misstrauen hervorgerufen hatte. Paul hatte schon immer ein Faible für seine Schwägerin Clémence gehabt, und so war es in letzter Zeit zu Auseinandersetzungen gekommen, in deren Spitzen Carole ihrer Schwester Clémence unterstellte, eine Affäre mit Paul gehabt zu haben. Was Maman mit der Bemerkung, nun sei Carole wohl auch schon übergeschnappt, heftig von sich wies. Oft genug endeten die Telefonate der beiden Schwestern damit, dass eine von ihnen entnervt auflegte. Dann rief Maman bei mir an und beklagte sich über ihre zänkische Schwester, die das Gespräch wie so oft mit einer beleidigten Suada über ihr freudloses Leben beendet hatte, das stets in dem Vorwurf gipfelte, wie gut es meiner Mutter im Vergleich zu ihr doch ginge.

Alles Unglück der Welt rührt vielleicht doch nicht daher, dass der Mensch, wie es Blaise Pascal einmal so treffend formuliert hat, es in seinem Zimmer nicht aushält, sondern daher, dass er sich mit anderen Menschen vergleicht. Dafür war Tante Carole das beste Beispiel.

»Carole ist heute wieder auf dem Kriegspfad«, erklärte Maman. Und: »Ich lass mich doch nicht so behandeln, ich bin schließlich auch schon siebzig. *C'est fini!*« Oder: »Meine Schwester war schon als Kind ein Unruhestifter und fühlte sich immer benachteiligt.« Und am Ende, versöhnlicher: »Dabei kann sie auch nett sein.«

Und damit hatte Maman durchaus recht. Tante Carole konnte *auch nett* sein. Wenn sie einen ihrer guten Tage hatte, aktivierte sie ihren Humor und erzählte lustige Anekdoten von früher, wo sie mit ihrem Mann ausgelassen bis zum frühen Morgen getanzt und sich die Schuhe von den Füßen gerissen hatte.

Tante Carole kannte alle alten Familiengeschichten, und wenn sie von früher erzählte, leuchteten ihre Augen. Sie war schon vor meiner Mutter nach Paris gezogen und hatte ihr in ihrer Anfangszeit sehr geholfen.

Das alles hatte Maman nicht vergessen, und ein, zwei Wochen später, wenn sich die Gemüter wieder beruhigt hatten, nahmen die beiden Schwestern in dem Bewusstsein, dass sie eben genau das waren – Schwestern! – wieder Kontakt auf. Und in der Erkenntnis, dass man Carole in ihrem Alter nun auch nicht mehr würde ändern können und das Leben mit Paul doch eine ziemliche Herausforderung darstellte, lud Maman die beiden zum Essen ein. So wie an diesem Tag.

Inzwischen waren wir beim Dessert angelangt, einer *tarte au citron*, die wie gemalt aussah.

»Die hast du aber nicht selbst gemacht, Clémence, oder?«, wollte Carole wissen.

»Natürlich habe ich die selbst gemacht«, gab meine Mutter pikiert zurück.

»Ja?« Carole musterte die zarte Baiserhaube auf der Zitronencrème und pikste sie mit ihrer kleinen Gabel an. »Die sieht so perfekt aus. Ich dachte, die hättest du bei Ladurée gekauft.«

»Du musst mir nicht unterstellen, dass ich alles bei Ladurée kaufe.« Der Ton verschärfte sich.

Ich wollte gerade schon dazwischengehen, als Carole großzügig abwinkte.

»Na, ist ja auch egal. Sie ist jedenfalls ausgezeichnet.« Sie wandte sich an Paul, der neben ihr saß, und rief ihm ins Ohr. »Schmeckt es dir denn auch gut, *chéri*?«

Paul sah von seinem Teller auf und überlegte einen Moment. »K-köstlich«, sagte er dann und strahlte mit einem Mal Maman an. »Meine Frau ist eine gute Köchin. War sie immer schon.« Zufrieden schob er sich die letzte Gabel in den Mund, kaute gedankenverloren und bemerkte nicht, dass Carole bereits wieder die Gesichtszüge zu entgleisen drohten.

»*Chéri*, was redest du denn da?«, kam es prompt. »Clémence ist doch nicht deine Frau. *Ich* bin deine Frau, ich, Carole!«

Er schüttelte den Kopf und schob ein paar Krümel auf dem Teller herum. »N-nein«, beharrte er dann. »Du bist die *Schwester.*«

Carole runzelte die Stirn, und Maman lachte und sagte schnell: »Das verwechselst du jetzt aber, Paul. Ich war doch mit Philippe verheiratet. Du bist mit Carole zusammen.«

Hilfesuchend sah Paul sich am Tisch um, und sein Blick blieb an mir haften. »Julien!«, sagte er, und ich nickte.

»Es stimmt schon, Onkel Paul. Du bist der Mann von Carole und nicht von Clémence.«

Carole und Clémence nickten heftig.

So viel Widerspruch schien den alten Mann zu erzürnen.

Er warf seine Gabel auf den Boden, bevor er die Schwestern missmutig anstarrte und sagte: »Ihr seht doch aus wie zwei blöde Giraffen.«

Manchmal hat das Tragische eben auch eine komische Seite. Wir sahen uns alle an, bemüht, nicht zu lachen.

»Ich will jetzt schlafen«, sagte Paul nun und versuchte von seinem Stuhl aufzustehen. Carole legte beruhigend die Hand auf seinen Arm.

»Er kann sich im Gästezimmer hinlegen«, meinte Maman, doch davon wollte Paul nichts wissen.

»Nein, ich will ins Schlafzimmer, in *unser* Schlafzimmer«, rief er eigensinnig.

»Was hältst du davon, wenn du dich hier auf die Chaiselongue legst, Paul«, sagte Maman. »Dann bist du ein bisschen bei uns.«

»Na schön.« Er nickte.

Carole begleitete ihren Mann zu der mit einem zarten Blumenstoff bezogenen Chaiselongue, die unweit des Esstischs an der Wand stand, und er ließ sich unter Ächzen und Stöhnen dort nieder und verlangte nach einer Decke, die ihm sogleich gebracht wurde. Zufrieden schloss er die Augen.

»Manchmal ist es wirklich anstrengend mit ihm«, sagte Carole, als sie sich wieder zu uns an den Tisch setzte. »Er ist so unberechenbar geworden.«

Und dann erzählte sie uns, dass vor ein paar Tagen nachmittags eine Nachbarin bei ihr zu Besuch gewesen war. Paul hielt gerade seinen Mittagsschlaf, die beiden Frauen saßen im Wohnzimmer bei einem Kaffee, als plötzlich die Tür aufging und Paul mit strahlendem Lächeln und nur mit einer Unterhose bekleidet im Türrahmen stand. Er blickte neugierig zu Caroles Nachbarin herüber und wollte offensichtlich, das man ihm diese hübsche dunkelhaarige Person vorstellte, an die er sich gerade nicht mehr erinnern konnte, als Carole, bemüht, die Fassung zu wahren, freundlich sagte: »Aber Paul, wir haben doch hier einen lieben Gast. Willst du dir denn nicht erst mal eine Hose anziehen?« Woraufhin Paul erstaunt an sich heruntersah und trocken bemerkte, er *habe* doch eine Hose an.

»Ich versuche es mit Humor zu nehmen«, erklärte Carole und nahm sich noch ein Stück der Zitronentarte. Was Krankheiten anging, war meine Tante noch nie besonders pathetisch gewesen. »Was bleibt mir auch übrig! Meistens ist er ja trotz allem ganz friedlich, und wir haben, auch wenn man das nicht glauben mag, durchaus noch schöne Momente zusammen, in denen er wieder ein bisschen der alte Paul ist.« Sie schüttelte den Kopf. »Aber an manchen Tagen ist es wirklich furchtbar. Ich weiß auch nicht, vielleicht realisiert er dann doch, dass mit seinem Kopf etwas nicht in Ordnung ist, und dann wird er mit einem Mal ganz unleidlich. Neulich sagte er zu mir, es wäre alles zerstört ›da drin‹, und wir sollten am besten alles zunageln.«

Sie seufzte, und Maman brachte den Kaffee auf einem Silbertablett herein, und während wir unseren *petit café* aus den zarten Limoges-Tässchen tranken, verlief das Gespräch bald wieder in normaleren Bahnen.

Tante Carole hatte mir meine Lieblingssüßigkeit mitgebracht – *Calissons d'Aix*, ein Konfekt aus der Provence – und zog plötzlich eine Blechdose der mit Zuckerguss glasierten weichen Mandelschnitten, die die Form eines Weberschiffchens haben, aus ihrer großen Handtasche.

»*Tiens!* Das hätte ich fast vergessen! Ich hab doch noch etwas für dich. Für die Nerven und gegen den traurigen Blick«, sagte sie ohne viel Federlesens.

»Oh, wie nett! Vielen Dank«, erwiderte ich überrascht über diese Aufmerksamkeit und dachte an die Geschichte, die Tante Carole mir damals über die *Calissons* erzählt hatte, welche angeblich der Koch des Herzogs von Anjou erfunden hat, weil ihn der traurige Blick von dessen hübscher Braut bekümmerte und er sie mit dieser Süßigkeit zum Lächeln bringen wollte.

Doch als die Rede darauf kam, dass Maman mit Arthur über Ostern nach Honfleur fahre wollte, seufzte

Tante Carole tief, und die Anteilnahme an unserem Schicksal geriet sofort in den Hintergrund.

»Du hast es gut, Clémence«, sagte sie. »Du kannst immer wegfahren. Ich komme ja hier gar nicht mehr raus.«

»Na, hör mal, immer fahre ich ja nun auch nicht weg«, verteidigte sich Maman sofort. »Aber du kannst gerne mitkommen, Carole. Warum gibst du Paul nicht für eine Woche in die Kurzzeitpflege? Das wird er schon überleben, und ein Tapetenwechsel täte dir gut nach der ganzen Zeit.«

»Ach, ich weiß nicht.« Carole schüttelte den Kopf. »Ich mag ihn nicht in so ein Heim geben.«

»Ja … genau! Ins Heim, wo sie die Leute schlagen«, kam es plötzlich mit zittriger Stimme von der Chaiselongue, und wir drehten uns überrascht um.

»Aber Paul, was redest du denn da für einen Unsinn!«, rief Carole. »Ich dachte, du schläfst.«

»Wie soll ich denn schlafen bei eurem dummen Gequatsche«, knurrte Paul aus seinem Liegesessel und warf die Decke von sich. »Komm, wir müssen nach Hause. Ich will jetzt sofort nach Hause.«

Clémence und Carole wechselten einen stummen Blick und verdrehten die Augen.

»Bleib doch noch etwas, Onkel Paul. Schau mal, ihr seid doch gerade erst gekommen«, meinte ich und setzte mich zu ihm ans Fußende der Chaiselongue. »Möchtest du vielleicht auch einen Kaffee?«

»Ja … K-Kaffee!« Paul nickte, dann glomm ein Funke der Erinnerung in seinen grauen Augen auf. »Was macht denn mein kleiner Arthur?«, wollte er wissen.

»Arthur geht's gut. Er fährt bald ans Meer mit Mamie und freut sich schon sehr.«

»Ans Meer. Schön, schön«, murmelte Paul und ließ sich wieder zurücksinken. Dann runzelte er die Stirn und starrte mich konzentriert an und sagte laut: »Wo ist eigentlich Hélène? Warum ist Hélène nicht mitgekommen?«

Eine unbehagliche Stille breitete sich im Zimmer aus.

»Aber Paul …«, meinte Carole schließlich. »Hélène ist doch tot.«

Die Worte in ihrer ganzen Schlichtheit fielen durch mich hindurch wie Steine.

»Was? Auch schon tot?«, murmelte Paul, und seine Augenbrauen schnellten überrascht in die Höhe. Dann schüttelte er betreten den Kopf. »Warum hat mir denn niemand etwas gesagt? Mir sagt keiner was!« Er sah uns anklagend an.

»Wir waren doch zusammen auf Hélènes Beerdigung, weißt du nicht mehr?«, versuchte es Carole noch einmal.

»Ich nicht. Ich war auf keiner Beerdigung«, erklärte Paul mit lauter Stimme.

»Doch. Im letzten Oktober.«

»Oktober, November, Dezember«, sagte Paul, der nun offensichtlich an seine mentalen Grenzen gestoßen war.

»Ich glaube, wir gehen jetzt besser, er baut gerade ein bisschen ab«, meinte Carole leise. »Bestellst du uns bitte ein Taxi, Clémence?«

Maman nickte bekümmert und bestand darauf, dass Carole die Zitronentarte mitnahm. Als die Tür hinter den beiden ins Schloss fiel, sahen wir uns an.

»Tja«, sagte Maman. »So hat wohl jeder sein Päckchen zu tragen.« Sie dachte einen Augenblick nach. »Wenigstens musste Hélène nicht lange leiden«, sagte sie dann.

Ich nickte, aber es tröstete mich nicht.

Kapitel 6
Schränke aufräumen

Mein so sehr vermisster Liebling,

wenigstens musste Hélène nicht lange leiden, hat Maman vor ein paar Tagen zu mir gesagt, als ich mittags bei ihr zum Essen war. Carole war auch da, zusammen mit Paul. Der arme Paul ist in einem ziemlich desolaten Zustand. Mittlerweile hält er Maman für seine Frau, und dann fragte er auch noch, warum du nicht zum Essen mitgekommen bist. Es wird immer schlimmer mit ihm, und das geht nun schon so viele Jahre.

Bei dir ging alles ganz schnell, und das Ende kam, obwohl wir es erwartet hatten, doch überraschend. Nein, lange leiden musstest du nicht, dazu war das Morphium dann doch zu gut, das dich in einen letzten somnambulen Rausch versetzte und dir, wie mir die Ärzte versicherten, alle Schmerzen nahm. Aber was am Ende in dir vorging, was deine letzten Gedanken waren, weiß ich nicht.

Es gab keine großen letzten Worte von dir, keine famous last words, *wie in den Filmen, wenn die Leute sterben.*

Ich saß im Hospiz an deinem Bett und hielt deine Hand, du hattest die Augen geschlossen und schliefst oder träumtest. Die Nachmittagssonne schien hell durch die Vorhänge, vor dem Fenster zwitscherte ein Vogel.

Irgendwann habe ich dir einen Kuss auf die Stirn gegeben und leise gesagt: »Hélène, Schätzchen, ich hole mir jetzt einen Kaffee. Bin gleich wieder da.« Du hast den Kopf leicht bewegt und etwas Unbestimmtes gemurmelt, es hätte alles bedeuten können. Und dann – das habe ich mir doch nicht eingebildet? – hast du ganz leicht meine Hand gedrückt.

War das dein Abschied? Sollten deine Worte, die ich nicht mehr verstanden habe, »Pass gut auf dich auf« bedeuten oder »Gib Arthur einen Kuss von mir«?

Ich würde es zu gern glauben.

Als ich wieder ins Zimmer trat, warst du schon fort, mein Engel, dein zarter Körper nur ein Hauch unter der weißen Bettdecke. Dein Gesicht war blass und still, deine roten Locken, die dir bis zum Schluss geblieben sind, trotz des ganzen Gifts, das man in dich hineingepumpt hat, der einzige Farbklecks.

Und bevor ich es noch realisierte, dass es nun endgültig vorbei war, noch bevor mich dieser gewaltige Schmerz mit der Wucht einer Abrissbirne traf und mich für Tage und Wochen betäubte, habe ich für einen kurzen Augenblick gedacht, dass du es nun geschafft hast.

Dass dieser Moment, der die ganzen Wochen wie eine Drohung über uns schwebte, sich nun endlich erfüllt hatte.

Wir haben uns alles gesagt, Hélène, wir hatten alles besprochen, hatten uns unserer Liebe so oft versichert, so, so oft – das zumindest ist ein gutes Gefühl, das wie eine Kerze meine dunklen Tage erhellt. Drei Tage vor deinem Tod hattest du noch einmal die Augen aufgeschlagen, und über dem Grün deiner Iris lag bereits ein milchiger Schleier.

»›Mein Geliebter, ach komm, dass ich dich wiederhab' wie einst im Mai …‹«, hast du geflüstert und mich dann plötzlich angeschaut mit verzweifelter Sehnsucht. »Weißt du noch, Julien … im Mai … im Mai …«

»Ach, Hélène, natürlich weiß ich das noch«, habe ich gesagt. »Wie könnte ich das jemals vergessen, diesen glücklichen Tag am Montmartre?«

Da hast du gelächelt und leise geseufzt, und deine Lider flackerten, bevor sie sich wieder schlossen. Wie konnte ich denn ahnen, dass dieser kleine Wortwechsel unsere letzte Unterhaltung sein würde. Dass das die letzten Worte waren, die mir blieben von dir.

Bis heute weiß ich nicht, ob dieser Satz aus einem deiner geliebten Gedichte war, ich habe den Vers nicht gefunden. Nun steht er auf deinem Grabstein, und immer, wenn mein Blick auf die Inschrift fällt, denke ich, dass es ein Wiedersehen geben wird. Aber die Zeit wird mir so lang, mein Liebling!

Gestern war Maman bei mir, sie hatte es mir schon angedroht. Sie war nicht davon abzubringen, die Schränke mit mir auszumisten zu wollen, deine *Schränke, Hélène! Es war schon seltsam, alle deine Kleider, Jacken und Pullover in den großen Säcken verschwinden zu sehen, die Maman mitgebracht hatte, deine bunten Schals und Tücher.*

Man nimmt jedes Stück in die Hand und muss sich davon trennen. So viele kleine Abschiede!

Am Ende bin ich ganz froh gewesen, dass ich dieses ›Schränke ausmisten‹ zusammen mit Maman gemacht habe. Es ist leichter, wenn man jemanden an der Seite hat und nicht allein ist mit all den Erinnerungen. Es kam mir so viel Vergangenheit aus dem Schrank entgegengekrochen. Ich sah deine Kleider und musste an bestimmte Situationen denken, als du sie getragen hast. So viele Augenblicke, die ich plötzlich wie eingefrorene Bilder vor mir sah. Dinge, an die ich ganz lange nicht mehr gedacht hatte.

Irgendwann waren die Schränke leer, und so schrecklich das war, hatte es doch auch etwas Befreiendes.

Übrigens … als wir deinen Schrank und die Fächer der Kommode ausräumten, haben wir festgestellt, wie viele rote Anziehsachen du hattest, Hélène, ganz schön mutig! Ich kenne keine andere Rothaarige, die so gerne rote Kleider getragen hat wie du. Ach du, mein liebes Wesen! Manchmal wenn ich hier so sitze und schreibe, denke ich fast, die Tür müsste aufgehen, und dann stehst du da in deinem roten Kleid mit den weißen Pünktchen und lachst mir zu. Deine schönsten Kleider habe ich verwahrt. Die werde ich Tante Carole geben für ihre jüngste Tochter Camille. Camille ist ja auch so schlank und groß wie du, und sie wird sich sicher freuen.

Deine Handtaschen habe ich Cathérine gegeben. Und auch den silbernen Ring mit dem blauen Aquamarin, den du dir mal auf dem Flohmarkt an der Porte de Clignancourt gekauft hast. Sie hatte mich vor ein paar Wochen schon gefragt, ob sie vielleicht einen persönlichen Gegenstand von dir haben könnte, als Erinnerung. Sie war ganz glücklich und trägt den Ring jetzt Tag und Nacht, und auch deine Handtaschen wird sie in Ehren halten, hat sie mir versichert und mich plötzlich ganz fest umarmt.

Ich gestehe, dass ich etwas Angst habe vor Cathérine. Sie ist so emotional und nah am Wasser gebaut, ich kann damit schlecht umgehen. Das zieht mich oft noch mehr herunter. Aber ich will nicht ungerecht sein. Eine gute Freundin zu verlieren ist sicher auch nicht einfach. Ihr habt ja immer so viel zusammen gemacht, du und Cathérine. Weißt du noch – die vielen Sommerabende, als du »nur mal eben kurz« zu ihr hinuntergingst und ich euch dann den ganzen Abend auf dem Balkon habe reden und lachen hören. Was Frauen sich nur immer so viel zu erzählen haben?

Arthur jedenfalls ist gern bei Cathérine. Sie hat wirklich eine Engelsgeduld, sie spielen stundenlang Karten zusammen, oder sie liest ihm aus ihrem dicken Märchenbuch vor, wo die Menschen am Schluss immer glücklich und zufrieden leben bis ans Ende ihrer Tage. Tja, schön wär's!

Letzten Samstag haben die beiden zusammen Crêpes gebacken, und dann musste ich auch kommen, um alles zu probieren. Das war ein schöner Nachmittag, Arthur war hochrot im Gesicht und ganz aufgekratzt, weil es ihm mit Cathérines Hilfe tatsächlich gelungen ist, ein Crêpe durch die Luft fliegen zu lassen. Er war stolz wie Oskar.

Cathérine hat ein paar Geschichten von dir zum Besten gegeben, die ich noch gar nicht kannte, und wir haben tatsächlich viel gelacht. Bist du wirklich eines Abends mit ihr halb beschwipst im 10. Arrondissement herumgeirrt auf der Suche nach deinem Auto, das nicht mehr zu finden war, weil die Polizei es längst abgeschleppt hatte? Das hast du mir nie erzählt. Gibt es noch mehr Geheimnisse?

Eigentlich mag ich Cathérine, aber die Tatsache, dass ihr so eng befreundet wart, macht es schwierig für mich. Sie war ja deine Freundin und nicht meine. Ich spüre, wie sehr sie sich um Arthur und mich bemüht und eine Vertrautheit herstellen möchte, wie es sie vielleicht zwischen euch beiden gegeben hat, und diese versuchte Nähe ist mir irgendwie unbehaglich. Dann frage ich mich manchmal, ob du ihr vielleicht aufgetragen hast, sich um uns zu kümmern. Obwohl du nicht mehr da bist, Hélène, meine ich überall deine Handschrift zu erkennen.

Stell dir vor, in einer der Handtaschen, die ganz hinten im Schrank lag, habe ich noch einen Briefumschlag gefunden – nur gut, dass ich die Taschen alle durchgeschaut habe, bevor ich sie Cathérine gab. In den meisten war nicht viel Interessantes – zwei abgerissene Kinokarten vom Studio 28, *eine Restaurantrechnung, ein Stielkamm, ein paar Münzen, ein eingewickeltes Kaugummi, ein Passfoto-Set aus dem Automaten, auf dem du mit Arthur herumalberst. Und dann in deiner Abendhandtasche plötzlich dieser zartrosa Umschlag, auf dem mein Name stand.*

Ich konnte mich gar nicht mehr daran erinnern, und mein Herz klopfte gewaltig, als ich den handbeschriebenen Bogen herauszog und auseinanderfaltete. Ich fand ein Gedicht von Heine, ein paar kurze Verse, so ein süßes Stück Sprache. Und dann fiel mir wieder ein, wie ich das Briefchen auf meinem Schreibtisch vorgefunden hatte, nachdem du das erste Mal bei mir gewesen warst. Damals hatten wir uns noch nicht einmal geküsst, und doch war schon alles passiert, und dieses kleine verheißungsvolle Gedicht ließ mich ausgelassen im Zimmer umhertanzen und machte mich so glücklich, wie es mich nun traurig macht. Und dennoch – wie sehr habe ich mich gefreut über dieses Zeichen von dir!

Die Heimkehr

Wir fuhren allein im dunkeln
Postwagen die ganze Nacht;
Wir ruhten einander am Herzen,
Wir haben gescherzt und gelacht.

Doch als es morgens tagte,
Mein Kind, wie staunten wir!
Denn zwischen uns saß Amor,
Der blinde Passagier.

Ich frage mich, wie der Brief in deine Handtasche gekommen ist. Vielleicht hast du ihn ja dort für mich aufgehoben – für einen Tag wie diesen, an dem ich meine Schränke aufräume.

Ich küsse dich zärtlich, mein geliebtes Herz, und bin dankbar für jene wunderbar unbeschwerten Tage, die nun Lichtjahre entfernt sind. Doch für mich scheinen sie zum Greifen nah. Ach, hätte ich dich doch nur wieder, wie einst im Mai!

Julien

Kapitel 7
Die Frau in den Bäumen

An diesem Nachmittag lernte ich Sophie kennen.

Es war der Donnerstag vor Ostern, Arthur hatte seinen freien Nachmittag im Kindergarten, und er wollte unbedingt noch einmal mit mir zum Friedhof kommen, weil er am nächsten Tag mit Mamie in die Ferien fuhr.

Wir hatten mittags noch etwas gegessen und seine kleine Reisetasche zusammengepackt, und so war es bereits nach vier, als wir zusammen den Friedhof betraten. Arthur hielt stolz eine Rose in der Hand, die wir zusammen mit einem österlichen Gesteck in einem kleinen Blumenladen in der Nähe der Place des Abbesses gekauft hatten.

Er war voller Vorfreude auf die Reise und summte leise vor sich hin, während mir das Herz schwer wurde und mein Mut sank, als wir uns Hélènes Grab näherten.

Eine sanfte Brise ließ die Blätter der alten Kastanie leise rascheln, und das Licht fiel flirrend auf den Weg. Arthur legte seine Rose nieder, und ich machte mich ein bisschen am Grab zu schaffen und schickte ihn mit einem verblühten Margeritentöpfchen zu dem nahegelegenen Komposthaufen, wo in einem Karree aus Brettern schon andere verwelkte Blumen und Kränze in sich zusammengesunken waren.

Über zu wenig Besuch konnte sich Hélène jedenfalls nicht beklagen. Noch jedes Mal, wenn ich ans Grab gekommen war, hatte ich dort frische Blumen oder ein Gesteck vorgefunden.

Als Arthur davonsprang, zog ich rasch meinen Brief aus der Tasche, öffnete das Geheimfach und steckte ihn zu den anderen Umschlägen. Auch auf dieses Kuvert hatte ich »Für Hélène« geschrieben und dann eine umkringelte »3« daneben gemalt, damit ich den Überblick über die Anzahl der Briefe behielt, die ich bereits geschrieben hatte. Allzu viele waren es ja noch nicht, und obwohl das Schreiben der Briefe mir einen unerwarteten Trost verschaffte, war ich doch noch weit entfernt von der positiven Wendung in meinem Leben, die Hélène mir in Aussicht gestellt hatte. Um ehrlich zu sein, fühlte ich mich ziemlich allein auf der Welt – nicht nur, wenn ich abends verloren in meiner Wohnung saß, sondern auch und vor allem wenn ich durch die Straßen von Saint-Germain ging, in denen seit kurzem der Frühling Einzug gehalten hatten. An manchen sonnigen Tagen saßen die Menschen schon draußen vor den Cafés, alle lachten und plauderten und kamen mir so heiter vor. Das Leben schien neu zu beginnen, nur ich haderte mit der Ungerechtigkeit des Schicksals. Ein Mensch fehlt, und mit einem Mal fühlt man sich wie von Statisten umgeben, sagt Jean Giraudoux, und dem ist nichts hinzuzufügen.

So stand ich also eine Weile vor dem Grab und hielt meine stumme Zwiesprache mit meinem schönen Engel, während Arthur einem bunten Schmetterling nachjagte. »Sieh mal, Papa, ist der nicht wunderschön!«, rief er, aber ich achtete nicht auf seine Worte. Zu meiner Schande muss ich gestehen, dass ich überhaupt nicht auf meinen Sohn achtete, und als ich mich nach einer Weile umdrehte, um wieder zu gehen, war er verschwunden.

»Arthur?« Ich ging ein paar Schritte den schmalen Weg auf und ab und hielt nach seiner blauen Jacke Ausschau. »Arthur?«

Ich spähte durch die Büsche, lief an ein paar Gräbern vorbei und auch noch einmal zu dem Bretterverschlag, in der Hoffnung, ihn dort anzutreffen, doch in welche Richtung ich auch blickte, der Friedhof war menschenleer. Plötzlich musste ich an Arthurs Traum denken, wie er mich verloren hatte auf dem Friedhof, und die Angst umfasste mein Herz wie eine kalte Hand.

Es ist ein großer Friedhof, und Arthur war nur ein kleiner Junge.

»Das gibt's doch nicht«, murmelte ich aufgeregt und rannte zwischen den Gräbern umher. »Arthur«, rief ich wieder, und dann noch einmal lauter: »Arthur!«

Hatte er sich etwa versteckt, um mir einen Streich zu spielen, und würde jeden Moment mit einem Lachen hinter einem der Grabsteine hervorspringen?

»Arthur, das ist nicht lustig. Wo bist du?«

Ich hörte selbst, wie meine Stimme immer hysterischer klang. Ich lief nun systematisch die Wege ab, spähte nach links und nach rechts, doch nirgendwo sah ich eine kleine Gestalt in einer blauen Jacke.

Eine Wolke schob sich über die Sonne, und der Friedhof wirkte mit einem Mal wie ein unheimliches Schattenreich, in dem die Steinfiguren jederzeit lebendig werden konnten. Meine Schritte wurden schneller, ich hetzte vorbei an den Statuen, die mir nachzuschauen schienen mit ihren blinden Augen, an all den Toten, die hier auf ewig ruhten, und wollte nur eines – meinen Sohn wiederfinden, den ich auf sträfliche Weise verloren hatte.

Und dann endlich sah ich ihn.

Er stand in einiger Entfernung vor einer riesigen Linde, hatte den Kopf in den Nacken gelegt und schien mit dem Baum zu sprechen.

Was machte er da? Ich hielt verblüfft einen Moment inne und näherte mich, erleichtert, ihn gefunden zu haben, als ich mit einem Mal ein silberhelles Lachen hörte, das direkt aus dem Baum zu kommen schien.

Ich trat näher, suchte das Blattwerk mit den Augen ab und hörte Arthur sagen: »… aber Mamans Engel ist der Schönste hier.«

Ein übermütiges Lachen perlte aus den Zweigen herab.

Mit wem redete er da? War da eine Frau in den Bäumen?

»Arthur! Was machst du denn da? Du kannst doch nicht einfach so weglaufen! Du hast mir einen schönen Schreck eingejagt«, sagte ich und legte eine Hand auf seine Schulter. Er dreht sich mit einem Lächeln zu mir um.

»Das ist Sophie, Papa!«, sagte er und blickte wieder nach oben.

Ich folgte seinem Blick, und dann sah ich sie auch.

Auf der Mauer hinter den Zweigen saß rittlings eine junge Frau. Sie war so zierlich wie ein Kobold, trug einen dunklen Overall und hatte das schwarze Haar achtlos unter eine kleine Kappe gestopft. Ich hätte sie für einen Jungen gehalten, wären da nicht diese riesigen dunklen Augen gewesen, die mich neugierig anstarrten.

»Hallo?« Ich trat einen Schritt näher.

Das herzförmige Gesichtchen verzog sich zu einem Lächeln.

»Hallo!«, sagte sie. »Ist das Ihr Sohn?«

»Ja.« Ich nickte, ein wenig vorwurfsvoll. »Ich habe ihn schon überall gesucht.«

»Entschuldigung«, sagte sie. »Ich sah ihn allein auf dem Friedhof herumlaufen, und da habe ich ihn zu mir gerufen, und wir sind ins Gespräch gekommen.«

Sie rutschte auf der Mauer herum und veränderte ihre Position.

»Was machen Sie denn da oben?«, fragte ich erstaunt.

»Sie repariert Engel, Papa«, klärte Arthur mich auf. »Aber ich hab ihr schon gesagt, dass unserer noch ganz heil ist.«

Ich lachte verlegen. »So, so«, sagte ich. »Na, jedenfalls, danke, dass Sie sich um meinen Sohn gekümmert haben. Wer weiß, wohin er sonst noch gelaufen wäre. Der Friedhof ist ja nicht gerade klein.«

»Ich weiß«, sagte sie. »Ich arbeite hier.« Sie schwang ein Bein über die Mauer und baumelte mit den Beinen über mir wie auf einer Schaukel.

»Sind Sie Bildhauerin oder so was?«, fragte ich und merkte, wie ich allmählich einen steifen Nacken bekam vom Hochschauen.

»Nicht wirklich«, antwortete sie. »Warten Sie einen Moment, ich komme herunter.« Sie verschwand hinter dem Geäst des Baumes und kletterte eine Leiter hinunter, die an die Mauer gelehnt war. Die letzten drei Sprossen ließ sie aus und sprang auf den Boden, geschmeidig wie eine Katze.

»Sophie Claudel«, stellte sie sich vor. Sie sah mich unter ihrem dunklen, etwas nach hinten verrutschten Schornsteinfegerkäppchen an, das ihr gut zu Gesicht stand, und streckte mir die Hand entgegen. Ihr Händedruck war erstaunlich fest für so eine kleine Person.

»Also doch Bildhauerin«, stellte ich lächelnd fest.

»Oh nein«, erwiderte sie keck. »Ich bin keine große Künstlerin wie die berühmte Camille Claudel und auch nicht mit dieser verwandt. Falls das Ihre nächste Frage gewesen wäre.«

»Und was sind Sie dann?«

»Steinbildhauerin«, sagte sie. »Ich restauriere Statuen, Grabmonumente und alles, was aus Stein ist.« Sie wies mit der Hand über den Friedhof. »Wir haben einen größeren Auftrag hier auf dem Cimetière Montmartre. Einige der Statuen brauchen dringend neue Nasen, Arme, Flügel …« Sie grinste und stemmte die Hände in die Taille. »Auch Stein verwittert nach einer gewissen Zeit, und selbst Marmor ist nicht für die Ewigkeit gemacht.«

»Was ist schon für die Ewigkeit gemacht«, sagte ich.

»Keine Ahnung. Die schönen Worte? Ihr Sohn sagte, dass Sie Bücher schreiben. Stimmt es, dass Sie ein berühmter Schriftsteller sind, Monsieur?« Wieder dieser Blick. Mein Gott, was hatte Arthur diesem schwarzgewandeten Kobold denn noch alles erzählt?

»Nun … Autor von Unterhaltungsromanen trifft es wohl eher«, wehrte ich ab. »Ich bin auch nicht gerade Paul Claudel.«

»Sondern?«

»Oh, pardon. Julien. Julien Azoulay. Aber wenn Sie meinen Namen nicht kennen, ist das doch kein Verlust.«

»Stellen Sie Ihr Licht immer so unter den Scheffel?«

Ich schwieg verwirrt.

»Papa, können wir ihr jetzt unseren Engel zeigen«, quengelte Arthur, dem es offenbar langweilig geworden war. »Komm mit, Sophie!«

Er zog sie an der Hand.

»Na dann«, sagte der Kobold amüsiert, und ich ging voran.

Wenig später ließ Mademoiselle Claudel ihre Hand über den Bronzekopf gleiten und nickte anerkennend. »Sehr schön gearbeitet«, sagte sie und umrundete dann den Grabstein mit fachmännischem Blick. »Auch der Marmor ist von guter Qualität, da werden Sie lange dran Freude haben.«

Wir standen alle drei vor Hélènes Grab, das in der Abendsonne aufleuchtete. Sophies Blick blieb an der goldenen Inschrift hängen, und sie nestelte etwas verlegen an einer Haarsträhne, die aus der Kappe herausgerutscht war.

»Es tut mir leid«, sagte sie schließlich. »Ich wusste nicht, dass … Ich meine, es ist noch nicht so lange …«

»Ja«, sagte ich rasch.

Sie schüttelte betroffen den Kopf. »Ein Unfall?«

»Nein. Meine Frau hatte Krebs.«

»Oh.«

»Es ging alles sehr schnell.«

Sie schwieg.

»Und dieses … Gedicht?«, fragte sie dann. »*Geliebte, ach komm, dass ich dich wiederhab' wie einst im Mai* – das klingt ja fast so, als ob …«

»Als ob, was?«

»Todessehnsucht?«

»Was wäre daran so verkehrt, bei ihr sein zu wollen?«, sagte ich bitter. »Mein Leben ist praktisch vorbei.«

»So etwas dürfen Sie nicht mal *denken*, Monsieur!« Sie sah mich bestürzt an. Dann wurde ihr Blick streng. »Sie haben einen kleinen Sohn.«

»Ich weiß.«

»Selbstmitleid ist keine Lösung.«

»Ich weiß.« Ich presste die Lippen aufeinander, atmete tief durch und schloss für einen Moment die Augen.

Als ich sie wieder öffnete, stand Sophie Claudel mit einem sonderbaren Lächeln vor mir.

»Ich räume jetzt mein Werkzeug zusammen, und dann gehen wir alle in mein Lieblingsbistro«, sagte sie. »Ich möchte Ihnen etwas erzählen, Monsieur Azoulay, über die Lebenden und die Toten.«

Ich glaube, wenn an diesem Nachmittag im April Arthur nicht weggelaufen wäre auf der Jagd nach ein paar bunten Flügeln, hätte ich Sophies Einladung, die keinen Widerspruch zu dulden schien, sicherlich dennoch ausgeschlagen. So aber, noch ganz erfüllt von dem Gefühl grenzenloser Erleichterung, weil Arthur wieder aufgetaucht war, weil ihm nichts passiert war und er offensichtlich eine neue Freundin gefunden hatte, folgten wir der Steinbildhauerin über den Friedhof. Immer wieder blieb sie stehen und wies uns auf Gräber hin, die baufällig waren oder besonders schöne Elemente hatten, erklärte uns eine Stuckarbeit oder ein Relief und machte uns schließlich auf eine besonders eindrucksvolle Bronzestatue aus dem neunzehnten Jahrhundert aufmerksam, die den Namen *La Douleur* trug und die etwas versteckt im oberen Teil des Friedhofs am Ende einer Steintreppe lag.

Die Figur, eine junge Frau mit leicht geöffneten Lippen und langem Haar, die über die Jahre eine grünlich-türkisfarbene Patina angenommen hatte, saß nach hinten gelehnt vor einem riesigen Grabstein und wirkte so lebendig in ihrem Schmerz, dass ich beeindruckt stehen blieb.

»Diese Figur mag ich besonders«, erklärte Sophie.

»Wer ist das?«, fragte ich. »Jemand Berühmtes?«

Sie schüttelte den Kopf. »Eine Mutter, die um ihren toten Sohn trauerte, hat diese Statue vor langer Zeit in Auftrag gegeben.«

Wir gingen weiter und schließlich hielt sie vor einem kleinen Häuschen in der Nähe des Ausgangs, um dort ihre Werkzeugtasche unterzustellen.

Wenig später saßen wir im *L'Artiste*, einem winzigen Bistro mit rotlackierter Holzfassade, das etwas versteckt in der Rue Gabrielle lag. Es war ein behagliches Restaurant, nicht größer als ein Wohnzimmer, mit rot eingedeckten Tischchen und Wänden, die mit farbenfrohen Belle-Époque-Plakaten und Postkarten gepflastert waren. An der rückwärtigen Wand hing über einer abgewetzten roten Lederbank ein riesiges Bild, das Katzen mit Weingläsern und Sonnenbrillen zeigte, die wie auf einem Renoir-Gemälde unter Bäumen tafelten, was Arthur einen begeisterten Aufschrei entlockte. Sophie wurde gleich von einem bärtigen Mann hinter der Theke begrüßt, der ihr zwei Küsse auf die Wangen drückte.

Wir hatten uns an einen der Holztische am Fenster gesetzt. Arthur schien glücklich, dass endlich mal etwas passierte. Wir gingen so gut wie nie zusammen auswärts essen. Er schaukelte mit den Beinen, sah sich neugierig in dem gut besuchten Bistro um und wollte dann eine *Lasagne à la Bolognaise* essen, während Sophie sich eine *Cuisse de Poulet* bestellte und ich das hausgemachte *Bœuf Bourguignon* in Rotweinsoße.

Sophie rief dem bärtigen Typen hinter der Theke etwas zu, und wenig später kam er mit einer Karaffe Leitungswasser und zwei Gläsern Rotwein an den Tisch.

»Wie geht's Gustave?«, wollte er wissen, während er die Getränke vor uns hinstellte und Sophie zuzwinkerte.

Sie lachte und verdrehte die Augen. »Der hat sich ganz schön angestellt mit seiner Erkältung«, sagte sie. »Aber ich hab ihn gut gepflegt, und jetzt wird er schon wieder frech und kommandiert mich rum.«

Der Bärtige grinste. »Na, dass jemand dich herumkommandieren kann, halt ich aber für'n Gerücht«, meinte er und zog wieder ab.

Ich schmunzelte in mich hinein. Gustave war offenbar der Freund des burschikosen Koboldmädchens, und in der Tat konnte auch ich mir nicht vorstellen, dass sie sich irgendetwas gefallen ließ.

Sophie hob das Glas, ihre Augen glänzten groß und dunkel.

»Auf das Leben!«, sagte sie. Und als ich nicht gleich reagierte: »Na, was?!«

Wir stießen an, und ich fühlte mich irgendwie wohl und unwirklich zugleich, während ich ihr zuhörte, wie sie Arthur erklärte, wozu man einen Klüpfel braucht und wie man eine abgebrochene Nase für eine Statue rekonstruiert und mit einem inwendigen Stift befestigt, damit sie besser hält. Dann wandte Sophie sich wieder mir zu, sie war interessiert, sie war unbefangen, sie aß mit großem Appetit, sie stellte mir tausend Fragen und zeigte mit der Gabel auf mich, wenn sie einen Gedanken ausformulierte.

Dies war sicher der seltsamste Abend, den ich seit langem verbracht hatte. Und noch seltsamer war, dass ich dieser Fremden mit dem unbekümmerten Lachen tatsächlich mein Herz ausschüttete. Ich hätte es nie für möglich gehalten, aber ich erzählte ihr von Hélène, von meiner Einsamkeit, von der Schwierigkeit, mich auf meine Arbeit zu konzentrieren.

Wir saßen da wie in einer Blase, und es war, als würden die Karten neu gemischt. Manchmal ist es leichter, mit einem Fremden zu sprechen, als mit Menschen, die einen gut kennen und alles von einem wissen – oder zu wissen glauben.

Ich jedenfalls wusste nichts über dieses dunkelhaarige Mädchen, das »Engel reparierte« und vielleicht auch gebrochene Herzen – nur dass sie einem sehr ungewöhnlichen Handwerk nachging, für das man heutzutage an der Akademie studieren musste, und älter war, als ich zunächst angenommen hatte. Als ich sie am Nachmittag da oben auf der Mauer hatte sitzen sehen, hätte ich sie für achtzehn gehalten, dabei war sie schon neunundzwanzig.

»Und wie ist das bei Ihnen?«, fragte ich, als der Kellner das Essen abräumte. »Ist es nicht wahnsinnig deprimierend, auf einem Friedhof zu arbeiten? Wie können Sie bei Ihrem Beruf so heiter sein! Immer dieses *memento mori* – ich meine, das muss einen doch auf die Dauer ganz trübsinnig machen.«

Sophie schüttelte den Kopf. »Aber nein, das Gegenteil ist der Fall. Ich genieße das Leben jeden Tag, vielleicht gerade *weil* mir sehr bewusst ist, dass unsere Zeit hier begrenzt ist. Wir sind nur auf der Durchreise,

Monsieur Azoulay, es kann jeden Tag vorbei sein, deswegen …«, sie sah mich bedeutungsvoll an, »nutzen Sie den Tag. Nutzen Sie *jeden* Tag.«

Ich winkte ab. »Ach, dieser alte Spruch vom *carpe diem*.«

Sie nickte. »Genau. Er ist alt, aber deswegen nicht weniger wahr.«

»Ich habe keine Angst vor dem letzten Tag.«

»Das sollten Sie aber, Monsieur Azoulay. Irgendwann werden Sie alt und grau sein, die morschen Knochen werden Ihnen wehtun, das Lesen wird mühsam, Sie verstehen nur noch die Hälfte von dem, was man sagt. Sie werden gebeugt durch die Gegend schlurfen und von innen frieren, und Sie werden müde sein von all dem Leben, das Sie gelebt haben. Und dann können Sie von mir aus sterben und zu Ihrer Frau ins Grab steigen. Aber nicht jetzt.«

Sie sah auf Arthur, der inzwischen vor einem Erdbeereis saß und mit einem Kugelschreiber sein Set vollmalte.

»Das sind ja tolle Aussichten«, sagte ich.

»Nein, wirklich.«

Sie hatte wieder diesen strengen Blick vom Friedhof aufgesetzt. Vermutlich kam jetzt die in Aussicht gestellte Rede über die Lebenden und die Toten.

»Hören Sie, Julien! Nach so einer schlimmen Sache ist es in Ordnung, wenn man eine Weile down ist. Das ist ganz normal. Aber Sie müssen irgendwann auch aufhören, um Ihre tote Frau zu trauern. Trauern ist eine Form der Liebe, die immer nur weiteres Unglück nährt, wussten Sie das denn nicht?«

Ich starrte sie an und schwieg.

»Ja – *wollen* Sie etwa unglücklich sein?«, fragte sie ungeduldig.

»Das kann man sich schließlich nicht aussuchen«, gab ich unwirsch zurück.

»Oh doch, das kann man!«

»Was wissen Sie schon!« Ich sah plötzlich Hélènes liebes Gesicht vor mir und schob verzweifelt mein Besteck auf dem Teller zusammen.

»Mehr als Sie denken.« Sophie schaute mich aufmerksam an. »Ich weiß zum Beispiel, dass Sie gerade an Ihre Frau gedacht haben.«

Ich senkte den Kopf.

»Schauen Sie, Julien, es ist so«, sagte sie da behutsam. »Die Toten sollten immer ein Zimmer in unserer Erinnerung haben. Wir können sie dort besuchen, doch es ist wichtig, dass wir sie in diesem Zimmer zurücklassen und die Tür von außen zumachen, wenn wir gehen.«

Als wir uns vor dem Bistro verabschiedeten, wünschte sie mir alles Gute. »Sicher sehen wir uns mal wieder auf dem Friedhof, ich bin ja den ganzen Sommer über dort. Und vergessen Sie nicht, was ich Ihnen gesagt habe.« Dann wandte sie sich Arthur zu, der schläfrig an meiner Hand hing. »Mach's gut, mein Kleiner. Und ganz viel Spaß mit deiner *grand-mère*! *Bonne nuit!*«

Sie lief die Straße entlang in ihrem dunklen Overall und den weichen Turnschuhen und winkte uns noch einmal kurz zu, bevor sie eine der kleinen Gassen nahm, die zum Montmartre hinaufführten.

»Die war nett«, sagte Arthur und gähnte. »Fast so nett wie Cathérine.«

Ich lächelte. »Oje, da ist ja jemand ganz müde.«

»Ich bin nicht müde«, protestierte er schwach, und ich packte seine kleine Hand fester und beschloss, dass wir ein Taxi nach Hause nehmen würden. Es war spät geworden.

Ich blickte in den Himmel über Montmartre, wo verloren der Mond stand. Er war eine halbe Scheibe, und ich fragte mich, ob der alte Geselle seine andere Hälfte genauso vermisste wie ich.

Kapitel 8
Alle Wetter

Der April ist wie überall auch in Paris eine launische Jahreszeit. Und ebenso häufig wie das Wetter wechselte in den folgenden beiden Wochen auch meine Stimmung.

Nachdem ich Arthur und Maman am Freitag in den Zug an die Atlantikküste gesetzt hatte, war ich zum ersten Mal seit Hélènes Tod allein. Ich meine, *wirklich* allein. Ich schloss die Wohnung auf, die leerer als leer war, sammelte ein paar von Arthurs Playmobilfiguren auf, die auf dem Wohnzimmerparkett verstreut lagen, und wusste mit einem Mal nicht, wie ich mich fühlen sollte: erleichtert, meine Ruhe zu haben und ganz selbstbestimmt zu sein, oder verlassen und der letzten sinngebenden Struktur meines Lebens beraubt? Für einen Moment geriet ich in Panik und überlegte schon, Maman anzurufen und ihr zu sagen, dass ich doch ans Meer nachkommen würde, da klingelte es an der Tür.

Doch diesmal war es nicht mein Verleger, der sich nach dem Stand der Dinge erkundigen wollte – Cathérine stand draußen und fragte mich, ob ich Lust hätte, im *Au 35* mit ihr eine Kleinigkeit essen zu gehen.

Der Mensch ist ein Wesen, das auf seinen Vorteil bedacht ist, sicher so eine Art Überlebensinstinkt, und ich gestehe, dass ich fast erleichtert war, sie da draußen stehen zu sehen. Mein Kühlschrank war leer, ich hatte keine große Lust auf den Supermarkt, und zu ihrer und meiner Überraschung sagte ich sofort ja und zog meine Jacke wieder an.

Das *Au 35* ist ein kleines vegetarisches Restaurant, das sinnigerweise in der Rue Jacob, Hausnummer 35 liegt, also nur ein paar Schritte von unserem Haus entfernt. Ich war dort schon öfter gewesen. Die Karte war überschaubar, das Essen ganz gut, wenn man vegetarisches Essen mochte wie Cathérine, die sich seit einiger Zeit nur noch fleischlos ernährte, weil es ihr angeblich besser bekam.

Mir war an diesem Tag alles recht, und während sie ihre Sesam-Quinoa-Bällchen aß und ich meinen *Salade au chèvre chaud*, wollte sie wissen, ob Arthur gut in die Ferien gestartet war.

»Ich fahre übermorgen auch für ein paar Tage zu meinen Eltern nach Le Havre«, teilte sie mir mit. Und ich sagte »Wie schön!« und dachte, dass offenbar das ganze Haus in dieser Osterwoche ausgeflogen war – mit Ausnahme vielleicht von Madame Grenouille, die allein in der kleinen Zwei-Zimmer-Wohnung gegenüber von Cathérine wohnte und die Hélène und ich früher gern als »die Kinderhasserin« bezeichnet hatten, weil sie sich stets darüber beschwerte, dass Arthur seinen kleinen Tretroller nicht ordentlich unten im Hausflur abgestellt hatte und überhaupt, wie sie uns mit missbilligendem Blick versicherte, nicht erzogen sei und im Treppenhaus singe, lärme und seine Bälle titschen lasse.

»*Écoutez!* Ich habe selbst drei Kinder großgezogen«, schnaubte sie, wenn Hélène ihr zu widersprechen wagte. »Die haben allesamt bessere Manieren als die Kinder heutzutage.«

Offenbar hatte sie bei der Erziehung aber trotzdem etwas falsch gemacht, denn ich habe nie gesehen, dass eines ihrer Goldkinder sie jemals besucht hätte.

»Sag mal, meinst du, du könntest vielleicht Zazie füttern? Also nur, wenn es für dich passt, ich kann sonst auch jemand anderen fragen«, sagte Cathérine da.

Zazie? Ach, Zazie!

Ich musste immer an den Film *Zazie dans le Métro* denken, wenn Cathérine über ihre schwarze Katze mit den weißen Pfötchen sprach, in die Arthur ganz vernarrt war.

»Sicher. Ich bin ja da, kein Problem«, sagte ich. »Ich halte hier die Stellung.«

Das hätte ich besser nicht gesagt.

»Oje, du Ärmster! Hoffentlich fühlst du dich nicht zu einsam«, meinte Cathérine sofort und sah mich wieder mit diesem Schlafzimmerblick an. »Jetzt, wo

Arthur weg ist, bist du ja ganz allein.« Sie legte den Kopf schief, spitzte mitfühlend ihren Mund, und ich richtete mich alarmiert auf.

»Oh, ich bin ehrlich gesagt ganz froh, dass ich mal meine Ruhe habe«, wehrte ich ab. »Ich muss schreiben.« Ich hatte das in der letzten Zeit so oft gesagt, dass ich fast schon selbst daran glaubte. Offenbar klangen meine Worte überzeugend, denn Cathérine stützte ihr Kinn in die Hand und sah mich interessiert an.

»Um was geht es denn eigentlich in deinem neuen Buch?«, wollte sie wissen.

Ich gab bereitwillig Auskunft, froh darüber, dass wir die unsicheren Pfade persönlicher Befindlichkeiten wieder verlassen hatten.

Mein neuer Roman handelte von dem Verleger eines kleinen Verlags, der sich mit viel Engagement so recht und schlecht über Wasser hält – die Buchbranche ist ja nicht gerade eine prosperierende –, seine Ehe ist belastet und in Gefahr, aber eines Tages passiert durch einen Zufall etwas völlig Verrücktes. Ein Roman, den er in seinem Verlag herausgebracht hat, wird durch die schicksalhafte Verkettung höchst komischer Umstände mit einem literarischen Buch verwechselt, das denselben Titel trägt – und wird unerwarteterweise für den Prix Goncourt nominiert. Plötzlich ist der Roman ausverkauft, muss in Windeseile nachgedruckt werden, jeder will ihn haben, Verlage aus dem Ausland überschlagen sich in aberwitzigen Auktionen, um die Rechte zu erwerben, die Juroren finden das Buch »erfrischend einfach« und »mit großer Genialität der Umgangssprache nachempfunden«, eine indische Schauspielerin, die Geld wie Heu hat, will eine Bollywood-Verfilmung mit sich in der Hauptrolle, alles läuft aus dem Ruder, und die für diese folgenreiche Verwechslung Verantwortlichen genieren sich dermaßen, dass sie nicht wagen, die Wahrheit sagen. Am Ende flippt der Verleger, ein eher unsportlicher Mann, der sich nicht allzu gern bewegt, vor Glück aus und tanzt nachts heimlich im Mondschein in seinem kleinen Garten.

Und so sollte auch der Titel meines neuen Romans lauten, den es immerhin schon gab: *Der Verleger tanzt nachts im Mondschein*.

Cathérine hatte mir aufmerksam zugehört. »Hm«, sagte sie dann. »Das klingt doch alles sehr gut. Das wird sicher ein *tolles* Buch«, bekräftigte sie noch einmal und lächelte mir ermutigend zu.

Ich lächelte erfreut zurück, und mein Blick glitt wohlgefällig über ihre wasserblaue Tunika-Bluse, die sie über ihrer Jeans trug und die so gut zur Farbe ihrer Augen passte.

»Nur den Titel finde ich irgendwie komisch.«

»Das soll ja auch ein irgendwie komischer Roman werden, Cathérine«, erwiderte ich schlagfertig. Meine Güte! Der Titel war doch das Beste an diesem ganzen blöden Buch.

Jean-Pierre Favre hatte sich damals vor Vergnügen auf die Schenkel geklopft, als ich ihn vorschlug. »Köstlich, mein lieber Julien, ganz großes Kino! Das gebe ich gleich an den Grafiker weiter, der soll schon mal mit den Coverentwürfen anfangen.«

Damals hatten wir ja beide noch geglaubt, dass ich den Roman mit Verve und Esprit sehr rasch meinen ersten Bestsellern hinterherschieben würde.

Ich seufzte innerlich und bemerkte, wie Cathérines Augen sich verdunkelten.

»Das stelle ich mir schwierig vor – ich meine, so ein komisches Buch zu schreiben, nach allem … nach allem, was passiert ist«, schloss sie stockend.

Sie meinte es sicher gut, aber sie hatte ein seltenes Talent, ihre hübschen Finger in die Wunde zu legen.

»Weißt du, Julien, du kannst mich immer auf dem Mobiltelefon anrufen«, sagte sie. »Ich meine, falls dir die Decke auf den Kopf fällt, oder wenn du nicht weiterkommst mit deinem Buch.«

Den Teufel werd' ich tun, dachte ich, zahlte die Rechnung für uns beide und lächelte.

»Klar«, sagte ich.

Ich schrieb wirklich viel in dieser ersten Woche. Ich setzte mich morgens an den Computer, trank schwarzen Kaffee wie ein Idiot, rauchte und hämmerte irgendeinen belanglosen Unsinn in die Tasten. Am Abend löschte ich dann alles.

Auch eine Art, sich zu beschäftigen und nicht weiterzukommen.

Doch meine Briefe an Hélène zerriss ich nicht.

Ich erzählte ihr von meinen missglückten Schreibversuchen, von Arthur, der am Meer mit Mamie so glücklich war, von Mamie, deren Schwester Carole tatsächlich für ein paar Tage in das Ferienhaus nach Honfleur gekommen war, nachdem ihre Tochter Camille sich bereiterklärt hatte, auf ihren kranken Vater aufzupassen, von Camille, die mit Begeisterung Hélènes rotes Kleid mit den weißen Pünktchen trug und sich verliebt hatte. Ich schrieb ihr von Alexandre, der sehr beschäftigt damit war, seine Frühlingsausstellung vorzubereiten, und dennoch eines Abends spontan bei mir vorbeischaute, um nach dem Rechten zu sehen. Von Zazie, die ich fütterte und die sich jedes Mal vor Freude auf dem Teppich rollte, wenn ich die Tür zu Cathérines Wohnung aufschloss.

Ich schrieb mittlerweile fast täglich an Hélène, es waren völlig ungefilterte Briefe, fast wie Tagebucheinträge. Es tat mir gut, und das geheime Fach im Grabstein füllte sich mit Umschlägen. Ich fühlte mich Hélène so nah, als ob es sie tatsächlich noch irgendwo geben würde. Und irgendwo gab es sie ja auch.

Auch von der Frau in den Bäumen schrieb ich, die Arthur und ich auf dem Friedhof kennengelernt hatten, und wie ich erst gedacht hatte, dass Arthur mit einem Baum sprechen würde. Nicht selten ertappte ich mich dabei, dass ich unwillkürlich nach Sophie Ausschau hielt, wann immer ich meine Fahrten zum Friedhof von Montmartre unternahm.

Beim ersten Mal war Sophie nirgends zu sehen, aber das lag sicher daran, dass es Ostersonntag war und sie Besseres zu tun hatte, als Engel und Grabsteine zu restaurieren. Dafür fand ich wieder ein Vergissmeinnicht-Sträußchen auf Hélènes Grab vor, welches Cathérine dort offenbar noch vor ihrer Abreise hingelegt hatte. Beim nächsten Mal regnete es, und das Mädchen vom Friedhof zeigte sich nicht. Aber beim dritten Mal sah ich in einiger Entfernung eine zierliche Gestalt in Latzhose und Käppi, die in der milden Sonne auf dem Dach eines verwitterten Grabmonuments hockte und den porösen Stein mit einer Drahtbürste traktierte.

Sie winkte mir von weitem zu.

»Oh, der Schriftsteller«, sagte sie.

Und ich sagte: »Oh, die Bildhauerin. Na, auch mal wieder hier?«

»Bei Regen arbeite ich nicht.« Sie kletterte vom Dach des Steinhäuschens und wischte sich die Hände an der Latzhose ab. »Und Sie? Schon wieder hier auf dem Friedhof. Ich dachte, Sie wollten schreiben?«

»Ich versuche es.«

»Und was macht mein kleiner Freund?«

»Arthur? Dem geht's blendend. Es tut ihm gut, mal von allem weg zu sein. Er rennt am Strand entlang, hüpft in den Wellen, sammelt Muscheln und ist fröhlich wie schon lange nicht mehr, sagt meine Mutter.«

»Ein Spaziergang am Meer ist die beste Therapie«, erklärte Sophie, und ich lachte, weil sie immer eine Binsenweisheit auf Lager hatte. »Ich würde auch mal wieder gern ans Meer fahren.« Ihre großen Augen blickten einen Moment träumerisch in die wogenden Bäume. »Aber ich habe im Moment einfach zu viel zu tun, und wir können ja nur arbeiten, wenn die Witterung entsprechend ist. Zu starke Sonne ist schlecht für einige Materialien, und bei Frost kann man die Konservierungsmittel nicht verwenden.« Sie machte Anstalten, wieder auf ihr Häuschen zu klettern.

»Wer vergibt eigentlich diese Aufträge?«, fragte ich schnell. »Die Stadt?«

»Manchmal die Stadt, wenn es alte Gräber sind, die unter Denkmalschutz stehen und erhalten werden sollen. Aber oft sind es auch einfach Privatpersonen – irgendwelche Nachfahren von berühmten Leuten, die hier liegen. Sie würden staunen.«

Wir unterhielten uns noch eine Weile, bevor sie schließlich wieder auf das Dach der Familiengruft zurückkletterte und ich den Cimetière verließ und noch ein bisschen am Montmartre herumstreifte. Ich hielt nach Sophies kleinem Bistro Ausschau, fand es aber nicht und stieg stattdessen die Rue des Saules hinauf, die von Weinstöcken gesäumt war – Überreste aus der Zeit, als Montmartre noch ein Dorf auf einem

Hügel war – und mich schließlich zum *Le Consulat* führte, wo ich vor vielen Jahren mit Hélène in der Sonne gesessen hatte.

Die Tage wurden heller, es wurde wärmer, selbst Madame Grenouille vergaß ihren Hass auf die Welt und grüßte mich, für ihre Verhältnisse ganz freundlich, als wir uns einmal im Flur vor Cathérines Wohnung begegneten. Sie wusste bereits, dass ihre Nachbarin weggefahren war und dass ich deren Katze hütete. Zwei Mal am Tag ging ich hinunter, um nach ihr zu schauen. Zazie miaute laut hinter der Tür, sobald sie mich hörte, und strich mir aufgeregt um die Beine, wenn ich ihr das Futter aus der kleinen Dose in ihren Napf löffelte und frisches Wasser hinstellte.

Doch die Höhepunkte jener ereignislosen Tage waren sicherlich meine Besuche auf dem Friedhof und die damit verbundenen Plaudereien mit Sophie, die mich für den Moment auf andere Gedanken brachten. Ich hielt mich ganz gut, so lange ich abgelenkt war, auch wenn mich manchmal nachts eine abgrundtiefe Verzweiflung überwältigte und meine Trauer immer wieder und ganz unerwartet zuschlug.

Es konnte ein lachendes Paar auf der Straße sein, das sich unbeschwert bei den Händen fasste, oder ein Song im Radio – schon war er wieder da, der alte Schmerz. Als ich in den Nachrichten vom Tod eines berühmten Theaterschauspielers der *Comédie-Française* hörte, stiegen mir die Tränen in die Augen. Dabei ging ich so gut wie nie ins Theater, geschweige denn, dass ich diesen Menschen persönlich gekannt hätte. Doch in diesen Tagen konnte selbst der Anblick eines einsamen Croissants in meinem Brotkorb mich zutiefst deprimieren.

Das schöne Wetter lockte die Touristen auf den Friedhof von Montmartre, und auch das störte mich. Einmal stand eine englische Schulklasse an Heines Grab, die Jugendlichen kreischten herum und machten unablässig Selfies, und ich wäre fast dazwischengegangen und hätte gerufen *»Shut your fucking mouth, this is a cemetery«*, hielt mich dann aber doch zurück. An einem anderen Tag sah ich irgendwelche Fremden, die Arm in Arm vor Hélènes Grabstein standen und versonnen auf den Bronzeengel schauten. »Was für ein schönes Gesicht«, meinte der Mann, und bevor sie zum nächsten Grab weiterschlenderten, hörte ich die Frau sagen: »Und was für ein trauriges Gedicht. Welche Geschichte sich wohl dahinter verbirgt? Sie war ja noch ganz jung.«

Früher, als mich der Tod noch nichts anging, war ich auch manchmal so über Friedhöfe gestreift, hatte mir die Inschriften angeschaut und mir die Schicksale zwischen den beiden Daten, die ein Leben begrenzen, ausgemalt. Dort lag ein Kind, das sich niemals hatte verlieben können, hier war ein Mann seiner Frau nur drei Monate später ins Grab gefolgt. Es waren Geschichten, die mich im Moment zwar berührten und nachdenklich stimmten, die ich jedoch hinter mir ließ, sobald ich wieder hinaustrat ins bunte Leben. Heute war ich ruhelos, wie eine Geschichte, die keinen Anfang hatte und kein Ende.

Drei Tage bevor Arthur aus den Ferien zurückkommen sollte, begegnete ich noch einmal Sophie. Sie packte gerade ihr Werkzeug zusammen und war im Begriff zu gehen. Doch spürte sie wohl, dass ich mich sehr verloren fühlte an diesem Nachmittag, denn sie schimpfte mit mir, dass ich viel zu oft hierherkäme, und schlug dann vor, gemeinsam einen Kaffee trinken zu gehen.

Dankbar willigte ich ein.

»Jetzt mal ehrlich – was machen Sie nur immer so oft auf dem Friedhof, Julien?«, fragte sie, als wir wenig später draußen an der Rue Lepic unter der Markise des *Les Deux Moulins* saßen.

Ihr Blick durchbohrte mich, und ich wurde rot. Ich konnte ihr ja schlecht von den Briefen erzählen, in denen sie selbst auch schon Erwähnung gefunden hatte.

»Sie kommen doch wohl nicht wegen mir, was?« Sie drohte mir scherzhaft mit dem Finger.

»Ich wünschte, ich könnte sagen, es wäre so … Aber ich freue mich immer, Sie zu sehen, Sophie«, erklärte ich wahrheitsgemäß.

»Na, immerhin.« Ihr Mund verzog sich zu einem spöttischen Lächeln, dann zeigte sie mit ihrem Kaffeelöffel auf mich. »Ich sag Ihnen jetzt mal was, Julien, diese ganze Grabgängerei tut Ihnen nicht gut. Verlorene Lebenszeit, die Sie besser nutzen könnten, und Hélène wird davon auch nicht wiederauferstehen.«

Ihre burschikosen Worte machten alles irgendwie leichter.

»Nun ... Ich muss ja mal nach dem Rechten schauen«, erwiderte ich. »Blumen vorbeibringen und so.«

»Ja, ja.« Sie grinste vielsagend, und ich fühlte mich irgendwie durchschaut. Dann zog sie mit einer plötzlichen Handbewegung ihre kleine Kappe ab, streckte ihr Gesicht in die Sonne und schüttelte ihr halblanges Haar. Überrascht schaute ich auf die dunkle Flut, die nun ihr Gesicht einrahmte.

»Drum schenke sie während des Lebens, denn auf Gräbern blüh'n sie vergebens«, dozierte Sophie, und ich fragte: »Wo haben Sie nur all die klugen Sprüche her?«

»Von meiner Großmutter«, erklärte sie keck. »Sie war eine weise Frau – genau wie ich.«

»Ich bin froh, dass Sie mich an Ihrer Weisheit teilhaben lassen, Sophie.«

»Da können Sie auch froh sein. Ohne mich wären Sie verloren.«

Ich hätte gern noch weiter so da gesessen, abgelenkt vom bunten Treiben auf dem Platz und Sophies launigen Reden, die mir so gut taten, aber dann klingelte ihr Mobiltelefon, und sie lachte und sagte: »Soll ich ein Baguette mitbringen?« und »Ja ... ich mich auch. Bis gleich!«. Und dann drehte sie sich zu mir und sagte: »Ich muss los!«

Ich hatte noch keine Lust, nach Hause zu gehen. Ich nahm die Métro nach Saint-Germain und spazierte ziellos durch das Quartier, ging die Rue Bonaparte hinunter, sah mir ein paar Bildbände bei *Assouline* an, überlegte, ob ich eine lederne Manuskripttasche kaufen sollte, auf die einzelne Buchstaben des Alphabets eingestanzt waren, verwarf die Idee aber wieder, als ich den Preis sah. Schließlich bog ich in die Rue de Seine ab und setzte mich ins *La Palette*, um eine Kleinigkeit zu Abend zu essen.

Der Kellner brachte mir gerade den Rotwein, als ich den Herrn mit der runden Goldrandbrille erkannte, der in der anderen Ecke des Bistros unter einem großen Ölgemälde saß und seine Zeitung gerade sorgfältig zusammenfaltete.

Ich tauchte hinter meiner Speisekarte ab, aber es war zu spät.

Jean-Pierre Favre hatte mich bereits gesehen.

»Ah, Azoulay, mein Lieber!« Er kam mit kleinen energischen Schritten zu mir herüber und zog sich einen Stuhl heran. »Was für eine schöne Überraschung. Darf ich mich einen Moment zu Ihnen setzen, *cher ami*?«

Ich nickte unbehaglich und versuchte zu lächeln.

»Schön zu sehen, dass Sie Ihre Wohnung auch mal ab und zu verlassen«, sagte er und zwinkerte mir zu.

»Ich hatte schon Angst, Sie würden sich völlig verbarrikadieren.« Seit der stillen Post, die vor ein paar Wochen unter meiner Wohnungstür hin- und hergeschoben worden war, hatten wir nicht mehr miteinander gesprochen.

»Wie geht es Ihnen? Ich habe gerade noch gestern an Sie denken müssen und wollte Sie schon anrufen. Wir haben jetzt das perfekte Cover für den Roman gefunden.«

Ich heuchelte Begeisterung. Der Roman, das war mein Roman.

»Nun muss nur noch das Werk vollendet werden«, scherzte der Verleger und schob sich seine runde Brille hoch, die die Tendenz hatte, alle paar Minuten seinen schmalen Nasenrücken herunterzurutschen. »Ich hoffe, es geht gut voran mit dem Schreiben?«

»Oh ja, sehr gut«, log ich beherzt und nahm einen großen Schluck Rotwein. »Ich hab schon wieder fünfzig neue Seiten. Tja, wenn man sich erst mal dransetzt.«

»Meine Rede!«, rief Favre und wippte erfreut mit dem Oberkörper nach vorn. »Man muss einfach nur *anfangen*, das ist das ganze Geheimnis.« Er winkte dem Kellner und bestellte sich auch einen Rotwein, offenbar hatte er nicht vor, allzu schnell zu gehen, jetzt, da er seinen Autor mal zu fassen bekommen hatte.

Er überschlug im Geiste ein paar Zahlen und Daten und machte dann eine zufriedene Miene. »Das würde ja bedeuten, dass wir das Buch auf jeden Fall für das Frühjahr haben. Bravo, Azoulay! Ich bin stolz auf Sie! Das ist ja ganz *formidable.*« Er sah mich glücklich an. »Da haben Sie ja doch noch mal die Kurve gekriegt, was? Aber ich war mir immer sicher, dass Sie es am Ende schaffen würden.«

Ich trank stumm meinen Rotwein und nickte.

»*Der Verleger tanzt nachts im Mondschein* – das wird der Renner! Mir kribbelt es schon jetzt in der Nase. Das bedeutet Geld, mein Freund.« Er klatschte in die Hände.

Seine Begeisterung machte mich sprachlos.

Wie sollte ich es übers Herz bringen, seine Hoffnungen zu zerstören?

Ich hätte dringend eine Zigarette gebraucht, aber dazu hätte ich nach draußen gehen müssen. Ich trank mein Glas in einem Zug aus und sah ihn entschlossen an.

»Allerdings …«, begann ich.

»Allerdings?«, echote Jean-Pierre Favre, und seine Augen flackerten ein wenig beunruhigt.

Ich fuhr mir mit der Hand durchs Haar. »Ich bin mir nicht so sicher, ob das wirklich so gut ist, was ich da schreibe«, erklärte ich zerknirscht und verschwieg die unrühmliche Tatsache, dass ich im Grunde gar nichts mehr geschrieben hatte.

»Ach, ein bisschen Lampenfieber gehört dazu«, meinte Favre und wischte meinen Einwand generös mit einer Handbewegung beiseite. »Das finde ich ja gerade so sympathisch an Ihnen, Azoulay, dass Sie immer noch diese Zweifel haben. Auf diese Weise bewahren Sie sich Ihre Kritikfähigkeit. Das wird den Text umso besser machen.«

»Ja, mag sein, aber manchmal denke ich, das ist alles ein ganz großer Mist, was ich da schreibe, und dann frage ich mich, wer das eigentlich freiwillig lesen soll.« Ich seufzte. »Irgendwann wird es nur noch einen einzigen Leser meiner Bücher geben, nämlich mich.«

»Ah, papperlapapp! Hören Sie mit diesem Unsinn auf, Azoulay! Soll ich Ihnen mal etwas sagen?« Er schoss einen triumphierenden Bick auf mich ab. »Sie *können* gar nicht schlecht schreiben. Das sage ich. Ihr Verleger.«

Mit diesen verheißungsvollen Worten stand Jean-Pierre Favre auf und klopfte mir mit der Hand auf die Schulter. »Nur keine Sorge, Julien, Sie schaffen das. Das Buch ist doch schon so gut wie fertig, nicht wahr? Und die letzten Seiten kriegen Sie jetzt auch noch hin.«

Ich sah ihm nach, wie er zahlte und dann wohlgemut das *La Palette* verließ. Ich war mir da nicht so sicher. Irgendwann würde ich ihm die Wahrheit sagen müssen. Wie lange sollte ich ihn denn noch hinhalten?

Bedrückt stocherte ich in meiner *Quiche lorraine* herum und ahnte nicht, dass bereits am nächsten Tag etwas passieren würde, womit ein guter Schriftsteller mühelos viele Seiten hätte füllen können.

Kapitel 9
Würdest du mich in den Arm nehmen, bitte?

Am Morgen war alles noch wie immer. Ich stand auf, ich trank meinen Kaffee an dem kleinen runden Tischchen vor dem Balkonfenster, ich warf einen Blick in die Zeitung. Alles wie immer, nur das Telefon stand nicht still.

Nun ja, ich übertreibe ein wenig – aber für meine Verhältnisse war das Aufkommen von Telefonaten an diesem Samstagmorgen doch recht hoch.

Erst rief Maman an, die mich fragte, ob es in Ordnung wäre, wenn sie noch ein paar Tage länger als geplant in Honfleur bliebe, es sei gerade so schön, und am Wochenende seien die Züge immer so voll. Dann reichte sie mich ungefragt an Tante Carole weiter, die mir *in extenso* von einer Fischsuppe mit lebenden kleinen Fischquappen vorschwärmte, die sie am Vorabend in einer Hafenkneipe gegessen hätten. Bei dem Wort »Fischquappe« drehte sich mir der Magen um. Es war nicht mal zehn Uhr morgens, und so ein Kind des Atlantiks bin ich nun wieder nicht, dass ich um diese Uhrzeit über Lebendproteine aus dem Meer in Entzücken gerate. Das Höchste, was ich zum Frühstück an Eiweiß ertrage, sind zwei gebratene Spiegeleier. Als Letztes kam Arthur ans Telefon, der herumkicherte und sehr geheimnisvoll tat, weil er mir etwas mitbringen wollte.

»Da wirst du dich freuen wie … ein Elefant«, erklärte er stolz.

Ich weiß nicht, wie ein Elefant sich freut, aber ich bewunderte die imaginative Wortschöpfung meines Kindes. »Ich freu mich auch schon wie ein Elefant, wenn du zurückkommst«, sagte ich lächelnd.

»Ich freu mich auch, Papa! Küsschen! Küsschen!« Er schmatzte ein paar Mal in den Hörer, dann brach das Gespräch ab.

Ich wandte mich gerührt dem *Figaro* zu, da klingelte es schon wieder. Diesmal war es Alexandre, der sich vergewissern wollte, ob ich denn auch käme, zu seiner Frühlingsausstellung.

»Alles paletti mit heute Abend?«, fragte er.

»Ja, ja«, sagte ich.

»Gabrielle bringt ihre Schwester mit. Die ist auch allein.«

Ich stöhnte auf. »Alexandre, hör auf, mich zu verkuppeln.«

»Sie heißt Elsa, und stell dir vor, sie schreibt auch! Wie du«, setzte er überflüssigerweise hinzu. »Da habt ihr doch gleich was, worüber ihr reden könnt.

Gabrielle hat ihr schon viel von dir erzählt. Sie freut sich sehr, dich kennenzulernen.«

Ich hatte schon jetzt keine Lust auf diese Elsa.

Es ist nämlich so: Kein Schriftsteller lernt in Wirklichkeit gern einen anderen Schriftsteller kennen. Deshalb sind die Autorenabende, die manche Verlage veranstalten, auch immer so mühsam.

»Was schreibt sie denn so?«, fragte ich misstrauisch.

»Oh, ich glaube, Gedichte.« Mein Freund lachte ahnungslos.

»Und sie heißt wirklich *Elsa*?«

»Ja, nein, keine Ahnung … Wen interessiert's? Elsa oder Else. Vielleicht ist das auch ihr Dichtername. Sie signiert immer mit Elsa L. oder so.«

Sofort formte sich in meiner Phantasie ein in orientalische Beinkleider gewandetes, exaltiertes Wesen mit einem grellbunten Seidenschal um die Stirn, das in Literaturzirkeln verkehrte und sich wie ihr *role model* für einen ägyptischen Prinzen hielt.

Immerhin war die Dichterin Gabrielles Schwester, und die war ja auch schon ziemlich speziell.

Ich sah mich schon mit Elsa L. im *L'éspace des rêveurs* stehen: *»Mit wem habe ich die Ehre?«*

»Prinz Jussuf.«

»Sie sind Elsa L.?«

»So nannte man mich einst, jetzt aber bin ich Prinz Jussuf und heiße dich willkommen in Theben, der Stadt, deren Prinz ich bin.«

Es würde großartig werden.

»Und sieht sie denn auch aus wie Else Lasker-Schüler?«, fragte ich.

»Wie *wer*?«

»Vergiss es!«

»Julien, was faselst du da? Sie sieht phantastisch aus, sonst hätte ich sie gar nicht eingeladen. Außerdem kann sie vielleicht mal ein paar Texte für meine Poesie-Ketten machen. Also dann – bis heute Abend, mein Freund. Und wehe, du kneifst!«

Die Dritte, die anrief, war Cathérine. Sie war wieder zurück aus Le Havre und wollte sich noch einmal bedanken, dass ich ihre Katze so gut versorgt hatte. »Ich bin gerade noch unterwegs, ein paar Besorgungen machen«, sagte sie und klang ganz aufgekratzt. »Kann ich mir später den Schlüssel abholen?«

»Ja, sicher«, sagte ich.

Die Stunden verstrichen, und ich hatte immer weniger Lust auf den Abend. Ich bummelte in der Wohnung herum, legte mich nachmittags aufs Sofa und las und zögerte den Moment, an dem ich das Haus verlassen würde und »Prinz Jussuf« begegnen sollte, immer weiter hinaus.

Auf Alexandres Einladung hatte etwas von neunzehn Uhr gestanden, aber man musste ja schließlich nicht bei den ersten Gästen sein. Um Viertel vor sieben feuerte ich schließlich mein Buch in die Ecke und ging seufzend ins Bad, um eine Dusche zu nehmen. Ich frottierte mir gerade die Haare, als ich es wieder klingeln hörte. Diesmal war es die Türglocke. Ich schlang mir ein Handtuch um und tappte mit nassen Füßen in den Flur. Ein Blick durch den Spion zeigte mir, dass es Cathérine war, die vor der Tür stand. Sie wartete einen Moment, bevor sie erneut klingelte.

Der Schlüssel, sie wollte den Schlüssel haben! Wo hatte ich den jetzt wieder hingelegt? Ich kramte auf der Schale, die auf der Kommode im Flur stand, doch dort war er nicht.

Ich öffnete die Tür einen Spalt und sah sie mit einer Weinflasche im Hausflur stehen.

»*Salut*, Cathérine«, sagte ich. »Ich dusche gerade. Ich bring dir den Schlüssel gleich vorbei, ja?«

Ohne ihre Antwort abzuwarten, machte ich die Tür wieder zu.

Als ich eine Viertelstunde später in Hemd, Hose und Jacke bei ihr klingelte, riss Cathérine die Tür weit auf, als habe sie schon auf der Lauer gelegen. Hinter ihr warf sich Zazie auf den Boden und wälzte sich schnurrend.

»Ah, Julien, da bist du ja!« Cathérine lächelte erfreut, und irgendetwas an ihr war anders als sonst. Ihre Haut war sonnengebräunt, die schlanken Arme ragten aus dem frühlingshaften Kleid mit den blauen Streifen, ihre Augen blitzten, und kleine türkisfarbene Tropfen schaukelten an ihren niedlichen Ohren, die mir jetzt auffielen, weil sie das Haar nach hinten gesteckt hatte. »Komm doch rein!«

Ein zarter Duft von Maiglöckchen wehte zu mir herüber.

Ich schüttelte den Kopf und hielt ihr den Schlüssel entgegen.

»Keine Zeit. Ich bin noch zu einer Ausstellung eingeladen.«

»Ach, egal! Komm trotzdem einen Moment rein«, insistierte sie und schwebte ins Wohnzimmer vor. Ich folgte ihr etwas unschlüssig. Als ich an der Küche vorbeiging, roch es nach Thymian und würzigem Fleisch.

Auf dem Tisch waren Teller gedeckt, und eine geöffnete Flasche Wein stand mit zwei Gläsern auf dem Sideboard.

Bevor ich protestieren konnte, goss Cathérine etwas Wein in die Gläser und reichte mir eines.

»Tausend Dank noch mal, dass du Zazie so gut betreut hast«, sagte sie überschwänglich. »Probier mal, der ist gut. Du bekommst nachher auch noch eine Flasche als kleines Dankeschön.«

»Aber das ist doch nicht nötig, Cathérine«, protestierte ich. »Ich wohne schließlich im selben Haus.«

»Ja, das ist gut, dass du im selben Haus wohnst. Darüber bin ich manchmal wirklich froh.«

Ich deutete auf den gedeckten Tisch. »Erwartest du noch Besuch?«

»Ja und nein«, gab sie zur Antwort. »Meine Freundin hat eben abgesagt. Magen-Darm-Virus.«

»Oje. Unangenehm.«

»Ja.« Sie nickte, und dann lächelte sie mich wieder so seltsam an. »Und jetzt sitze ich hier mit meiner Lasagne nach toskanischer Art … Ich kann ja schlecht Madame Grenouille zum Essen bitten … Die hätte bestimmt Zeit …«

Ihre Augen glitzerten, und ich ahnte, worauf das Ganze hinauslief.

»Tja, das ist nun wirklich Pech«, sagte ich und stellte mein Glas ab. »Aber ich muss jetzt leider trotzdem los, ich bin sowieso schon spät dran.« Ich sah auf die Uhr, es war halb acht.

Plötzlich, ich weiß auch nicht wie, stand sie vor mir in ihrem blauen Kleid, stellte sich mir in den Weg und sah mich mit ihren Julie-Delpy-Augen flehend an.

»Ach, bleib doch noch etwas, Julien! Du könntest schon einen kleinen Happen Lasagne mit mir essen. Und danach kannst du immer noch zu dieser Ausstellung gehen.« Ihre Wangen waren rot.

Ich schüttelte verwirrt den Kopf. »Aber Cathérine, ich …«

»Bitte!« Sie sah mich unverwandt an. »Weißt du denn nicht, dass ich heute Geburtstag habe?«

Nein, das hatte ich nicht gewusst. Um die Geburtstage hatte sich immer Hélène gekümmert.

»Ach herrje!«, sagte ich.

Was hätte ich denn tun sollen? Ich blieb bei ihr, man ist ja schließlich kein Unmensch. Eine junge Frau, die nicht nur ihre beste Freundin verloren hatte, sondern nun an ihrem zweiunddreißigsten Geburtstag auch noch versetzt worden war, ließ man eben nicht allein.

Zudem war Cathérines selbstgemachte Lasagne sicher um einiges besser als die Häppchen, die es bei Alexandres Ausstellung geben würde, auf der die umwerfende Elsa L. jetzt leider einen anderen Gesprächspartner würde finden müssen.

Und so fügte ich mich in mein schweres Schicksal.

An diesem Abend hatte die Freundin meiner Frau eine Sternstunde. Sie war so dankbar, dass ich bei ihr geblieben war, dass sie all ihren Witz und Charme mobilisierte, um mich gut zu unterhalten. Bald schon, ich muss es gestehen, fühlte ich mich ganz behaglich bei dem leckeren Essen, dem guten, ein wenig schweren Rotwein, den Cathérine immer wieder großzügig nachschenkte, der leisen Musik, den Kerzen, die sie angezündet hatte.

»Tut mir echt leid, dass ich deinen Geburtstag vergessen habe«, sagte ich irgendwann, da hatten wir es uns schon bei einer zweiten Flasche auf ihren beigefarbenen Leinensofas bequem gemacht, die sich, durch einen Glastisch getrennt, gegenüberstanden. Es war schon längst klar, dass ich nicht mehr zu Alexandres Ausstellung gehen würde, obwohl wir am Anfang beide noch davon gesprochen hatten und ich Cathérine beim Essen sogar vorgeschlagen hatte, doch einfach mitzukommen, wenn sie nicht allein zu Hause bleiben wollte.

In der Ecke brannte eine Stehlampe und tauchte den Raum in ein weiches Licht, und auf dem Tisch standen noch die unabgeräumten Teller und die Kerzen, die allmählich herunterbrannten.

Ich war etwas benebelt vom Wein, Zazie hatte sich neben mir in den Kissen eingerollt, und ich selbst fühlte mich auch schon so träge wie ein satter Kater.

Cathérine löffelte ihr Schälchen mit dem Tiramisu aus und starrte gedankenverloren in die Kerzen, die auf dem Esstisch flackerten.

»Ja, diese Geburtstage«, sagte sie und stellte ihr Schälchen neben meines. »Vor zwei Jahren haben wir meinen dreißigsten Geburtstag noch alle zusammen im *Vieux Colombier* gefeiert, erinnerst du dich?«

Ich nickte versonnen. Ich erinnerte mich noch gut an die kleine gemütliche Brasserie in der Nähe der Saint-Sulpice-Kirche und die vielen Gläser Rotwein, die wir zusammen auf Cathérines Wohl getrunken hatten. Hélène, Cathérine und ich waren die Letzten, die das *Vieux Colombier* schwankend und lachend verließen. Wir hatten es ja nicht weit.

Im April vor zwei Jahren war die Welt noch in Ordnung gewesen. Und im Juni desselben Jahres zeigten sich dann die ersten Risse in der Oberfläche, unter denen schon der Abgrund lauerte.

Ich seufzte, von einem Gefühl tiefer Melancholie überwältigt.

Cathérine seufzte auch, und als hätte sie meine Gedanken erraten, sagte sie unvermittelt:

»Da war Hélène noch da.« Sie schwieg betroffen. »Hélène hätte nie einen Geburtstag vergessen«, sagte sie dann. »Sie hat mir immer so wunderbare Glückwunschkarten geschrieben … Ich … Ich habe sie alle noch, und manchmal …«

Sie brach plötzlich ab und schlug die Hand vor den Mund. Ihre Augen schimmerten. »Ich vermisse sie so«, flüsterte sie. »Ich weiß gar nicht, wohin ich soll mit diesem ganzen Vermissen.« Sie sah mich unglücklich an. »Ach, Julien!«

»Ach, Cathérine«, sagte ich. »Ich vermisse sie doch auch.«

»Was sollen wir nur tun? Was sollen wir denn nur tun?«

Sie sagte es gleich zwei Mal, und jedes Mal ging es mir wie ein Dolchstoß durchs Herz. Weil die Antwort zu schrecklich gewesen wäre.

Nichts. Wir konnten nichts tun.

Ich erhob mich schwerfällig vom Sofa.

»Ich glaube, wir sollten jetzt besser schlafen gehen, Cathérine«, sagte ich sanft. »Danke noch mal für das Essen.«

Sie stand auch auf und schwankte leicht. »Danke, dass du bei mir geblieben bist, Julien.«

Ich ging zur Tür, und sie begleitete mich bis in den schmalen Eingangsflur.

»Also dann, schlaf gut«, sagte ich hilflos.

Sie nickte und versuchte ein Lächeln. »Ja, du auch.«

Ich drückte die Türklinke und drehte mich noch einmal um.

Das hätte ich besser nicht getan.

Cathérines kleines Gesicht hatte sich zu einer schmerzerfüllten Grimasse verzogen. Sie rang die Hände, und die Tränen rannen ihr lautlos über die Wangen. Sie schluchzte auf, und ihre Verzweiflung zog mir den Boden unter den Füßen weg.

»Aber nein, Cathérine … Cathérine, nein, nicht doch«, sagte ich und ließ die Türklinke wieder los.

»Würdest du mich in den Arm nehmen, bitte?«

Sie weinte bitterlich, und ich weinte auch und schloss sie in die Arme. Lange Zeit standen wir so da in dem engen dunklen Flur und klammerten uns aneinander wie Ertrinkende. Bis aus der Verzweiflung plötzlich eine übermächtige Sehnsucht wurde. Nach Trost, nach Nähe, nach Berührung.

Vom Duft ihres Maiglöckchenparfums eingehüllt, wagten sich unsere Hände tastend vor. Ich fand Cathérines Mund, der weich und geschwollen war vom Weinen. Sie schmeckte noch nach Tiramisu. Und nach all den traurigen Wochen und Monaten hielt ich wieder eine Frau in den Armen – ein warmes, herzliches, lebendiges Geschöpf, das mich zu sich zog, und dem ich wie einem Versprechen taumelnd ins Schlafzimmer folgte.

Wir waren beide gefühlsmäßig aufgeweicht, wir hatten beide zu viel Rotwein getrunken, und ich wusste, dass wir in einer Krise steckten. Genau so etwas passiert mitten in der Nacht, wenn man in einer Krise steckt. Und doch streifte ich Cathérine das Kleid von den Schultern, hörte ihr leises Seufzen und vergrub mein Gesicht flüsternd zwischen ihren Brüsten.

Kapitel 10
Verlorene Sicherheiten

In den frühen Morgenstunden schlich ich mich aus Cathérines Wohnung wie ein Dieb in der Nacht.

Sie schlief noch, als ich wach wurde, mich einen Moment verwirrt in dem fremden Schlafzimmer umsah und dann von einem großen Unbehagen erfasst wurde. Ich sah in Cathérines friedlich schlafendes Gesicht, das noch von der Wimperntusche verschmiert war, und löste sacht ihren nackten Arm, der schwer auf meiner Schulter lag. Was hatte ich getan? Was hatten wir getan?

Mir brummte der Schädel, als ich aus dem Bett schlüpfte, bemüht, kein Geräusch zu machen, und meine Kleider im Halbdunkel vom Boden aufsammelte. Mit den Schuhen in der Hand schlich ich zur Tür, es war wie in einer Schmierenkomödie.

Zazie sah mich aus ihrem Katzenkörbchen mit schillernden Augen an und miaute leise. Glücklicherweise war sie die einzige Zeugin dieses nächtlichen Zwischenfalls, der wenigstens in Cathérines Wohnung stattgefunden hatte und nicht in meiner. Nicht auszudenken, was passiert wäre, wenn Cathérine mit ihrem Rotwein und ihrer Einsamkeit zu mir gekommen wäre, und Arthur wäre schon zurück gewesen und hätte morgens vor dem Bett gestanden, uns mit großen Augen angestarrt und mit seiner hellen Kinderstimme gefragt: »Schläft Cathérine jetzt in Mamans Bett?« Mir wurde ganz schlecht bei dem Gedanken.

Ich zog die Tür leise von außen ins Schloss und wollte gerade in meine Schuhe schlüpfen, als die Tür der gegenüberliegenden Wohnung sich öffnete.

Erschrocken fuhr ich zusammen. Es war kurz nach sechs, wer um Himmels willen war denn sonntags um diese Uhrzeit schon auf?

Madame Grenouille erfasste die Lage mit einem Blick, nun ja, das war auch nicht besonders schwer. Das schlechte Gewissen stand mir ins Gesicht geschrieben. Die alte Dame sog empört die Luft ein und schüttelte missbilligend den Kopf, bevor sie nur ein Wort hervorstieß: »Un-glaub-lich!«

Ich jagte auf Socken an ihr vorbei die Treppe hoch, ihren bösen Blick im Rücken, und hörte sie im Geiste schon in der kleinen Boulangerie in der Rue Jacob, wo ich immer mein Baguette holte, ihrer Entrüstung Luft machen. »Das müssen Sie sich mal vorstellen, Madame. Seine arme Frau ist gerade mal ein halbes Jahr unter der Erde, und da tröstet er sich schon mit der Freundin. Ich sage nur, so sind sie, die Männer!« Und dann würde sie ihre Tüte mit den Croissants entgegennehmen und wieder »Unglaublich!« sagen, und die freundliche Verkäuferin, die morgens immer ein paar nette Worte für mich hatte – mich, den bedauernswerten Witwer –, würde nicken und mich beim nächsten Mal anstarren, als sei ich ein gefühlloses Monster.

Und es war ja auch unglaublich, überlegte ich, als ich viel zu viel Kaffeepulver in die silberne Espressomaschine löffelte, um erst mal wieder einen klaren Kopf zu bekommen.

Ausgerechnet Cathérine!

Der Geruch nach Maiglöckchen schien immer noch an mir zu haften.

Ich ging unter die Dusche, während der Kaffee brodelnd auf der Herdflamme aufstieg, und ließ den Abend noch einmal Revue passieren, als das Wasser auf meinen Rücken prasselte.

Es war verwirrend und schön gewesen, Cathérine in den Armen zu halten, sie zu küssen und mich selbst lebendig zu fühlen – das konnte ich nicht bestreiten. In keiner Sekunde hatte ich dieses ungute Gefühl, das sich sofort einstellt, wenn zwei Körper nicht miteinander harmonieren. Ihre Anhänglichkeit, ihre Wärme, all das hatte ich – trunken vom Wein und von der Sehnsucht, die schreckliche Leere zu füllen, die in mir herrschte – genossen. Aber als ich am Morgen aufwachte und sie neben mir sah, beschlich mich sofort das Gefühl, eine riesengroße Dummheit gemacht zu haben. Ich hatte mich hinreißen lassen. Und zudem kam es mir so vor, als hätte ich Hélène doppelt verraten.

Die Freundin meiner Frau – das war so banal, das war beschämend, das wäre vielleicht doch ein bisschen zu einfach gewesen. Und nun würde alles schrecklich kompliziert werden, das ahnte ich schon.

Cathérine war wie eine Schwester für mich – oder besser gesagt, wie eine entfernte Cousine –, aber würde sie das auch so sehen?

Ich stellte die Dusche ab und schlang mir ein Handtuch um. Mein Mobiltelefon lag auf dem Küchentisch und brummte schon. Es war Cathérine, die inzwischen offenbar mein Verschwinden bemerkt hatte. Ich ging nicht dran. Stattdessen stellte ich das Radio an.

Eine Frau sang gerade ihren traurigen Song, und als sie an die Stelle *Don't you wish – we could forget this kiss, we're not in lo-ove* kam, machte ich das Radio wieder aus.

Der Kaffee war so stark, dass ich mich nach dem ersten Schluck schütteln musste. Geschah mir ganz recht. Ich zog eine alte Packung mit Keksen aus dem Küchenregal und tunkte sie in das schwarze Gebräu.

Es brummte wieder. Diesmal war es Alexandre. Ich nahm ab.

»Wo warst du gestern? Das finde ich echt nicht okay«, pflaumte er mich an. »Ich hab schon gewusst, dass du nicht kommst.«

»Es ist nicht so, wie du denkst«, sagte ich.

»*Nicht wahr!* Was ist denn das für ein krasser Scheiß?!«, rief Alexandre aus, als ich ihm von der Nacht mit

Cathérine erzählte. Obwohl er die feinsten Goldarbeiten macht, kann mein Freund manchmal fluchen wie ein Hafenarbeiter aus Marseille. Aber selbst die schlimmsten Flüche klingen aus seinem Mund noch irgendwie zivilisiert. »Du hast *Cathérine* flachgelegt?«

»Das ist jetzt vielleicht nicht das richtige Wort«, gab ich zurück. »Wir waren beide ziemlich sentimental an diesem Abend – und da ist es eben passiert.«

»Und jetzt?«

»Frag mich was Leichteres.«

»Wärst du mal auf mein Frühlingsfest gekommen.«

Ich schwieg und schlürfte meine tödliche Mischung. Hinterher ist man immer schlauer.

»War's denn wenigstens schön?«

»In dem Moment schon, sonst wäre ich wohl kaum bei ihr geblieben. Sie sah so hübsch aus, und sie tat mir so leid, und ich tat mir ja auch leid … irgendwie …« Ich verstummte.

Alexandre schien einen Augenblick zu überlegen.

»Willst du meine Meinung hören?«, fragte er dann.

»Nein.«

»Zwei unglückliche Menschen können sich nicht trösten.«

»Danke für den Hinweis«, sagte ich und rieb mir mit der Hand über die Schläfen.

»Zumal es ja um dieselbe Person geht. Das kann gar nicht funktionieren.«

Ich widersprach ihm nicht. In den Romanen bestimmter Autoren funktionierte so etwas manchmal ziemlich gut.

»Ich fühle mich einfach nur grauenvoll«, sagte ich.

»Das wundert mich nicht. Und was sagt Cathérine?«

»Keine Ahnung. Sie hat eben angerufen, aber ich bin nicht drangegangen.«

»Mann, Mann, Mann!« Alexandre seufzte, und ich seufzte auch.

»Junge, du machst vielleicht Sachen. Das weiß doch jeder, dass man die Finger von der Freundin seiner Frau lässt. Da ist der Ärger vorprogrammiert.«

»Ach ja, Schlauberger? Ich dachte, das gilt nur, wenn die Frauen noch leben.«

»Auch wieder wahr.« Er lachte verhalten. »Na, komm, das wird schon wieder, Julien, nun mach dir mal keinen Kopf. Irgendwie ist das doch auch ganz menschlich, nicht wahr? Hat nicht mal jemand gesagt, dass man sich unter bestimmten Umständen in jeden Menschen verlieben kann?«

»Aber ich *liebe* sie doch gar nicht«, rief ich. Was redete er da? »Das war einfach ein ganz dummes Zusammentreffen von bestimmten Faktoren, die die Sache begünstigt haben.«

»Weiß ich doch, Julien, weiß ich doch«, sagte er beschwichtigend. »Und glaub mir, es hätte schlimmer kommen können.«

»Das bezweifle ich.«

»Doch, doch! Elsa L. hat sich auf dem Fest als männermordende *femme fatale* entpuppt. Sei froh, dass du nicht in ihren Fängen gelandet bist. Die wärst du nicht so schnell wieder losgeworden wie die schöne Nachbarin.«

»Was heißt hier *loswerden* – es geht doch gar nicht darum, Cathérine loszuwerden.« Irgendwie fühlte ich mich plötzlich auf den Plan gerufen, sie zu verteidigen. »Ich hab ja nichts gegen Cathérine, ich muss ihr nur irgendwie klarmachen, dass das mit heute Nacht ein Ausrutscher war.«

»Na, ganz einfach, dann *sprich* mit ihr.«

Alexandre legte auf, und ich starrte auf mein Telefon und hoffte, dass Cathérine im Laufe des Tages noch einmal anrufen würde. Doch die Freundin meiner Frau meldete sich nicht mehr und hinterließ auch keine Nachricht.

Ihr Schweigen verunsicherte mich. In den nächsten beiden Tagen schien Cathérine wie vom Erdboden verschluckt. Ich wagte es nicht, sie anzurufen. Solche Dinge bespricht man nicht am Telefon. Einmal hatte ich am Abend zaghaft an ihrer Tür geklingelt, doch niemand hatte aufgemacht, und ich war erleichtert wieder nach oben gegangen. Vielleicht, so redete ich mir ein, war ihr die ganze Sache ja ebenso unangenehm wie mir. Oder war sie gerade nur zufällig nicht zu Hause gewesen und schaute immer wieder auf ihr

Mobiltelefon, um zu sehen, ob ich angerufen hatte? Ich, der Verräter.

Irgendwie machte mich diese Funkstille nervös.

Am Tag, als Arthur zurückkommen sollte, traf ich sie zufällig morgens bei einem Traiteur in der Rue de Buci, wo ich gerade ein paar Pfirsiche, etwas Käse, gefüllte Blätterteigtaschen und die kleinen Hackfleischbällchen in Tomatensoße gekauft hatte, die Arthur so gerne aß.

Wir standen da mit unseren Tüten und sahen uns verlegen an.

»*Salut*, Julien.«

»*Salut*, Cathérine.«

»Wie geht's?«

»Oh, gut … gut. Und dir?«

»Ja … auch gut.«

Wir schwiegen einen Moment. Dann sagten wir beide gleichzeitig:

»Ich …«

»Ja?« Sie sah mich fragend an.

»Nein, du zuerst.«

»Nein, nein, du …«

So konnte es nicht weitergehen. Und auch nicht hier im Stehen zwischen grünem Bohnensalat mit Speck und in rosa Muschelschalen gefülltem Krebsfleisch.

»Wollen wir irgendwo einen Kaffee trinken gehen?«

Sie nickte.

Es war nicht einfach, dieses Gespräch, das nur stockend in Gang kam. Wir waren beide befangen, und keiner wollte den anderen vor den Kopf stoßen. »Es tut mir so leid, Julien. Ich verstehe nicht, wie das passieren konnte«, sagte Cathérine beschämt, »aber ich …«

Sie schüttelte den Kopf und schien selbst ganz irritiert darüber zu sein, dass sie in ihrer Empathie für mich und meine Situation doch ziemlich über das Ziel hinausgeschossen war. »Und dann bist du am nächsten Morgen einfach so davongeschlichen, und ich wusste nicht, ich wusste nicht …« Ihre Augen blickten flehend.

»Das war nicht richtig von mir«, sagte ich rasch. »Aber ich war so durcheinander an diesem Morgen. Und jetzt komme ich mir vor, als hätte ich Hélène betrogen. Und es fühlt sich schrecklich an.«

»Nein, Julien, du darfst dir keine Vorwürfe machen.« Cathérine beugte sich vor und legte kurz die Hand auf meinen Arm. »Es war … Ach, ich weiß auch nicht, es war einfach die Situation, oder?« Sie sah mich zweifelnd an. »Glaubst du, Hélène wäre uns böse?«

Finger in die Wunde, dachte ich. *Finger in die Wunde.*

Ich schüttelte hilflos den Kopf und ließ die Frage unbeantwortet.

Es gab kein *uns*, es gab nur diese traurige Zweckgemeinschaft aus der Rue Jacob.

»Ach, Julien! Wir sind beide einfach noch ziemlich durch den Wind«, stellte Cathérine fest. »Sonst wäre das nicht passiert.« Ihre wasserblauen Augen sahen mich unverwandt an. »Aber irgendwann muss es doch besser werden.«

Ich nickte. »Ja, irgendwann, sicher.«

Wir tranken unseren Kaffee aus und blieben unschlüssig sitzen.

»Weißt du, Cathérine«, sagte ich schließlich. »Ich denke, eine gute Beziehung sollte auf Hoffnung begründet sein und nicht auf gegenseitigem Mitleid.«

Sie nickte. »Aber … Wir bleiben doch Freunde, Julien, oder?«, fragte sie unsicher.

»Natürlich, Cathérine, was denkst du! *Natürlich* bleiben wir Freunde!«

Ich meinte es wirklich so, in diesem Moment, ich war so erleichtert, dass wir uns ausgesprochen hatten. Doch ich hatte eine Sache nicht bedacht: Cathérine und ich waren nie Freunde gewesen. Sie war die Freundin meiner Frau. Wir hatten keine gemeinsame Geschichte. Und wenn ich sie in den folgenden Wochen sah, weil wir uns zufällig im Hausflur begegneten oder ich Arthur bei ihr abholte, hatte ich stets das Gefühl, mich auf schwankendem Boden zu befinden.

Hélène, meine so sehr geliebte Hélène,

die letzten Tage sind wie im Flug vergangen. Eigentlich wollte ich am Samstagabend auf Alexandres Fest gehen, du erinnerst dich, ich hatte dir davon geschrieben – doch dann stand mit einem Mal Cathérine vor der Tür mit einer Flasche Wein. Sie hatte Geburtstag und wollte nicht allein feiern, eine Freundin hatte offenbar kurzfristig abgesagt. Und tja, du ahnst es sicher schon, so bin ich unerwarteterweise in den Genuss einer vorzüglichen Lasagne gekommen.

Cathérine hat sich so gefreut, dass ich hier geblieben bin, und für mich war es kein großes Opfer. Ich gebe zu, dass ich sowieso keine rechte Lust auf diese Ausstellung hatte. Alexandre meint es ja gut, aber im Moment mag ich mich nicht unter Leute begeben, die ich nicht kenne. Ich komme mir da rasch ziemlich verloren vor. Es ist eben nicht mehr so wie früher, wenn wir beide zusammen irgendwohin gegangen sind. Auch wenn wir nicht die ganze Zeit beieinander standen, haben sich unsere Blicke doch immer wieder über den Raum und die Menschen hinweg getroffen. Mit dir an meiner Seite, Liebste, hätte ich mich auf jedem Fest zurechtgefunden. Es *ist schon merkwürdig, nun überall allein hinzugehen. Und vor allem auch wieder allein wegzugehen. Man geht die Straße entlang und fühlt sich unvollkommen. Allein mit seinen Gedanken. Keine Nachbesprechung mehr. An all das muss ich mich erst noch gewöhnen.*

Statt Frühlingsausstellung im L'espace des rêveurs *also ein gemütlicher Abend bei Cathérine. Wir haben so viel von dir gesprochen, Hélène, und von den alten Zeiten. Es war wirklich nett. Aber als wir an Cathérines dreißigsten Geburtstag zurückdachten, sind wir beide ganz wehmütig geworden. »Ich weiß gar nicht, wohin ich soll mit diesem ganzen Vermissen«, hat Cathérine gesagt, und ihre Worte gingen mir durch und durch. Wie schnell sich unser aller Leben geändert hat – in nur zwei Jahren. Du fehlst an allen Ecken, Hélène, du fehlst!*

Cathérine hat Zazie, und ich habe Arthur, aber nichts, nichts kann diese entsetzliche Lücke schließen, die du hinterlassen hast. Wir haben auf dich angestoßen, meine Liebste, und an dich gedacht. Aber ach, wie anders wäre der Abend verlaufen, wenn du dabei gewesen wärst!

Seit vorgestern ist Arthur wieder aus Honfleur zurück. Er kam mit Mamie an der Hand die Treppen hochgestapft, war braun gebrannt und fröhlich und sprang mir in die Arme. Es kann ja nicht wirklich sein, aber ich hatte den Eindruck, als sei er ein Stück gewachsen. Ich bin so froh, ihn wieder hier zu haben, es war doch recht still ohne unseren Jungen. Nun ist die Wohnung wieder voller Leben. Und voller Spielzeug, du glaubst gar nicht, wie schnell er es geschafft hat, seine Sachen überall zu verteilen. Irgendwann werde ich auf einem seiner verdammten Playmobil-Männchen ausrutschen und mir das Bein brechen.

Stell dir vor: Er hat ein Geschenk für mich gehabt und war unglaublich stolz. Er hat tatsächlich einen Seestern gefunden am Strand. Der soll mir Glück bringen, hat er gesagt. Und dann haben wir stundenlang überlegt, wo der beste Platz für den Seestern wäre. Arthur ist manchmal ein sehr gewissenhafter kleiner Junge. Er hat lange zwischen meinem Nachttisch und dem Schreibtisch geschwankt. Doch nun prangt der Seestern in aller Schönheit auf dem Schreibtisch vor deinem Foto. Damit du ihn auch siehst, hat Arthur gesagt.

Maman und Tante Carole waren seit langer Zeit mal wieder ganz friedlich miteinander. Es muss alles sehr harmonisch gewesen sein. Die Tage am Meer haben auch meiner Tante gutgetan, und die Schwestern haben viel gesprochen. Es ist ja für Carole auch nicht immer einfach mit dem kranken Paul, den man nicht mehr aus den Augen lassen kann. Aber Camille ist gut mit ihm zurechtgekommen.

Und es gibt noch eine Neuigkeit, die dich freuen wird: Camille ist schwanger – von diesem netten Mann, den sie erst vor ein paar Monaten kennengelernt hat. Das ging ja schnell! Aber die beiden müssen wahnsinnig glücklich sein. Und die Aussicht auf so ein Kindchen ist doch immer etwas, das Hoffnung gibt. Camille hat wohl auch ihrem Vater davon erzählt. »Papa, ich bekomme ein Kind«, hat sie gesagt. Und der alte Paul muss sie selig angelächelt und gefragt haben: »Von mir?«

Du siehst, wenn alles nicht so traurig wäre, wäre es wirklich zum Lachen.

Maman hat mal zu mir gesagt, dass man Vertrauen haben muss in das Leben, und dass am Ende alles einen Sinn ergibt. Aber in deinem Tod, mein geliebtes Wesen, kann ich keinen Sinn erkennen.

Morgen gehe ich wieder auf den Friedhof und werde dir meine Post bringen. Ich kann es kaum glauben, aber dies ist schon der zwanzigste Brief, den ich an dich schreibe. Ja, mein Herzchen, ich hole auf. Es fällt mir am Ende doch leichter, als ich dachte. Meine Stimme, dein Schweigen. Ob du wohl irgendetwas von dem mitbekommst, was hier passiert?

Manchmal denke ich ja, manchmal denke ich nein. Und manchmal wünschte ich mir so sehr, dass ich einmal, ein einziges Mal nur, eine Antwort von dir bekäme.

Doch das wird wohl nie passieren, und so bleibe ich weiterhin und bis wir uns wiederhaben

dein zutiefst unglücklicher
Julien

Liebste Hélène,

gestern hat Arthur unser kleines Geheimnis entdeckt, und das kam so:

Ich wollte vormittags gerade zum Friedhof fahren, da rief der Kindergarten an, Arthur habe Bauchweh und wolle nach Hause, und ob ich ihn bitte abholen könne. Als ich im Kindergarten ankam, ging es ihm schon wieder besser, und die Kindergärtnerin zwinkerte mir zu und sagte, es sei wohl eher die Seele gewesen. Offenbar wollte er bei mir sein, vielleicht fällt ihm auch die Umstellung von den Ferien auf das Leben hier zu Hause schwer, und so habe ich ihn eben mitgenommen auf den Friedhof. Wir waren kaum da, da entdeckte er auf dem Weg zu deinem Grab diese Restauratorin, von der ich dir schon erzählt habe. Sie arbeitete gerade an einer verwitterten Engelstatue, und Arthur wollte unbedingt bleiben und zuschauen, wie sie einen abgebrochenen Flügel befestigte.

»Darf ich ein bisschen zuschauen, Papa?«, bettelte er, und da Sophie nichts dagegen hatte, ließ ich ihn dort und ging schon vor zu deinem Grab. Ich blickte auf das Bildnis des Engels, der da Tag und Nacht zurückschaut, und sein Gesicht schien mir mit einem Mal abweisender, sein Mund strenger.

Gerade hatte ich den Brief in das Geheimfach gelegt, da stand Arthur plötzlich da und sah neugierig zu mir herüber.

»Was machst du da, Papa?«, fragte er mit heller Stimme.

»Oh … tja, weißt du, ich schreibe Maman manchmal Briefe«, sagte ich ertappt. »Und damit die Briefe nicht vermodern, lege ich sie in so eine Art Briefkasten.«

»Cool«, sagte er. Das sagen sie jetzt alle in seiner Kindergartengruppe – »cool«. Die Sache mit den Briefen schien ihn nicht weiter zu verwundern. »Da wird sie sich freuen, es ist sicher manchmal langweilig da oben im Himmel«, war sein Kommentar. »Schade, dass ich noch nicht schreiben kann. Wenn ich schreiben kann, bekommt sie auch einen Brief von mir.«

Ich schloss das Fach und sagte: »Aber das ist ein Geheimnis, Arthur. Du darfst niemandem davon erzählen, hörst du? Wirklich keinem. Sonst … sonst kommen die Briefe nicht an.«

Er nickte ehrfürchtig. »Ich sag nichts, Papa«, versicherte er mir ernsthaft. »Ich weiß, was ein Geheimnis ist. Ich bin ja kein Baby mehr.«

Er nahm meine Hand, und als wir den Weg zurückgingen, saß Sophie auf einer Bank in der Sonne und machte Mittagspause. Sie hatte sich ein paar Tartines und ein kleines Bier mitgebracht und bot uns großzügig von ihren belegten Broten an. Arthur redete und redete und erzählte ihr von seinen Ferien am Meer, und ich, ich war ganz weit weg mit meinen Gedanken.

Ach, Hélène! Mir liegt etwas auf der Seele. Ich habe nämlich auch ein Geheimnis, es ist kein schönes, vielleicht weißt du es ja auch schon längst, wenn du wirklich noch da bist, irgendwo, und auf uns schaust.

Ich war nicht ganz ehrlich zu dir, meine Liebste! Dieser Abend mit Cathérine, dieser Geburtstagsabend, von dem ich dir schrieb, er endete nämlich ganz anders …

Ja, es stimmt, wir waren beide sehr traurig, und es stimmt auch, dass wir beide viel an dich dachten, aber dann, ich weiß auch nicht wie, fielen wir uns plötzlich weinend in die Arme, eins führte zum anderen, und am Ende haben wir die Nacht zusammen verbracht.

Ich schäme mich entsetzlich, Hélène, ich liebe Cathérine ja nicht einmal. Wir sind beide so unglücklich gewesen an diesem Abend und haben aneinander Halt gesucht. Es war falsch, es war ein Fehler. Aber ich vermisse dich oft so sehr, Hélène, und du bist immer nur fort. Das hält man schwer aus. Ach, wenn ich dich doch nur wiederhaben könnte! Wenn ich dich doch nur mit meinen Briefen wieder lebendig machen könnte, glaub mir, ich würde tausend Briefe schreiben!

Und nun stehe ich hier mit meinem schlechten Gewissen und hoffe, dass du mir verzeihst. »Ob Hélène uns böse wäre?«, hat Cathérine gefragt, als wir uns später ausgesprochen haben. Und ich habe keine Antwort darauf gehabt. Es kommt mir vor, als ob ich mein Liebstes verraten hätte, Hélène. Denn das bist du doch für mich, mein Liebstes.

Kannst du uns verzeihen? Kannst du mir verzeihen?

Ach, hätte ich doch eine Antwort von dir, du ewig schweigender Engel! Könntest du mir doch ein Zeichen geben, das mir sagte, alles ist gut. Was gäbe ich dafür!

Ich liebe dich, mein Engel. Ich werde dich immer lieben.

Verzeih mir!

Julien

Kapitel 11
Gute Geister

Es sollte Mai werden, bis ich wieder zum Friedhof von Montmartre fuhr.

Vielleicht war es die ganze Aufregung mit Cathérine, vielleicht war es der kalte Wind, der nach einem Abend, an dem ich mich mit Alexandre in der Nähe des Beaubourg getroffen hatte, über die Pont des Arts fegte, vielleicht war es auch Maxime, Arthurs kleiner Freund aus dem Kindergarten, der eines Nachmittags bei uns war und mich, als wir zusammen *Hase und Igel* spielten, unentwegt anhustete. Jedenfalls bekam ich eine Virusgrippe, die es in sich hatte. Der Kopf dröhnte, die Glieder taten weh, und ich konnte mich gar nicht mehr erinnern, wann ich in den letzten Jahren überhaupt einmal Fieber gehabt hatte. Doch nun gab es von allem reichlich. Ich schleppte mich vom Bett ins Bad und vom Bad ins Bett, half Arthur morgens beim Anziehen oder legte nachmittags einen Film für ihn ein, und das war's dann auch schon.

In dieser Zeit lernte ich die guten Geister schätzen, die von überallher auftauchten und mir halfen.

Maman, die mir geraten hatte, nicht zum Arzt zu gehen – »bei einer Virusgrippe können die auch nichts machen, und du fängst dir im Wartezimmer nur neue Keime ein« –, kam jeden Tag vorbei und kochte etwas für uns, und ich muss sagen, dass ich in den vierzehn Tagen der Krankheit untypischerweise sogar etwas zunahm. Élodie – so hieß die Mutter von Arthurs hustendem Spielkameraden, der inzwischen keinen Husten mehr hatte – klingelte morgens bei uns und brachte die Kinder zum Kindergarten. Cathérine hatte sich sofort bereiterklärt, Arthur nachmittags abzuholen, an manchen Tagen spielte sie mit ihm, und oft brachte sie auch mir, dem Patienten, eine kleine Aufmerksamkeit mit, die ich dankbar entgegennahm.

Selbst Alexandre, der eine wahre Phobie vor Bakterien und Viren hat, kam zwei Mal vorbei, um mich zu besuchen. Er hielt sein Halstuch vor den Mund gedrückt und zog sich seinen Stuhl so weit wie möglich von dem Sofa weg, auf dem ich lagerte.

Ich schlief sehr viel in dieser Zeit. Mein Körper kämpfte allein seinen Kampf gegen die Viren und enthob mich jeder Verantwortung, und so dämmerte ich bei halb zugezogenen Vorhängen und mit Hilfe einiger guter Schmerztabletten vor mich hin und war ganz friedlich gestimmt.

Einmal träumte ich von Hélène, sie tauchte lächelnd vor mir auf, in einem weißen Gewand und mit einem Kranz aus Margeriten im Haar, und ich fragte mich, ob das wohl jetzt Mode im Himmel war. Sie küsste mich sanft auf den Mund und sagte:

»Ich wollte mal nach dir schauen, Julien. Geht es dir denn gut?«

»Jetzt ja«, seufzte ich, erleichtert, dass sie wieder da war. »Bitte geh nicht mehr weg, Hélène. Ich brauche dich so.«

»Aber Julien, *mon petit fou*«, sagte sie da und lachte leise. »Ich bin doch immer bei dir, wusstest du das denn nicht?«

Sie setzte sich zu mir ans Bett und strich mir zärtlich die verklebten Haare aus der Stirn, und ich umfasste ihre Hand, die so lang und schmal war. *Ich werde sie einfach nicht mehr loslassen, diese Hand,* dachte ich. *Ich werde sie nie mehr loslassen.* Beseelt schloss ich die Augen, es war alles gut, Hélène war bei mir, ich hielt ihre Hand ganz fest in meiner …

Und als ich aufwachte, hielt ich tatsächlich immer noch eine Strebe des Kopfteils von unserem Bett umklammert und starrte einigermaßen fassungslos auf das Holz.

An einem Nachmittag – ich befand mich schon auf dem Weg der Besserung – brachte Cathérine Arthur nach Hause und blieb anschließend noch eine Weile unschlüssig im Wohnzimmer stehen. Offenbar hatte sie etwas auf dem Herzen. Wir hörten Arthur aus seinem Kinderzimmer singen, wo er sich an seinen kleinen Tisch gesetzt hatte und mit Wachsmalstiften ein Bild nach dem anderen malte, seine neue Lieblingsbeschäftigung, da legte Cathérine einen Finger an die Lippen und schloss leise die Wohnzimmertür.

Ich richtete mich in meinem Kissen auf. Was machte sie da?

»Julien, wir müssen reden«, sagte sie leise und setzte sich in einen der beiden Stoffsessel, die der Couch gegenüber standen. »Es geht um Arthur.«

»Was ist denn mit Arthur?«, fragte ich alarmiert. »Was ist los? Wird er im Kindergarten gemobbt?« Man las ja immer wieder diese Berichte in den Zeitungen, über Kinder, die ausgegrenzt und von den anderen verhöhnt wurden.

»Nein, nein, das ist es nicht«, begann sie zögernd.

»Was ist es dann?«

Ihre Wangen wurden plötzlich feuerrot. »Arthur hat mich heute gefragt, ob ich seine neue Maman werde.«

»*Was?!* Wie kommt er denn darauf?«, sagte ich misstrauisch.

»Das habe ich ihn auch gefragt, und er sagte, Madame Grenouille hätte ihn morgens im Treppenhaus angesprochen und gemeint, er sei ja wirklich ein ganz bedauernswerter kleiner Kerl, denn sein herzloser Papa hätte seine liebe Maman offenbar schon vergessen, der hätte ja jetzt eine neue Frau, diese Lehrerin, zu der er sich nachts in die Wohnung schleichen würde. ›Da bekommst du sicher bald eine Stiefmutter, du armer, armer Junge!‹, hat sie gesagt.«

»Diese alte Hexe!« Ich spürte, wie das Adrenalin mir durch den Körper schoss. »Ich dreh ihr den Hals um.«

»Nein, das machst du besser nicht, sonst hat Arthur nachher auch keinen Vater mehr. Aber wie kommt sie auf so etwas?«

Ich seufzte und ließ mich wieder in die Kissen zurückfallen.

»Na ja«, erklärte ich verlegen. »Sie hat mich gesehen, als ich damals … du weißt schon … frühmorgens aus deiner Wohnung kam. Da stand sie plötzlich auch im Türrahmen und warf mir den bösen Blick zu.«

Cathérine lächelte kurz, dann wurde sie wieder ernst.

»Du solltest mit Arthur reden und ihm das irgendwie erklären«, meinte sie. »Ich hab ihm gesagt, dass wir einfach gute Freunde sind.« Sie sah mich unsicher an, und in ihren Augen war etwas, das ich nicht deuten konnte. »Das war doch richtig, oder?«

»Ja, natürlich«, sagte ich. »Du hast alles richtig gemacht, Cathérine. Ich rede später mit Arthur.«

»Gut.« Sie stand auf, griff nach ihrer Aktentasche und machte die Wohnzimmertür wieder auf. »Dann bis morgen.« Sie hob die Hand, und ich winkte zurück.

»Und … Cathérine?«

»Ja?«

»Danke. Für alles.«

Am Abend sah ich mir mit Arthur noch einmal *Robin Hood* an. Wir saßen zusammen auf dem Sofa, er in seinem Pyjama mit den braunen Teddybären, ich in meinem gestreiften Schlafanzug, hatten eine große Schale Chips zwischen uns, die wir uns brüderlich teilten, und Arthur kuschelte sich unter die Decke und juchzte vor Vergnügen, wenn Robin Hood dem Sheriff von Nottingham mal wieder einen Streich gespielt hatte. Als der schlaue Robin am Ende nach vielen aufregenden Abenteuern Mary-Ann in die Arme schloss und viele Herzchen um die beiden Füchse kreisten, seufzte Arthur glücklich.

Dann warf er den Kopf zu mir herum.

»Papa … weißt du was?« Er kicherte herum.

»Nein, aber du wirst es mir sicher gleich sagen, mein Kleiner.« Ich zog ihn in meinen Arm, und er legte den Kopf gegen meine Schulter.

»Ich hab auch eine Freundin«, erklärte er träumerisch.

»Was?!« Ich sah ihn erstaunt an. »Ist das nicht ein bisschen früh, Arthur? Du bist doch erst vier.«

»Nein, Papa«, versicherte er mir. »Maxime hat auch schon eine Freundin.«

»Aha«, sagte ich. Was wusste ich schon. Ich war ja nur der Vater.

»Aber meine ist schöner«, fuhr Arthur fort. »Sie hat rote Locken wie Maman.« Er seufzte glücklich und räkelte sich auf dem Sofa. »Giulietta ist nämlich die

Schönste aus der Schlumpf-Gruppe. Ihre Maman ist aus Italien«, erklärte er stolz.

»Das … das ist ja toll.« Ich war leicht verwirrt. »Und – ich meine … wie geht das dann so, wenn man eine Freundin hat?«, fragte ich vorsichtig nach.

»Ach, Papa«, sagte er. »Das geht doch ganz einfach.« Er nahm sich eine Handvoll Chips und kaute zufrieden. »Du suchst dir eine aus, und dann gehst du zu ihr und fragst ›Willst du mit mir gehen?‹, und dann sagt sie ›Ja‹«, er warf mir einen raschen Blick zu, »also, wenn sie dich *erhört* …«, erläuterte er mir, und ich musste schmunzeln. »Und dann gibt man sich einen Kuss, und dann ist man zusammen.«

»Oh … Wow!«, sagte ich erleichtert. »Und sie … also Giulietta … hat dich sofort *erhört*, als du sie gefragt hast?«

»Ja«, erklärte er glücklich und kuschelte sich wieder an mich. »Wir sitzen jetzt beim Essen immer nebeneinander und halten uns den Platz frei. Sie findet mich cool, weißt du.«

»Na, du bist ja auch ein ganz cooler Junge«, sagte ich, wuschelte ihm durch die dunklen Locken und beschloss, die Gelegenheit beim Schopf zu packen.

»Weißt du, ich muss dir auch noch etwas sagen, Arthur.«

Er sah mich mit großen Augen an. »Wegen Cathérine?«, fragte er.

Ich nickte. »Ja. Cathérine und ich, wir sind Freunde«, begann ich, »aber … aber wir *gehen* nicht zusammen, verstehst du?«

Er nickte unschlüssig. »Madame Grenouille hat gesagt …«

»Madame Grenouille ist eine verbitterte alte Frau, die gerne schlecht über andere Leute redet und viel dummes Zeug erzählt«, unterbrach ich ihn. »Sie hat mal gesehen, wie ich morgens aus Cathérines Wohnung kam, da warst du noch mit Mamie in Honfleur. Aber ich hab Cathérine nur getröstet, weil sie Geburtstag hatte und ganz allein war. Da bin ich über Nacht bei ihr geblieben, damit sie nicht so traurig ist.« Es war jedenfalls nicht komplett gelogen. »Das verstehst du doch sicher?«

Arthur schien beruhigt. »Ja, klar, Papa. Cathérine hat mir auch schon gesagt, dass ihr nur gute Freunde seid.«

»Genau.« Ich nickte erleichtert.

»Aber weißt du was?«

»Nein, was denn?«

»Sie kann ruhig meine neue Maman werden, wenn du willst. Sie ist nämlich nett. Nicht so ’ne böse Stiefmutter wie in *Cinderella*.« Er gähnte herzhaft.

»Da hast du sicher recht«, sagte ich. »Aber trotzdem – Cathérine und ich sind einfach Freunde. Und das wird auch so bleiben.«

Er nickte schläfrig, und ich brachte ihn ins Bett.

In dieser Nacht träumte ich von einem kleinen rothaarigen Mädchen namens Giulietta, das im Garten von Honfleur auf der großen Schaukel unter der alten Pinie saß und aus Herzenslust schaukelte, während mein Sohn hinter ihr stand und sie anschubste und jedes Mal »Höher, Giulietta, höher!« rief.

Als ich wenige Tage später zum ersten Mal wieder aus dem Haus trat, spannte sich ein azurblauer Himmel über Paris. Es war Mai, die Bäume und Blumen in den Parks blühten, die Sonne schien warm auf mein Gesicht, und in meiner Jacke steckte ein langer Brief, den ich am Wochenende an Hélène geschrieben hatte. Obwohl ich krank gewesen war, gab es doch einiges, was ich ihr hatte berichten können.

Ich stieg in die Métro, wo die Menschen an diesem Tag etwas weniger schlecht gelaunt zu sein schienen als sonst. Ich sah auf meinen Strauß mit den bunten Frühlingsblumen und freute mich darauf, ihn an Hélènes Grab abzulegen.

Der Cimetière Montmartre war ein grünes Paradies, in dem die Natur förmlich explodiert zu sein schien in den letzten Wochen. Die Vögel zwitscherten ihr Tirili in den Bäumen, und der Duft der Kastanien erfüllte die Luft.

Ich sog die milde Luft ein und schritt aus, und bald hatte ich den kleinen Weg am Ende des Friedhofs erreicht, wohin sich nur selten ein Besucher verirrte.

Beim letzten Mal, als ich mit Arthur hier gewesen war, hatte Sophie in der Nähe noch ihren Engel restauriert. Offenbar war die Arbeit inzwischen abgeschlossen, denn der steinerne Engel hatte seinen Flügel wieder und schaute zufrieden auf die Grabstätte, die er bewachte. Sophie hingegen sah ich nirgendwo.

Ein paar Schritte noch, dann trat ich vor Hélènes Grab und schaute einen Moment verzagt auf das liebe Gesicht des Bronzeengels.

»Ich hoffe, du bist mir nicht mehr böse, Hélène«, murmelte ich leise und musste an meinen letzten verzweifelten Brief denken, den ich vor mehr als zwei Wochen hierhergebracht hatte. »Du hast eine Weile nichts von mir gehört, ich war nämlich krank.«

Ich suchte hinter dem Grabstein nach einer Vase für meine Blumen und trat zufrieden einen Schritt zurück, als ich sie so zart und bunt in dem Efeu leuchten sah. Dann zog ich meinen Brief aus der Jacke, bewegte den Mechanismus an der Rückseite des Grabsteins und öffnete das geheime Fach. Wie so oft beugte mich vor, um den Umschlag zu den anderen Briefen zu legen, und erstarrte mitten in der Bewegung.

Ich wollte meinen Augen nicht trauen, und doch gab es keinen Zweifel.

Das Geheimfach war leer, alle Briefe waren verschwunden.

Und an ihrer Stelle lag ein kleines Herz aus Stein.

Kapitel 12
Mehr zwischen Himmel und Erde

Seit einer Stunde saß ich auf den Stufen von Sacré-Cœur und blickte auf die Stadt, die sich zu meinen Füßen ausbreitete. Paris gleißte in der Mittagssonne unter einem wolkenlosen Himmel. Um mich herum war das Leben. Studenten, die mit ihren Rucksäcken auf der breiten hellen Steintreppe lagerten und ihre Baguettes auspackten. Touristen, die weiter unten standen und sich nicht entscheiden konnten, ob sie ein Foto mit sich und der weißen Zuckerbäckerkirche haben wollten, die auf dem Montmartre glänzte, oder doch lieber vor der grandiosen Kulisse der Stadt. Liebespaare, die sich küssten und glücklich waren, weil sie hier sein konnten, an jenem ikonischen Ort hoch über der Stadt, der für die meisten Menschen der Inbegriff der Romantik ist. Selbst ich war eines Abends einmal mit Hélène hier heraufspaziert und hatte neben ihr auf den Stufen gesessen. Da war es still gewesen, und die Stadt unter uns ein Meer von Lichtern.

Ich öffnete meine Hand, in der immer noch das Herz aus Stein lag, und starrte es ungläubig an, während mir die seltsamsten Gedanken durch den Kopf wirbelten.

Nachdem ich entdeckt hatte, dass alle meine Briefe verschwunden waren, hatte ich lange Zeit vor dem Grab gestanden. Ich hielt das Steinherz an die Brust gedrückt und starrte auf den Engel. Ich war wie vor den Kopf geschlagen. »Mein Gott«, flüsterte ich, und mein Herz klopfte mir bis zum Hals. »Warst du das, Hélène?«

Schließlich hatte ich meinen neuen Brief in das Geheimfach gelegt und es fest zugedrückt. Und dann hatte ich den Friedhof verlassen, ohne nach rechts und links zu schauen. Wie ein Getriebener war ich durch die Straßen von Montmartre gelaufen, ziellos, ratlos, zu aufgeregt, um mich in eines der Cafés zu setzen. Ganz von selbst hatten meine Füße den Weg hier hinauf gefunden, an den höchsten Punkt von Montmartre.

Wieder betrachtete ich das Herz in meiner Hand. Es war keines dieser mit Rosen verzierten Steinherzen, wie man sie manchmal in Blumenläden kaufen kann. Eigentlich war es eher ein Stein, ein rosa schimmernder Stein, der die natürliche Form eines etwas schief geratenen Herzens hatte. So ein Stein, der einem an einem Sommertag aus dem plätschernden Wasser eines Gebirgsflusses entgegenschimmern konnte und den man beglückt aufhob und nach Hause trug wie einen Schatz.

Ich schloss meine Hand um das Herz und sah bis zum Horizont, der sich im Mittagsdunst verlor. *War es möglich,* fragte ich mich. War es unter besonderen, einzigartigen und von mir nicht zu begreifenden Umständen möglich, dass dies die Antwort war, um die ich so sehr gefleht hatte in meinem letzten Brief? Hatte mir Hélène ein Zeichen gegeben? Was konnte dieses Herz denn anderes bedeuten als Liebe, ewige Liebe?

Ich atmete tief durch. *Du musst dich beruhigen, Julien, jetzt komm mal runter,* rief ich mich selbst zur Ordnung. Zeichen von einer Toten, also wirklich! So etwas gibt es nur in Romanen, wo Zeitreisende in den unmöglichsten Situationen auftauchen oder Koma-Patientinnen aus ihren Körpern steigen, um sich selbst wieder ins Spiel zu bringen. Das ist ja völlig absurd.

Aber … war es absurd? War es denn wirklich so verrückt?

Alle meine Briefe waren verschwunden, das zumindest hatte ich doch mit eigenen Augen gesehen. Und wer wusste von den Briefen? Ich hatte keinem davon erzählt, auch nicht von dem Geheimfach. Kurz streiften meine Gedanken Arthur, der vor kurzem mitbekommen hatte, wie ich einen Brief in das Fach legte – aber Arthur war seither gar nicht mehr auf dem Friedhof gewesen, und wem hätte er auch davon erzählen sollen? Nein, nein, ich schüttelte den Kopf. Das Verschwinden der Briefe musste einen anderen Grund haben.

Natürlich konnte, obwohl ich dies für sehr unwahrscheinlich hielt, rein theoretisch jemand den Hohlraum im Grabstein entdeckt und die Briefe aus Neugier an sich genommen haben. Aber wer würde so etwas im Ernst tun? Wer würde sich an solch persönlichen Briefen vergreifen? Auf einem *Friedhof*?

Zum Beispiel ein Autor auf der Suche nach einer guten Geschichte, schoss es mir durch den Kopf, und ich musste grinsen.

Gleichwohl hatte ich ja immer mal wieder Fremde an Hélènes Grab stehen sehen. Vielleicht gab es solche Verrückte, die Sachen von Gräbern wegnahmen und sie sammelten wie manche Fans Autogrammkarten von Musikern.

Doch selbst wenn jemand die Briefe zufällig entdeckt hatte und der Versuchung nicht hatte widerstehen können, sie an sich zu nehmen, gab es immer noch das Steinherz. Warum hätte mir jemand ein Herz aus Stein in das Fach legen sollen? Wer außer Hélène würde so etwas tun?

Es war ein beunruhigender Gedanke, gewiss, aber je mehr ich darüber nachdachte, desto mehr faszinierte mich die Idee, dass Hélène selbst es war, die mir mit diesem Herz eine Antwort hatte geben wollen. Sie wollte mir damit zu verstehen geben, dass sie mir die Sache mit Cathérine verziehen hatte und dass sie mich liebte.

Ich blickte in den Himmel, und wie ich da so auf den Stufen von Sacré-Cœur saß, kam mir mit einem Mal alles ganz logisch vor. Hatte nicht schon Shakespeare seinen Hamlet sagen lassen, dass es mehr zwischen Himmel und Erde gab, als unsere Schulweisheit sich träumen ließ? *There are more things in heaven and earth, Horatio, than are dreamt of in your philosophy.* Ich nickte beifällig, als mir die so häufig zitierten Verse wieder einfielen. An diesem sonnigen Tag im Mai ergaben sie für mich mehr Sinn, als sie jemals für den unglückseligen Hamlet hatten Sinn ergeben können.

Geschahen nicht immer wieder Dinge, die sich kein Mensch erklären konnte, überlegte ich weiter. Marienerscheinungen und so irres Zeug? Spiegel, die von der Wand fielen, wenn jemand starb? Zwei Liebende, die im selben Moment wieder zu der Brücke zurückkehrten, an der sie sich zum ersten Mal begegnet waren? Selbst Albert Einstein – und der war ja nun über jeden Zweifel erhaben und ein anerkannter Wissenschaftler – hatte gesagt, dass es nach den Gesetzen der Physik durchaus möglich sei, durch die Zeit zu reisen. Wenn man mal genauer darüber nachdachte, hatten wir doch gar keine Ahnung, was zwischen Himmel und Erde möglich war. Wir waren eben nur Menschen mit einem menschlich begrenzten Horizont, und wer konnte schon wissen, was dahinter lag?

Ich spürte das Herz in meiner Hand und war verwirrt und beseelt zugleich von dem Wunder, das mich offenkundig ereilt hatte. Da fiel ein Schatten über mich.

Vor mir stand ein junges Mädchen mit rotem Haar und Sommersprossen. Sie trug Jeans und ein hellblaues T-Shirt mit der Aufschrift *Getting better and worse at the same time* und hielt mir ihr Smartphone hin, als hätte sie einen Anruf aus dem Universum für mich.

»Würden Sie?«, fragte sie mit einem drolligen Akzent und lächelte mich an.

»Würde ich … was?«, entgegnete ich konfus und starrte sie an wie eine Erscheinung. »Wer ist denn dran?«

Sie sah mich erstaunt an, schüttelte dann ihre Haare und lachte.

»Hahaha … nein. Ich meinte, ob Sie ein Foto von mir machen könnten, Monsieur?«

»Ach so, ja … na klar«, stammelte ich. »Entschuldigung.«

Meine Güte, ich war völlig neben der Spur. Ich ließ das Steinherz in meine Hosentasche gleiten und nahm ihr Smartphone in die Hand, auf dem schon die Kamera-Funktion eingestellt war. Das Mädchen stieg ein paar Stufen hoch und stellte sich vor die Kirche, deren schneeweiße Kuppeln in den blauen Himmel ragten.

»Aber die Sacré-Cœur muss ganz mit drauf«, rief sie und posierte keck für ein paar Schüsse.

»Merci beaucoup«, meinte sie, als sie wieder vor mir stand und die Fotos auf ihrem Handy durchklickte. »Ja, sehr schön geworden. *Lovely, very lovely!*« Sie blickte auf. »Sagen Sie … sind Sie von hier?«

Ich nickte.

»Ach, dann können Sie mir vielleicht erklären, wie ich von hier aus am besten zum *Consulat* komme … dieses Restaurant, meine ich … « Sie zog eifrig einen Stadtplan aus ihrer Tasche, und dabei fiel ein kleines Büchlein heraus.

Wir bückten uns beide danach und wären fast mit den Köpfen zusammengestoßen.

»Oh«, sagte ich und reichte ihr das Buch. »Sie lesen Gedichte?«

»Yes«, sagte sie und drückte den kleinen Gedichtband gegen ihre Brust. »Ich liebe Jacques Prévert. Ich schreibe gerade meine Bachelorarbeit über ihn und mache ein Gastsemester hier in Paris. Kennen Sie dieses Gedicht mit dem Garten? *Le Jardin?* Das ist so wunderbar …«

Ihre Augen funkelten, und ich hatte ein *Déjà-vu.*

»Natürlich kenne ich das«, erwiderte ich lächelnd. Jeder, der einmal jung und verliebt war, stolperte irgendwann über dieses Gedicht – die schönsten Zeilen, die je über einen Kuss geschrieben wurden.

»Wer kennt es nicht?«

Einem geheimen Drehbuch folgend, hätte ich diese junge Studentin fast gefragt, ob sie einen Kaffee mit mir trinken gehen wollte, doch da sagte sie: »Wo ist denn nun das *Consulat*? Ich bin da nämlich gleich verabredet.«

Wir beugten uns über den Stadtplan, und ich erklärte ihr den Weg.

»Wenn Sie in diese Richtung gehen, können Sie es gar nicht verfehlen«, rief ich ihr nach, als sie die Stufen zur Sacré-Cœur hinauflief.

Sie drehte sich noch einmal um.

»Danke, Monsieur. Und Ihnen auch noch einen schönen Tag!«

»He, warten Sie mal! Wie heißen Sie eigentlich?«

Ich hätte erwartet, dass sie »Hélène« sagte oder »Helen«.

»Caroline«, rief sie lachend und verschwand.

Als ich wenig später die Straße hinunterschlenderte, die am *Le Consulat* vorbeiführt, sah ich sie in der Sonne sitzen. Sie scherzte mit einem jungen Mann. Ich ging an ihr vorüber, ohne dass sie mich bemerkte, und sinnierte darüber nach, was für ein rätselhafter Kreislauf das Leben doch war, in dem sich alles wiederholte und alles miteinander verbunden war. Eigentlich war ich keiner, der an Zeichen glaubte, aber nach diesem Tag hätte vielleicht selbst der ungläubige Thomas an die Auferstehung geglaubt.

Ja, es stimmte, ich konnte nicht *wissen*, ob dieser herzförmige Stein, der in meiner Hosentasche steckte, wirklich ein Zeichen war, doch ich glaubte an ihn wie jener Vogel aus dem Sprichwort, der an die Morgendämmerung glaubt, bevor es überhaupt noch Tag wird.

Die Begegnung mit der rothaarigen Studentin hatte mich jedenfalls auf eine Idee gebracht. Als ich wieder zu Hause war, kramte ich in meinen Bücherregalen, bis ich das Gedicht von Jacques Prévert fand. Und dann setzte ich mich an den Schreibtisch und schrieb einen neuen Brief an Hélène.

Meine über alles Geliebte,

der vierzehnte Mai wird ab jetzt wohl für immer eine besondere Bedeutung für mich haben. Denn seit diesem Tag, seit heute, glaube ich wieder daran, dass du immer bei mir bist, mein Engel, so wie du es mir, als ich mit Fieber im Bett lag und von dir träumte, versprochen hast. Du bist nicht nur ein Körper, der auf einem Friedhof langsam in der Erde verrottet, du bist irgendwo. Nur weil jemand gestorben ist, bedeutet das ja nicht zwangsläufig, dass es ihn nicht mehr gibt.

Heute bin ich zum Friedhof gefahren, um dir nach all den Wochen wieder einen Brief zu bringen. Aber wie groß war mein Erstaunen, als das Geheimfach plötzlich leer war und ich statt des kleinen Stapels Briefe, der sich inzwischen dort angesammelt hatte, ein Steinherz fand. Es liegt hier vor mir, während ich an dich schreibe, und entgegen aller Vernunft wage ich zu hoffen, dass es von dir ist, Geliebte. Weißt du noch, wie ich dir schrieb, ich wünschte mir so sehr, einmal nur, eine Antwort von dir? Und nun habe ich fast den Eindruck, ich hätte sie bekommen.

Als ich heute Morgen das leere Fach sah und das Steinherz entdeckte, hat mein Herz für einen Moment ausgesetzt, Hélène. Ich war sprachlos. Vor Schreck, vor Freude. Ich lief durch die Straßen von Montmartre und versuchte zu verstehen, was da gerade passiert war. Mein Herz schlug schneller vor Glück, dann befielen mich wieder die Zweifel. So etwas war nicht möglich. Oder doch? Mein Herz, das so gern glauben wollte, und mein Kopf, der alles besser wusste, fochten einen heftigen Kampf aus. So wankte ich den alten Hügel hoch, schwankte zwischen »unmöglich« und »doch vielleicht möglich«, und als ich oben angekommen war, traf ich auf den Stufen von Sacré-Cœur dieses rothaarige Mädchen, das mich so an dich erinnerte. Sie liebt Gedichte, wie du, wenn auch von Prévert und nicht von Heine, es entspann sich ein Dialog, den ich bereits zu kennen schien, und ich hatte plötzlich das Gefühl, der Held einer Zeitreise zu sein. Nur dass die rothaarige Studentin am Ende nicht mit mir den Kaffee trinken ging, sondern mit einem jungen Mann. Im Consulat, *Hélène, ausgerechnet!*

Und in diesem Moment wusste mein Herz alles besser.

Ich verstehe nicht, wie das alles zusammenhängt, meine Liebste, ich weiß nur, dass wir Mai haben und dass ich dich auf unmögliche Weise wiedergefunden habe, dass ich dich wiederhab' wie einst im Mai.

Und ich schicke dir diesen Gruß von mir mit all meiner Liebe, die so unendlich ist wie jener Kuss im Park von Montsouris, den Prévert für immer festgehalten hat – für uns und alle, die sich lieben!

Julien

Der Garten

Abertausend Jahre Zeit
Fassen nicht
Die kleine Sekunde Ewigkeit
Da du mich küsstest
Da ich dich küsste
Eines Morgens unterm Wintersonnenlicht
In einem Park zu Paris
Zu Paris
Auf dieser Erde
Die ein Stern ist.

Kapitel 13
Feeling better and worse at the same time

An diesem Abend kam Alexandre vorbei. Sosehr ich mich sonst auch freute, ihn zu sehen, ahnte ich doch, dass das Treffen mit ihm diesmal keine gute Idee war.

Und so war es auch. Mein Freund mag fluchen können wie ein Hafenarbeiter, aber er nimmt doch jede noch so kleinste Schwingung wahr. Das ist wohl die Künstlerseele in ihm.

Kaum war Alexandre zur Tür hereingekommen, da fuhr er auch schon seine Antennen aus.

»Was ist los mit dir? Du wirkst so verändert«, stellte er fest, als er seinen Trenchcoat auszog. Er sah mich mit zusammengekniffenen Augen an.

»Bullshit«, sagte ich. »Komm rein.«

Ich versuchte eine gleichmütige Miene aufzusetzen. Wenn ich ehrlich bin, platzte ich beinahe, so sehr beschäftigten mich die Erlebnisse dieses Tages. Ich hätte zu gern mit jemandem über alles geredet – über die verschwundenen Briefe, das Steinherz, meine Theorie des Unmöglichen. Doch mir war klar, dass Alexandre die Entzauberung der Welt einleiten würde, sobald ich auch nur angefangen hatte, meine seltsame kleine Geschichte zu erzählen. Der Goldschmied mochte Schmuckstücke entwerfen, die Frauen zum Träumen brachten, aber er stand mit beiden Beinen auf der Erde. Mehr als ich jedenfalls. Zudem verspürte ich eine gewisse Scheu, die Sache mit den Briefen preiszugeben. Es war das letzte Geheimnis, das ich mit Hélène teilte, und wer wusste, was passieren würde, wenn ich es ausplauderte?

So setzten wir uns ins Wohnzimmer, ich machte eine Flasche Wein auf, Alexandre erzählte von einem amerikanischen Ehepaar, das heute seinen halben Laden leergekauft hätte, dann erkundigte er sich noch einmal nach der »schönen Nachbarin«, und ich konnte berichten, dass Cathérine die ganze Sache glücklicherweise gut aufgenommen hatte und sich sogar mit mir gegen die alte Giftspritze aus dem Haus verbündet hatte. Wir tranken unseren Rotwein, und ich zündete mir eine Zigarette nach der anderen an und fühlte mich ganz gläsern. Immer wieder schweiften meine Gedanken ab, während ich so tat, als ob ich zuhörte.

»Julien? Hallo? Bist du noch hier?« Alexandre schnipste mit den Fingern vor meinen Augen herum, und ich fuhr erschrocken zusammen.

»Also, was sagst du?«

Ich starrte ihn an und hatte keine Ahnung, was er von mir wollte.

Bevor ich etwas antworten konnte, hatte er schon wieder das Wort ergriffen.

»Gar nichts sagst du, weil du mir überhaupt nicht zugehört hast! Und jetzt erzähl mir nicht, dass alles wie immer ist. Es ist etwas passiert, das spüre ich ganz genau. Du sitzt doch nicht ohne Grund hier wie ein Mondsüchtiger.« Er richtete seine dunklen Augen auf mich und musterte mich eindringlich. Dann lachte er plötzlich.

»Sag mal … Nein, das kann doch nicht sein …« Er schüttelte ungläubig den Kopf, und für einen Moment dachte ich irrigerweise, er hätte alles erraten. »Du bist doch nicht etwa … du hast dich doch nicht etwa … *verliebt*?«

»Was?!« Ich setzte mich auf und drückte erregt meine Zigarette aus. »Nein, natürlich *nicht*, du Idiot!«

»Ho, ho, ho«, er hob abwiegelnd die Hände. »Ist ja gut, ist ja gut. Aber dann sag mir endlich, was los ist. Komm schon«, lockte er mich mit schmeichelnder Stimme. »Erzähl es deinem alten Jim.«

Ich musste lachen und biss mir auf die Lippen.

Er rutschte erwartungsvoll im Sessel herum und beugte sich dann zu mir vor. »Also schön, du hast ein Geheimnis. Geht's dir denn wenigstens gut damit? Du kommst mir nicht so unglücklich vor wie sonst, das ist ja schon mal was.«

»Wenn ich das nur selbst wüsste«, sagte ich und dachte an die Aufschrift auf dem T-Shirt der rothaarigen Studentin. *»Feeling better and worse at the same time«*, murmelte ich.

»Was faselst du da? Du sprichst in Rätseln, *mon ami*. Geht es auch etwas genauer? Was soll das heißen, du fühlst dich gleichzeitig besser und schlechter?«

Ich atmete hörbar aus und rutschte etwas tiefer in die Polster.

»Ich habe heute einen Tag erlebt, das glaubst du nicht«, erklärte ich seufzend und schickte ein Stoßgebet an Hélène.

Und dann erzählte ich alles.

Ich muss Alexandre zugutehalten, dass er mich nicht ein einziges Mal unterbrach. Manchmal schnaubte er unwillig, dann nahm er nachdenklich einen Schluck Wein, dann wieder ruhten seine Augen mitfühlend auf mir. Und als ich geendet hatte, machte er genau das, was ich befürchtet hatte. Er machte alles kaputt.

»Mann, Mann, Mann«, sagte er und schüttelte einigermaßen fassungslos den Kopf. »Nun bist du aber wirklich übergeschnappt, Julien. Findest du das nicht selbst ein bisschen überdreht – jetzt, wo du es noch mal erzählt hast?«

Ich bereute augenblicklich, dass ich ihm überhaupt etwas erzählt hatte. »War mir schon klar, dass du dafür kein Verständnis hast«, sagte ich. »Aber es gibt eben mehr Dinge zwischen Himmel und Erde …«

»Ja, ja, hör mir auf mit diesem Eso-Scheiß«, unterbrach er mich.

»Dieser Eso-Scheiß, wie du ihn nennst, ist zufällig von Shakespeare«, trumpfte ich auf.

»Stell dir vor, das weiß ich auch. Aber – he, Julien! Wach mal auf! Hélène war eine wundervolle Frau, sie war die Beste, und sie ist für immer hier drin, unvergessen.« Er klopfte auf sein Herz. »Aber sie ist *tot*, Julien! Sie *kann* keine Briefe aus Grabsteinen nehmen oder irgendwelche Steinherzen dort deponieren.«

Ich sprang auf, marschierte entschlossen wie ein General durch die geöffneten Flügeltüren bis in den hinteren Teil des Wohnzimmers, wo mein Schreibtisch an der Wand stand. Ich griff nach dem Steinherz, ging zurück und knallte es dem verdutzten Alexandre vor die Nase.

»Und wenn doch?«, sagte ich.

»Mein Gott, Julien, jetzt komm mal klar! Das alles ist vollkommen absurd, merkst du das denn gar nicht? Du müsstest dich mal reden hören. Ein Zeichen von Hélène! Wo sind wir hier, bei *Poltergeist II* oder *Ghost*?« Er nahm das Herz in die Hand und betrachtete es kopfschüttelnd von allen Seiten. Dann legte er es wieder auf den Couchtisch zurück und seufzte.

»Ich mache mir allmählich wirklich Sorgen um dich, Julien. Ehrlich gesagt, finde ich schon diese Sache mit den Briefen grenzwertig – ein Geheimfach in einem Grabstein, da muss man erst mal draufkommen –, aber gut, wenn's dir hilft und du es ihr versprochen hast. Hélène war ja eine kluge Person. Sie wird sich schon etwas dabei gedacht haben, wenn sie dir einen solchen Auftrag gegeben hat. Trotzdem solltest du deine Aktivitäten lieber auf Menschen aus Fleisch und Blut richten und nicht – entschuldige, wenn ich das so krass sage – auf eine Leiche, die in der Erde verrottet.« Er sah mich besorgt an. »Das kommt mir ziemlich abgefahren vor. Am Ende wirst du noch so ein Nekrophiler.«

Ich verschränkte die Arme vor der Brust und beschloss, seine Beleidigungen zu überhören.

»Wo kommt das Herz dann her?«, insistierte ich. Ich musste ihn mit den Tatsachen konfrontieren. »Wer hat die Briefe genommen?«

Alexandre zuckte mit den Schultern. »Das würde ich auch gern wissen«, sagte er. »Aber Hélène war's jedenfalls nicht. Tut mir leid, mein Freund, aber da wette ich meinen rechten Arm drauf.«

»Das halte ich für ein Risiko«, erwiderte ich, und er grinste.

»Warten wir's doch einfach ab.«

Wir schwiegen beide eine Weile. Unten auf der Straße fuhr ein Auto mit aufheulendem Motor an. Meine Gedanken kehrten zu Hélène zurück und zu meinem Brief, den ich ihr morgen bringen würde. *Und dann werden wir ja sehen,* dachte ich trotzig, *dann werden wir ja sehen!*

Aber was erwartete ich im Ernst? Eine weitere Antwort? Dass der Kopf des Bronzeengels zu mir sprechen würde? Ich seufzte, und Alexandre sah zu mir herüber.

»Du musst aufhören mit dem Quatsch, Julien. Du machst dich damit nur selbst ganz fertig.« Er griff nach der Flasche und schenkte unsere Gläser voll. »Glaub mir, ich wäre der Erste, der Hurra schreien würde, wenn es eine Möglichkeit gäbe, Hélène wieder lebendig zu machen. Aber das geht nun mal leider nicht.« Er beugte sich vor und drückte meine Hand herunter, die schon wieder nach der Zigarettenschachtel griff. »Und jetzt hör mal auf, eine nach der anderen zu rauchen, die ganze Wohnung ist schon verqualmt wie ein irischer Pub. Willst du dein Kind auch noch umbringen?« Er ging zum Fenster und riss es auf. Die kühle Luft strömte herein.

»Aaah!«, rief Alexandre. *»Aspirez, aspirez!«* Er atmete tief durch und ließ sich dann neben mich ins Sofa fallen. »Schau mal, Julien, selbst *wenn* du recht hättest mit deiner Annahme, selbst *wenn* Hélène die Briefe genommen und das Herz dorthin gelegt hätte – was wäre denn damit im Ernst gewonnen?«

»Dann wüsste ich, dass es sie noch gibt«, sagte ich leise.

»Aber Julien! Das weißt du doch auch so. Wenn du das glauben möchtest. Aber okay, nur mal angenommen, es gibt sie irgendwo, wie du so schön sagst, und ja, wer weiß, vielleicht ist das ja wirklich so, und sie sitzt in dieser Sekunde auf diesem leeren Sessel hier und hört uns zu oder geistert unsichtbar zwischen uns herum wie die Toten in diesem Theaterstück von Sartre – wie heißt das gleich noch mal?«

»*Das Spiel ist aus*«, sagte ich.

»Genau, danke! Also, nur mal angenommen, du hast recht mit allem, was du sagst, was hättest du davon, ganz konkret? Kannst du mit Hélène auf dem Sofa sitzen und reden? Kannst du sie berühren und umarmen? Liegt sie nachts neben dir im Bett? Frühstückt ihr morgens zusammen, und du erzählst ihr, was du in der Zeitung gelesen hast? Lacht sie, wenn Arthur etwas Drolliges gesagt hat? Steht sie in der Küche und macht ihre göttlichen *Clafoutis aux cerises* für dich? Nein, dies alles wird nicht passieren, Julien.« Er sah mich an. »Es. Wird. Nicht. Passieren. Oder denkst du das etwa? Denkst du wirklich, sie kommt hier eines Tages hereinspaziert mit ihrem Margeritenkranz auf dem Kopf und nimmt dich in die Arme?«

Ich senkte den Kopf und starrte unglücklich auf das Steinherz.

»Aber wer …«, sagte ich hilflos. Ich nahm den rosafarbenen Stein in die Hand und umklammerte ihn wie einen Anker.

Alexandre legte den Arm um mich. »Julien. Denkst du, ich wüsste nicht, wie schwer das alles für dich ist«, sagte er.

Und dann saßen wir wieder schweigend da, und das Fenster klapperte leise, wenn der Nachtwind hereinwehte.

»Die Sache ist ja auch merkwürdig«, räumte Alexandre schließlich ein. »Aber ich bin mir sicher, dass es eine ganz einfache Erklärung für dieses ›Wunder‹ gibt.« Er malte Anführungszeichen in die Luft und schien zu überlegen. »Könnte Arthur die Sache mit dem Geheimfach vielleicht doch jemandem erzählt haben?«

Ich schüttelte den Kopf. »Nein, ich hab ihn eben noch gefragt, als ich ihn zu Bett brachte. Er wusste nicht mal mehr, von was ich überhaupt spreche, hatte es schon vergessen. Der hat jetzt seine eigenen Dinge im Kopf. Er schwärmt für so ein rothaariges Mädchen aus dem Kindergarten.« Ich musste lächeln, als ich daran dachte, wie Arthur mir seine kleine Freundin gezeigt hatte, als ich ihn vom Kindergarten abholte. »Sieht sie nicht toll aus, Papa?«, hatte er geflüstert.

»Er hat offenbar deine Gene«, bemerkte Alexandre spöttisch. Dann setzte er sich plötzlich auf.

»Na, klar, das ist es!« Er schlug sich mit der Hand gegen die Stirn. »Dass ich da nicht gleich draufgekommen bin. Die Sache ist sonnenklar. Es war der Steinmetz!«

»Der Steinmetz?! Jetzt bist *du* aber verrückt geworden, Alexandre! Der *Steinmetz* nimmt meine Briefe und legt mir ein Herz hin – sonnenklar! Der Steinmetz, der Frau und zwei erwachsene Söhne hat, die mit ihm im Betrieb arbeiten, hat auf seine alten Tage sein Faible für junge verwitwete Männer entdeckt – der war gut, hahaha!«

»Nein, warte mal!« Alexandre hatte Witterung aufgenommen und ließ sich nicht beirren. »Der Steinmetz, bei dem du den Grabstein in Auftrag gegeben hast, ist der Einzige, von dem wir sicher wissen, dass er das Geheimfach kennt.« Er überlegte. »Es muss ja gar nicht der Steinmetz sein, es könnte doch auch jemand aus seiner Werkstatt sein – oder vielleicht hat der Meister es jemandem erzählt, um anzugeben, zum Beispiel einem seiner anderen Kunden. Wer weiß? Vielleicht schwirrt da draußen irgendwo eine unglückliche Witwe herum, die deine Idee mit dem geheimen Fach für das Romantischste hält, was sie jemals gehört hat. Und da hat sie einfach mal nachgeguckt, welche Grabgaben du deiner Frau mitgeben wolltest, und ist auf die Briefe gestoßen. Die sie natürlich alle gelesen hat. Frauen sind so. Neugierig und unverbesserlich romantisch.«

»Hm«, machte ich verblüfft. »Weißt du was, Alexandre? Eigentlich solltest *du* die Romane schreiben.« Mit welcher Leichtigkeit er seine Theorie aus dem Hut zauberte, beeindruckte mich. Und ich musste zugeben, dass an der Geschichte mit dem Steinmetz vielleicht doch etwas dran war. Dieser Mann redete viel und gern. Das hatte mich schon genervt, als ich den Grabstein ausgesucht hatte.

»Nein, das Schreiben überlasse ich lieber dir«, entgegnete Alexandre geschmeichelt. »Aber ich schenke dir gern diese grandiose Idee für deinen nächsten Roman.« Er grinste zufrieden, weil der Abend doch noch zu einem Ergebnis geführt hatte, mit dem wir beide leben konnten. Dann trank er sein Glas aus und stellte es entschlossen auf den Tisch.

»Ich sage dir, hak bei diesem Grabsteinfritzen nach.« Er kicherte vor sich hin. »Und es kann nicht schaden, auf dem Friedhof nach hübschen Witwen Ausschau zu halten, die sich in der Nähe des Grabes herumtreiben. Ich halte das für eine ganz heiße Spur, mein Lieber.«

»Das werde ich tun, Alexandre, das werde ich tun«, sagte ich. »Ich wollte morgen sowieso zum Friedhof fahren. Ich hab einen neuen Brief geschrieben. Mal schauen, ob der auch verschwindet.«

»Wir werden sehen«, sagte Alexandre. »Halt die Augen auf, mein Freund. Dann wirst du bald wissen, wer dahintersteckt.«

Ich nickte, und als ich die Tür hinter ihm schloss, war mir seltsam beklommen zumute. Ganz in Gedanken räumte ich die Gläser in die Küche und sah nach Arthur, der mit seinem Teddybären im Arm friedlich in seinem Bett schlief. Dann ging ich ins Wohnzimmer zurück und trat ans Fenster, das immer noch geöffnet war. Ich sah in den dunklen Nachthimmel, und mein Herz zog sich zusammen.

Kapitel 14
Er liebt mich, er liebt mich nicht

Das Unerklärliche verändert den Menschen. Fragen, auf die es keine Antwort gibt, sind schwerer zu ertragen als alles andere, und so bemühen wir uns, Gewissheit zu erlangen. Wir streben nach Wahrheit und Erkenntnis – doch was ist, wenn wir nicht sicher sind, ob wir das, was wir am Ende herausfinden werden, auch wirklich wissen wollen? Wenn die Illusion zerplatzt wie eine Seifenblase?

Als ich am nächsten Morgen das Tor zum Cimetière Montmartre durchschritt, war mir ganz seltsam zumute. Ich hatte eine unruhige Nacht verbracht und wusste kaum, was ich mir wünschen sollte – dass mein letzter Brief wieder verschwunden war oder dass er ganz friedlich im Grabstein ruhte? Dass es ein neues Zeichen gab oder nicht die Spur eines Hinweises dafür, dass jemand das Geheimfach geöffnet hatte.

So früh am Morgen war noch niemand hier. Nur der Friedhofsgärtner schlurfte mir entgegen, als ich die mir so vertrauten Wege durch den blühenden Friedhof ging. Alexandre hatte die Blume des Misstrauens in mein Herz gepflanzt, und als der Alte mir seinen Gruß entgegenknurrte, nahm ich ihn genauer ins Visier und überlegte einen Moment, ob dieser kauzige Typ in der Lage wäre, mir einen solch absonderlichen Streich zu spielen. Vielleicht hasste er Leute wie mich, die ungebeten in sein steinernes Reich eindrangen? Ein paar Mal sah ich mich um, in dem aberwitzigen Gefühl, dass mir jemand folgte oder dass sich irgendwo zwischen den Bäumen eine Frau mit schwarzem Schleierhut verbarg, und kam mir selbst schon ein wenig wunderlich vor.

Als ich endlich mit klopfendem Herzen vor Hélènes Grab stand, zögerte ich fast, das Fach zu öffnen. Doch es musste sein.

Ich öffnete den Stein und tastete nach dem Brief, den ich erst gestern hier hineingelegt hatte. Er war nicht mehr da, und meine Finger fassten in etwas Weiches. Ich schrie leise auf, weil ich zunächst glaubte, es sei eine Hand. Vorsichtig holte ich das Etwas hervor und lachte erleichtert auf.

Es war ein Kränzchen aus Vergissmeinnicht und Margeriten.

Ich hielt es in meiner Hand und wusste nicht, was ich davon halten sollte. Ich betrachtete es eingehend, bog die Blüten vorsichtig auseinander, um zu sehen, ob vielleicht ein Zettelchen dazwischen steckte, aber da war nichts. Es waren nur die Blumen. Was heißt *nur*? Jemand war in meiner Abwesenheit hier gewesen, hatte den Brief genommen und das Kränzchen abgelegt, um mir ein Zeichen zu geben.

Jemand?

Das Erste, was mir in den Sinn kam, als ich die Blumen sah, waren die Vergissmeinnicht-Sträußchen von Cathérine. Ich erinnerte mich noch gut, wie sie mir vor Wochen, als ich meinen ersten Brief ans Grab gebracht hatte, begegnet war. Die Vergissmeinnicht waren von ihr gewesen, das hatte sie selbst gesagt. Und sie war sehr verlegen, aber das war ich auch. Konnte es sein, dass sie bereits damals etwas gesehen … mich heimlich beobachtet hatte? Ich versuchte mir den Tag in Erinnerung zu rufen. Nein, da war niemand in der Nähe des Grabes gewesen, ich hätte es bemerkt. Und was war das überhaupt für eine verrückte Idee? Cathérine wohnte im selben Haus wie ich, sie hätte mich jederzeit sprechen können, sie musste nicht auf Friedhöfen herumschleichen und Grabsteine öffnen. Außerdem, fiel mir ein, hatte sie tags zuvor den ganzen Tag Schule gehabt, und am Nachmittag war Arthur bei ihr gewesen, um mit Zazie zu spielen. Dieser Friedhof wurde am Abend um sechs Uhr geschlossen, und ich konnte mir kaum vorstellen, dass Cathérine nachts über das hohe grüne Gittertor kletterte, um ihre Vergissmeinnicht zu hinterlassen. Ich schüttelte den Kopf. »Julien, du siehst Gespenster!«, sagte ich halblaut zu mir. Und die sah ich in der Tat, denn mit einem Mal meinte ich, in dem Kränzchen ganz eindeutig Hélènes Handschrift zu erkennen. Hatte sie nicht in meinem Traum einen Margeritenkranz getragen?

»Ach, Hélène, was tust du da?«, flüsterte ich benommen und sah zu dem Engel, der keine Miene verzog. »Ich weiß bald nicht mehr, was ich glauben soll.«

Ich holte den Brief mit dem Prévert-Gedicht aus meiner Umhängetasche hervor und legte ihn in den Hohlraum. »Ich bin gespannt, wie dir das hier gefällt«, sagte ich leise und verschloss das Geheimfach wieder. Dann trat ich einen Schritt zurück und musterte den Grabstein eingehend. Für ein menschliches Auge war der hauchdünne Spalt, der die Öffnung markierte, kaum zu erkennen.

Ich war mir wohl bewusst, dass das alles ziemlich seltsam war, aber als ich da so vor dem Grab stand, das Blumenkränzchen in der Hand, den Blick auf Hélènes Gesicht gerichtet, fühlte ich mich der Welt enthoben, und Alexandres Argumente verloren an Bedeutung.

Mit widerstrebenden Gefühlen riss ich mich schließlich los, verließ die kleinen Wege und ging langsamen Schrittes die Avenue Hector Berlioz entlang, da hörte ich jemand meinen Namen rufen.

Ich blickte auf und sah eine zierlich dunkle Gestalt, die weiter hinten zwischen den steinernen Mausoleen mit den kleinen Dächern auf einer Bank saß und Mittag machte, ihre Werkzeugtasche neben sich.

»*Salut*, Julien!«, begrüßte Sophie mich erfreut. »Na? Auch mal wieder hier? Ich habe dich ja ewig nicht mehr gesehen.«

»Dabei war ich erst gestern noch da«, sagte ich, und sie zog erstaunt die Augenbrauen hoch. »Aber … Ja, ich bin krank gewesen.«

»Und ich dachte schon, du seist wieder unter die Lebenden gegangen, und ich würde dich nie mehr sehen.« Sie rückte ihr Käppchen zurecht, und ihre Augen funkelten mich schelmisch an.

Wenn du wüsstest, kleiner Kobold, wenn du wüsstest, dachte ich.

»Das hätte ich wirklich schade gefunden«, fuhr sie fort und grinste. »Ehrlich, ich fing gerade schon an, unsere Friedhofsgespräche zu vermissen.« Sie rückte ein wenig zur Seite. »Komm, setz dich einen Augenblick zu mir, ich mache gerade Mittagspause. Wie geht es dir?«

»Oh … na ja … ganz gut so weit«, stammelte ich und blickte auf das Kränzchen, das ich immer noch in Händen hielt. »Den Umständen entsprechend eben.« Ich zuckte mit den Schultern.

»Schöne Blumen«, sagte sie unvermittelt. »Sind die für deine Frau?«

»Nein, nein, ich war schon am Grab.« Ich sagte es, ohne groß darüber nachzudenken, und hätte mich ohrfeigen können, als sie mich nun ganz überrascht ansah.

»Für wen sind die Blumen denn dann?«

»Die Blumen … äh … die Blumen …« Ich kam mir vor wie ein Idiot. »Die Blumen sind für dich!« Ich lächelte erleichtert über diesen rettenden Einfall.

»Für *mich*?« Eine zarte Röte flog über ihr Gesicht. »Aber …«

»Ja«, fuhr ich rasch fort und legte ihr das Kränzchen auf den Schoß. »Ich hatte gehofft, dich hier zu treffen. Stell dir vor, ich hab dich nämlich auch schon vermisst.« Ich lachte und machte einen Scherz daraus. »Du warst es doch, die mir gesagt hat, dass Blumen auf Gräbern vergebens blühen, oder etwa nicht?«

»Gut aufgepasst, Schriftsteller«, sagte sie und lachte auch, doch in ihren Augen lag der Zweifel. Sie strich sich ein paar Baguette-Krümel von ihrer Latzhose. »Also … die sind wirklich für mich?«, fragte sie noch einmal.

Ich nickte eifrig. »Ja, sicher, wenn ich es doch sage!«

»Du bist wirklich gut im Geschichtenerfinden«, entgegnete sie. »Aber trotzdem danke!« Sie legte das Kränzchen neben sich.

»Vergissmeinnicht und Margeriten«, sagte sie gedankenverloren. »Weißt du, was das in der Sprache der Blumen bedeutet?«

»Was denn?«

»Also … das Vergissmeinnicht steht für Liebe und Treue. Ich glaube, in früheren Zeiten hat man gesagt, dass die Augen von frisch Verliebten an die Vergissmeinnicht-Blume erinnern …« Sie sah mir ins Gesicht. »Oh … *ja*!«, sagte sie dann. »Deine Augen sind wirklich schon so blau wie ein Vergissmeinnicht.«

Sie grinste, und ich lächelte verlegen. Nanu? Was war denn das? Flirtete der Kobold etwa mit mir?

»Was noch?« Sie pflückte eine Margeritenblüte aus dem Kränzchen und hielt sie hoch. »Die Margerite steht für unverfälschtes Glück. Na, das ist doch ganz wunderbar. Und was kann man *noch* mit einer Margerite machen?« Sie wedelte mit der Blume vor meinem Gesicht herum. »Na?«

Ich musste lachen. »Keine Ahnung, was denn? Ich kenne mich in der Sprache der Blumen nicht so aus.«

»Ach komm, Julien. Jedes Kind kennt doch das alte Spiel!« Sie fing an, mit den Fingern die Blütenblätter abzuzupfen. »Er liebt mich … er liebt mich nicht … er liebt mich … er liebt mich nicht.« Sie zupfte, bis nur noch ein Blatt übrig war. »Er liebt mich nicht! Oh, wie schade!« Sie warf den Stengel über ihre Schulter und sah mich forschend an. »Willst du mir nicht doch verraten, was es mit dem schönen Blumenkränzchen auf sich hat? Oder ist das etwa ein Geheimnis? Ich *liebe* Geheimnisse.« Sie lächelte, als ich nicht antwortete. »Na schön, etwas Leichteres: Wie geht es denn voran mit dem Buch, Schriftsteller?«

Nein, doch kein Flirtversuch.

»Mal so, mal so«, erklärte ich kryptisch. Ich sah sie an, und dann kam mir eine Idee. »Und du, Sophie?

Ich habe gesehen, dass der Engel wieder neue Flügel hat. Kommst du denn gut voran mit deiner Arbeit? Sicher besser als ich. Woran arbeitest du gerade?«

»Oh, im Moment restauriere ich die Inschrift einer Familiengruft. Keine große Herausforderung für eine Steinbildhauerin, aber Auftrag ist Auftrag.«

Ich nickte wie ein Fachmann, dabei kümmerten mich ihre bildhauerischen Arbeiten gerade so wenig wie der Mond, den der Hund anbellt. »Sag mal, Sophie, du bist doch jeden Tag hier, oder?«

»Na ja, *fast* jeden Tag, am Wochenende nehme ich auch mal frei. Es gibt ja schließlich noch anderes als Engel und Grabsteine, nicht wahr?« Sie nahm ihr Schinken-Baguette und biss herzhaft hinein. »Heute beispielsweise mach ich auch früher Schluss als sonst. Meine Cousine hat Geburtstag, da sind wir später eingeladen.«

Ich fragte nicht nach, wer »wir« war. Stattdessen sagte ich und versuchte dabei möglichst beiläufig zu klingen: »Hast du in letzter Zeit eigentlich mal jemanden an Hélènes Grab gesehen? Also – außer mir, meine ich.«

Sie sah mich aufmerksam an und zuckte dann die Schultern.

»Hm«, machte sie. »Ich muss überlegen …« Dann fing sie an aufzuzählen. »Der Friedhofsgärtner hat da mal den Weg gefegt. Dann erinnere ich mich an eine Gruppe Japaner, die haben hier einige Gräber fotografiert, ich glaube, dein Bronzeengel war auch dabei. Dann gab es da diesen eleganten Herrn, der mal vorbeikam, eine Frau mit einem großen schwarzen Hut, und eine kleine ältere Dame hab ich auch mal gesehen.« Sie überlegte. »Und dann kommt immer mal wieder eine blonde Frau, die Blumen bringt.«

Die blonde Frau war ohne Zweifel Cathérine.

»Sonst noch jemand?«, fragte ich.

»Puh! Du willst es aber genau wissen. Wieso eigentlich? Möchtest du den Beliebtheitsgrad deiner Frau testen? Also, alles bekomme ich natürlich auch nicht mit, aber ich würde doch sagen, dass ihr Grab häufiger besucht wird als so manches andere. Von den Berühmtheiten mal abgesehen.« Sie runzelte die Stirn. »Wer noch? Ein Pärchen habe ich einmal lange am Grab stehen sehen, die haben sich alles genau angeschaut, und der Mann machte sogar Notizen in ein kleines Buch – aber das ist schon eine Weile her. Und – oh ja, ein Clochard torkelte vor ein paar Tagen mit seiner Rotweinflasche in der Nähe des Grabes herum.« Sie zog eine kleine Grimasse.

»Und gestern? Hast du gestern jemanden gesehen?«

Sie schüttelte den Kopf. »Tut mir leid, aber nein. Das heißt, es kann schon sein, dass da jemand war, aber wenn, habe ich es nicht mitbekommen, weil ich zu weit weg war.«

»Und als du in der Nähe von Hélènes Grab gearbeitet hast, damals an diesem Engel – hat da einer dieser Leute irgendetwas am Grab … gemacht?«

Sie sah mich verwundert an. »Was meinst du mit *gemacht,* Julien«, wiederholte sie. »Vandalismus? Ist denn irgendetwas beschädigt worden oder weggekommen?«

Ich spürte, wie ich rot wurde. Vielleicht hätte ich ihr einfach die ganze Wahrheit sagen sollen, aber ich tat es nicht. Sophie hätte mich sicher genauso für verrückt erklärt wie mein Freund Alexandre.

»Äh … nein«, sagte ich schnell. »Das heißt, doch. Ich vermisse meine grüne Blechgießkanne. Die stand sonst immer hinter dem Grabstein.«

»Aha.« Ich wusste nicht, ob sie mir wirklich glaubte. Ihre Augen ruhten für einen Moment groß und rund auf mir. »Grabräuber also«, meinte sie dann lächelnd und schnalzte mit der Zunge. »Nun, wenn du willst, kann ich ja mal die Augen ein bisschen für dich aufhalten, Julien. Ich bin ja immer hier.«

Ihr Telefon klingelte, und sie sah mich entschuldigend an.

»Nein, nein«, sagte ich, stand auf und hob die Hand zum Gruß. »Geh nur dran, ich muss sowieso los.«

Sophie lächelte mir zum Abschied zu und deutete noch einmal erfreut auf das Blumenkränzchen, und ich hörte im Weggehen, wie ihre Stimme einen ganz weichen Klang bekam, als sie jetzt sagte: »Nein, das hab ich natürlich nicht vergessen, *Chouchou*. Ich mache heute hier früher Schluss, das hab ich doch gesagt … Ja, ja, ich bin spätestens um fünf Uhr zu Hause … Ja … ich dich auch.«

Und so verließ ich den Friedhof im wahrsten Sinne des Wortes mit leeren Händen. Mein anschließender Besuch bei *Bertrand & Fils, Grabsteine und mehr* verlief auch nicht viel befriedigender – jedenfalls nicht, wenn man an Alexandres Theorie von der schönen Witwe mit dem Sinn für Romantik glauben wollte.

Ich entdeckte Monsieur Bertrand draußen zwischen seinen Grabsteinen, wo er gerade mit einem älteren Ehepaar ein Beratungsgespräch über die Vorteile alter Findlinge führte.

»Da können wir die alte Inschrift abschleifen und machen was neues Hübsches«, posaunte er. »Das kommt Sie dann auch nicht so teuer und sieht trotzdem gut aus. Braucht ja keiner zu erfahren, dass der schon mal benutzt wurde.« Er kratzte sich hinter dem Ohr und warf einen Blick in meine Richtung. »Aber schauen Sie sich ruhig um. Ich sag immer, schauen kostet ja nichts.«

Das Ehepaar zog leise debattierend seine Bahnen durch die ausgestellten Grabsteine, und Monsieur Bertrand kam lächelnd auf mich zu. Offenbar erinnerte er sich gleich, wer ich war.

»Monsieur Azoulay! Na, so was, was führt Sie denn zu mir?« Er schüttelte mir die Hand. »Ich will doch wohl nicht hoffen, dass Sie noch einen Grabstein brauchen.«

Was das anging, konnte ich den Steinmetz beruhigen.

Wir standen in der Mittagssonne zwischen all den unbearbeiteten Steinen, und ich trug ein wenig umständlich mein Anliegen vor.

Monsieur Bertrands Reaktion war gewaltig. Offenbar hatte ich ihn in seiner Berufsehre gekränkt.

»Na, hören Sie mal!«, sagte er empört und breitete in einer Geste der Unschuld seine Hände aus. »So etwas denken Sie von mir? Das glaube ich jetzt nicht.« Er hörte gar nicht mehr auf, seinen Kopf zu schütteln. »Junger Mann, ich führe diesen Betrieb nun schon seit vierzig Jahren, und davor hat ihn mein Vater geführt, und wenn ich unter der Erde bin, was hoffentlich noch nicht so bald der Fall sein wird«, er klopfte dreimal auf den Marmorsockel neben sich, »werden meine beiden Söhne das Unternehmen weiterführen … Aber noch nie«, er sah mich vorwurfsvoll an, »noch nie hat sich jemand beschwert.«

»Ich beschwere mich ja auch nicht«, sagte ich schnell. »Ich muss nur wissen, ob es unter Umständen sein kann, dass Sie irgendjemandem von der … äh … *Besonderheit* des Grabsteins erzählt haben.« Ich senkte meine Stimme.

Monsieur Bertrand schnaufte.

»Also, wenn dem so ist, dann sagen Sie es bitte einfach«, zischte ich. »Es wäre für mich nämlich sehr wichtig zu wissen, ob jemand davon weiß. Es geht um Leben und Tod – sozusagen.« Ich sah ihn eindringlich an und gratulierte mir zu der treffenden Formulierung.

Der Steinmetz wich erschrocken zurück und kniff die Augen zusammen. Dann aber erwiderte er meinen Blick, ohne mit der Wimper zu zucken, und faltete die Hände über seinem Arbeitskittel zusammen, der sich über einem mächtigen Bauch spannte.

»Ausgeschlossen, Monsieur Azoulay. Ich selbst habe dieses Fach eingebaut, ich persönlich, da hab ich nicht mal meine Söhne drangelassen. Sie selbst haben mir damals gesagt, dass ich die Sache vertraulich behandeln soll, und das hab ich gemacht, bis auf den heutigen Tag, der Teufel soll mich holen, wenn's anders ist! Was zwischen mir und dem Kunden gesprochen wird, verlässt nicht diese Werkstatt, das können Sie mir mal glauben. Was denken Sie, was mir alles für Geschichten zu Ohren kommen. Oder was die Hinterbliebenen manchmal für Sonderwünsche haben.«

Er rollte dramatisch mit den Augen, und ich wagte es mir kaum vorzustellen.

»Nein, nein Monsieur, Diskretion ist unser Geschäft, das sag ich auch meinen Söhnen immer. Diskret bis in alle Ewigkeit. Ich bin nicht nur Steinmetz, ich kann auch schweigen wie ein Grab, harharhar.« Er lachte laut, vielleicht brachte er diesen Kalauer öfter. Es klang fast wie ein Slogan. »Der Steinmetz, der schweigt wie ein Grab.«

Das Ehepaar, das noch immer um die polierten Steinblöcke herumstrich, hörte auf zu palavern und sah interessiert zu uns herüber.

Als Monsieur Bertrand bemerkte, dass ich nicht mitlachte, legte er noch mal nach. »Was sag ich – wie *zwei* Gräber, harharhar!« Sein mächtiger Bauch bebte.

Solch geballte Heiterkeit zwischen all den Grabsteinen war mir nun doch zu viel. Ich verabschiedete mich und überließ Monsieur Bertrand seinen neuen Kunden, die sicherlich auch bald schon von seiner Diskretion bis in alle Ewigkeit profitieren würden.

Kapitel 15
An der Erinnerung Waldesrand

Als mich Alexandre am Sonntagmorgen anrief, hielt ich, wie so oft in den letzten Tagen, nachdenklich das kleine antiquarische Gedichtbändchen der *Librairie Gallimard* in der Hand und blätterte darin. Die vergilbten Seiten waren voll mit den wunderbaren Gedichten von Jacques Prévert – und ein paar Zeilen aus diesem Büchlein waren offenbar für mich gedacht und gaben mir einige Rätsel auf.

Denn ja, ich war inzwischen wieder an Hélènes Grab gewesen – die Neugier hatte mich dorthin getrieben –, und ja, mein letzter Brief war wieder verschwunden gewesen, als ich meinen neuen Umschlag in das Geheimfach legte, und an seiner Stelle hatte ich diesen alten Gedichtband vorgefunden. Ich zog ihn ans Tageslicht, staunend, beglückt, fassungslos.

Dieses alte, schon etwas abgegriffene Taschenbuch, das aussah wie eine Trouvaille aus den Bücherkisten der Bouquinisten, die jeden Tag am Ufer der Seine ihre alten Schätzchen verkauften, war ohne Zweifel eine Reaktion auf meinen letzten Brief, in dem ich

Hélène das Gedicht von Prévert geschickt hatte – das, welches alle Liebenden kennen.

Noch am Grab begann ich atemlos in dem kleinen Buch zu blättern.

Auf den ersten Seiten stand ein Name in einer etwas altmodischen Handschrift, der mir nichts sagte – Augustine Bellier –, offenbar die Vorbesitzerin des Buches, die wahrscheinlich schon lange das Zeitliche gesegnet hatte. Ich blätterte sorgsam Seite für Seite um, auf der Suche nach einem Vermerk, einem Eselsohr, nach irgendetwas, das mir einen Hinweis hätte geben können, und entdeckte schließlich zwischen zwei Seiten eine alte unbeschriebene bräunliche Postkarte mit weißen Rosen, die offenbar als Lesezeichen diente. Der Titel des Gedichts, das auf dieser Seite stand, lautete *Cet amour* – »Diese Liebe«.

Ich kannte es nicht.

Es war ein langes Gedicht über die Liebe, die hier wie eine Person dargestellt wird, wie sie ist und wie sie sein kann, darüber, dass die Menschen die Liebe manchmal vergessen, dass die Liebe uns Menschen jedoch niemals vergisst. Und die letzten Zeilen hatte jemand mit einem zarten Bleistiftstrich markiert.

Wir haben nur dich auf Erden
Lass uns nicht kalt und steinern werden
Gib uns
Auch späterhin und irgendwo

Ein Lebenszeichen
Auch später noch
An der Erinnerung Waldesrand
Sei plötzlich da
Reich uns die Hand
Und rette uns.

Ich hatte vor dem Grabstein gestanden, und die Worte hatten mich zutiefst erschüttert. Und auch später, als ich den Friedhof schon längst wieder verlassen hatte und die Verse wieder und wieder las, um die Botschaft zu verstehen, die mir da ein himmlisches oder irdisches Wesen zukommen lassen wollte, schluckte ich jedes Mal bei den Worten *Lass uns nicht kalt und steinern werden*, und dieser starke Apell am Ende des Gedichts *An der Erinnerung Waldesrand/Sei plötzlich da/Reich uns die Hand/Und rette uns* trieb mir die Tränen in die Augen.

Ich hatte alles verstanden. Hélène, mein steinerner Engel, den ich nicht kalt lassen sollte und der mir seine Liebe weiterhin schenkte, an der Erinnerung Waldesrand. Damit war natürlich der Friedhof gemeint, sozusagen die Schnittstelle zwischen Leben und Tod.

In dem Moment, als ich das Gedichtbändchen von Prévert vorfand, war mir auch klar gewesen, dass niemals im Leben Cathérine dahinterstecken konnte – sooft sie auch auf dem Friedhof gewesen sein mochte. Cathérine hatte, anders als ihre Freundin Hélène, keine poetische Ader. Sie hatte Naturwissenschaften studiert, und ihre Staatsarbeit trug den prosaischen Titel *Den Mikroben auf der Spur*. Ich meine – Himmel! –, sie war *Biologielehrerin*, sie las keine Gedichte. Und verschenkte auch keine. Im Geiste entschuldigte ich mich sofort bei allen Biologielehrerinnen, die dennoch Gedichte lasen. Natürlich war so etwas möglich. Boris Pasternak war schließlich auch Arzt gewesen und hatte die schönsten Gedichte geschrieben. Aber eben nicht Cathérine, meine Nachbarin. Ich bezweifelte, dass sie überhaupt irgendeinen Gedichtband in ihrem doch eher überschaubaren Bücherregal stehen hatte.

Als ich an diesem Sonntagmorgen also ein wenig entrückt zwischen all den schönen Worten eines Dichters in meinem Bett saß und im Geiste bereits meinen nächsten Brief an Hélène formulierte, riss mich das Klingeln des Telefons aus den Gedanken.

Es war Alexandre, der sich erkundigen wollte, wie mein Besuch bei dem Steinmetz verlaufen war. »Und … hast du was herausgefunden?«

»Die Sache mit dem Steinmetz kannst du vergessen, der schwört Stein und Bein, er war's nicht«, sagte ich und erzählte von meiner Begegnung mit dem bis in den Tod diskreten Monsieur Bertrand.

»Na ja«, wandte Alexandre ein. »Wie kannst du wissen, ob er wirklich die Wahrheit sagt?«

»Ach, Alexandre, lass gut sein!«, stöhnte ich. »Jetzt hör mal auf mit deinen Verschwörungstheorien. Es gibt keine schöne Witwe, die auf mein Seelenheil bedacht ist.«

»Schade«, sagte Alexandre. »Was hast du denn sonst noch herausgefunden?«

Zögernd berichtete ich ihm von meinem Gespräch mit Sophie und zählte auf, welche Leute sie am Grab gesehen hatte.

»Na, da haben wir es doch! Die Frau mit dem schwarzen Hut!«, rief er triumphierend. »Das klingt für mich sehr nach einer Witwe. Oder wen kennst du sonst mit einem schwarzen Hut?«

»Keinen. Die letzte Frau mit großem schwarzem Hut habe ich in einem Fellini-Film gesehen. Aber da Monsieur Bertrand verschwiegen ist wie ein Grab, erübrigt sich diese Spekulation.«

»Und die ältere Frau, die diese Steinbildhauerin erwähnte?«

»Na ja, ich denke, dass das vielleicht meine Mutter gewesen ist. Maman geht ja auch ab und zu mal auf den Friedhof, auch wenn sie keine große Grabgängerin ist.«

»Nicht so wie du«, sagte Alexandre.

»Nein, nicht so wie ich«, wiederholte ich verschnupft. »Diesen Kommentar hättest du dir jetzt auch mal sparen können, oder?«

»Tut mir leid.« Er tat zerknirscht. »Ist denn noch mal etwas im Geheimfach gewesen?«, bohrte er dann nach.

»Ja.« Irgendwie hatte ich immer weniger Lust auf dieses Gespräch.

»Und was? Mensch, Julien, jetzt lass dir doch nicht alles so aus der Nase ziehen, ich will dir doch nur helfen.«

Ich seufzte und berichtete von meinen letzten beiden Funden.

Als er von dem Blumenkränzchen hörte, unterbrach er mich sofort.

»Es war die schöne Nachbarin, kein Zweifel! Die ist doch die Einzige, die regelmäßig ihre Vergissmeinnichtsträuße abwirft, das hast du mir selbst erzählt. Und diese Bildhauerin – hat die nicht gesagt, dass da immer wieder eine junge blonde Frau am Grab gewesen ist? Wer weiß, vielleicht hat sich die Nachbarin doch in dich verliebt.«

»Ja, Schlaumeier, daran hab ich auch schon gedacht, aber Cathérine scheidet aus verschiedenen Gründen aus dem Kreis der Verdächtigen aus. Erstens war sie an dem Tag, als das Blumenkränzchen in das Fach gelegt wurde, gar nicht auf dem Friedhof. Und zweitens …«

»Zweitens?«

Ich erzählte ihm von dem Gedichtband.

»Hm«, machte Alexandre. »Hm. Hm. Hm. Das klingt in der Tat nicht nach Mademoiselle Balland. Was steht denn drin in dem Gedicht?«

Ich erzählte ihm, worin es in dem Gedicht ging, und las die angestrichenen letzten Zeilen vor.

»Das klingt doch eher nach Hélène, findest du nicht?«, sagte ich vorsichtig.

»Nö, find ich nicht«, sagte er. »Find ich überhaupt nicht. Im Gegenteil.«

»Wie jetzt?«, fragte ich widerwillig.

Und dann legte mir mein Freund Alexandre eine völlig andere Interpretation von Préverts Versen vor.

»Na ja, das ist doch ziemlich eindeutig«, sagte er. »Du sollst nicht kalt und steinern werden wie diese ganzen Grabsteine, du sollst dein Herz nicht vor einer neuen Liebe verschließen. Die Liebe gibt dir ein Zeichen – auf dem Friedhof, wohin es dich wegen all deiner Erinnerungen an Hélène immer wieder treibt. Und dann steht da plötzlich die Liebe, die dich retten will, wenn du es nur zulässt. Sie reicht dir schon die Hand, kapiert?«

Ich schwieg verblüfft. »Na ja …«, sagte ich. »Das ist eben so bei Gedichten, dass man sie auf verschiedene Weise auslegen kann. Es ist wie bei diesem Orakel von Delphi. Ich jedenfalls habe sofort an Hélène gedacht.«

»Warum wundert mich das jetzt nicht?« Alexandre lachte. Dieses Spiel schien ihm Spaß zu machen. »Du denkst ja immer nur an Hélène, mein Freund.«

»Und wie passt das Steinherz zu deiner Theorie?«, fragte ich verstimmt. Vielleicht war es überhaupt ein Fehler gewesen, Alexandre von alledem zu erzählen.

Ich dachte an meinen ersten Fund, der immer noch auf meinem Schreibtisch lag. Damit hatte doch alles angefangen. Mit diesem Herz aus Stein, das Hélène mir zum Zeichen, dass sie mich auf ewig lieben würde, hinterlassen hatte. Und es konnte einfach kein Zufall sein, dass ich dieses Zeichen erhalten hatte, als ich es am dringendsten brauchte in meiner ganzen Verzweiflung.

»Das passt ganz hervorragend, mein Lieber«, sagte Alexandre da. »Du sollst dein versteinertes Herz endlich wieder dem Leben öffnen.«

Ich schwieg. Es kam mir vor, als hörte ich meine Mutter reden.

»Also doch Cathérine …«, sinnierte Alexandre. »Oder jemand anderes, der ein Auge auf dich geworfen hat. Was ist denn eigentlich mit diesem Mädchen vom Friedhof? Könnte die etwas damit zu tun haben? Vielleicht hat sie Gefallen an dem netten jungen Witwer gefunden. Schließlich werkelt die doch die ganze Zeit auf den Gräbern herum.«

»Wer? Sophie?« Ich überlegte einen Augenblick. Dann schüttelte ich den Kopf. Sophie hatte einen Freund, zu dem sie am Telefon »Ich dich auch« sagte.

»Fehlanzeige. Die hat einen Freund«, sagte ich und dachte an ihre Stimme, die mit einem Mal so zärtlich geklungen hatte.

»Woher weißt du das?«

»Er ruft sie ständig an. Und sie nennt ihn *Chouchou* und ist ganz verliebt. Außerdem ist sie viel zu burschikos für … Gedichte.«

»Na schön«, sagte Alexandre und strich die Steinbildhauerin wieder von seiner Liste. »Wer in deinem Umfeld liest denn sonst noch Gedichte?«

»Keiner. Hélène.«

»Julien! Bitte … Manchmal könnte man denken, du hast einen Dachschaden. Was ist mit deinem Verleger, diesem, wie heißt er noch … Fabre?«

»Jean-Pierre Favre«, sagte ich.

»Ja, was ist mit dem? Der elegante Herr, der vor dem Grab stand? Dieser Favre ist doch sicher super gebildet, ein Mann des Wortes und der Imagination – der hat bestimmt Gedichtbände in seinem Regal stehen. Vielleicht hat er Angst, dass du dein Buch niemals fertig bekommst, und will dich wieder auf den rechten Weg führen.«

»Und deswegen lenkt er meine Aufmerksamkeit auf den *Friedhof*?«

»Nein – vom Friedhof weg, aber du willst ja nicht auf mich hören.«

»Was für ein absurder Gedanke. Ebenso gut könnte ich mich fragen, ob *du* nicht hinter all dem steckst, Alexandre. Schließlich bist du derjenige, der Gedichtzeilen in seine Anhänger graviert. Ich wette, da war auch schon mal eine Zeile von Prévert dabei, oder? Zuzutrauen wär's dir.«

»Kalt, ganz kalt«, sagte Alexandre.

Wir schwiegen, und ich saß im Bett und zupfte etwas ratlos an meiner Bettdecke herum.

»Tja dann ...«, sagte Alexandre schließlich, und ich war gespannt, was als Nächstes kommen würde.

»... bleibt wohl nur noch Elsa L.«

Er lachte, und diese Idee war so komisch, dass selbst ich lachen musste.

»Sehen wir uns heute Abend?«, fragte Alexandre. »Vielleicht fällt uns noch etwas Besseres ein.«

»Nein und nein«, entgegnete ich. »Meine Mutter hat Karten für die Kindervorstellung der *Zauberflöte* besorgt, da gehen wir am Nachmittag mit Arthur hin.«

Maman war der Meinung, dass man, was kulturelle Bildung anging, nicht früh genug anfangen konnte. »Die *Zauberflöte* ist genau das Richtige für einen Vierjährigen«, hatte sie gesagt, als sie meine hochgezogenen Augenbrauen sah. »Außerdem wird Arthur dieses Jahr schon fünf.«

»Na, dann lasst euch mal verzaubern«, meinte mein Freund. »Wir sehen uns.«

Meine geliebte Hélène, du Sonne meiner Nacht,

ich bin so hin- und hergerissen, mein Herz! Ich möchte so gerne glauben, dass du es bist, die meine Briefe nimmt und mir ihre Zeichen hinterlässt, und manchmal glaube ich fest daran, egal, was Alexandre sagt.

Als ich die Prévert-Gedichte fand, war ich mir sicher, dass nur du dahinterstecken kannst – wer sonst sollte mir Gedichte schicken? Und wäre es nicht die perfekte Antwort auf mein Gedicht gewesen? Dann wieder, wie jetzt gerade, denke ich, dass dies alles nicht sein kann. Ich schreibe dir und frage mich im selben Moment: Wem schreibe ich da eigentlich? Wer liest da meine Briefe? Und doch kann ich nicht aufhören damit. Was wäre denn auch die Alternative? Nicht mehr zu schreiben und keine Antworten mehr zu bekommen? Und dann habe ich es dir ja auch versprochen, Liebste, und zumindest bis der dreiunddreißigste Brief geschrieben ist, werde ich weitermachen und weiterhoffen – ich weiß nicht genau, auf was.

Dass ich dich wiederhab' wie einst im Mai? Dass mein Leben eine glückliche Wendung nimmt?

Als ich dir damals das Versprechen gab, Hélène, ahnte ich nicht, dass das Schreiben der Briefe mich in ein solches Abenteuer führen würde. Denn das ist es für mich geworden – ein Abenteuer voller Rätsel, von dem nur Alexandre weiß. Oder gibt es da noch jemanden?

Ach, Hélène, ich weiß manchmal gar nicht, was ich mir wünschen soll! Oder doch, ich weiß es schon. Ich wünsche mir, dass es weitergeht, dieses seltsame Spiel aus großen Fragen und kleinen Antworten! Wenn ich mir vorstelle, dass ich plötzlich nichts mehr vorfinden würde in dem geheimen Fach, dass dies alles aufhörte, dass der Kontakt abbräche – es wäre nicht auszudenken! Ich glaube, ich wäre wie vor den Kopf geschlagen.

Du hast einmal gesagt, dass mir das Schreiben der Briefe vielleicht helfen könnte – und du hast recht gehabt, meine kluge Frau. Ich schreibe diese Briefe an dich, und es lenkt mich ab, es fasst mein Leben zusammen, es gibt mir einen Überblick, es treibt mich an. Und mit der Aussicht, dass ich dort am Grab eine Antwort finde, natürlich umso mehr.

Es ist alles so verrückt – ich wage es gar nicht, anderen davon zu erzählen, nachher denkt man noch, ich sei ein Fall für die Psychiatrie. Und doch möchte ich es manchmal am liebsten in die ganze Welt hinausschreien: Dass ich das Gefühl habe, dass meine Briefe gelesen werden, dass es Antworten gibt für mich. Für mich, Julien Azoulay.

Das alles rettet mich, Hélène, es trägt mich durch diese schwerste Zeit meines Lebens, es macht mir sogar auf aberwitzige Weise Hoffnung.

Am Sonntag war Maman mit Arthur und mir in Mozarts Zauberflöte. *Es war eine Vorstellung unter freiem Himmel, von einer freien Theatergruppe, im Park von Montsouris, wo sie extra eine kleine Bühne aufgebaut hatten. Eine Kindervorstellung, aber wie magisch war das alles. Wir saßen wie verzaubert da und haben uns an den Händen gehalten, Mamie, ich und Arthur. Wir haben über Papagenos Dumm-*

heiten gelacht, über Papagenas lustige Einfälle. Und wir sind den Weg mit Pamina und Tamino gegangen, die in ihrer großen Liebe alle schweren Prüfungen bestehen.

Vielleicht liegt auch vor mir eine Zeit der Prüfungen. Ich will stark sein, meine Liebste, und nicht meinen Mut verlieren. Und den Glauben daran, dass alles irgendwie gut wird. Denn im Moment habe ich nur das: meinen Glauben.

Ich warte auf ein Zeichen von dir und küsse dich abertausend Mal

Julien

Kapitel 16
Das verschlossene Tor

Der Mai ging vorüber, und die Trauer, die mir die letzten Monate wie Blei auf der Seele gelegen hatte, wandelte sich in fieberhafte Erwartung. Hatte ich vorher mehr oder weniger »funktioniert«, so war ich nun überwach und von einer Grundnervosität beherrscht, die selbst meinem kleinen Sohn auffiel.

»Papa, du wackelst immer mit dem Knie«, stellte er fest, als wir zusammen am Küchentisch saßen. Immerhin schien ich nicht mehr ganz so betäubt vom Unglück wie sonst. Als wir einmal zusammen im Kino waren, nahm auch ich Anteil an den Abenteuern des kleinen Waisenjungen aus *Mein Leben als Zucchini*, und als wir uns nach dem Kino noch eine Crêpe mit Nutella an dem Stand holten, der am Boulevard Saint-Germain hinter der alten Kirche steht, sagte Arthur zufrieden: »Ich finde es schön, dass du wieder lachst, Papa.«

In der Woche versuchte ich an meinem Roman weiterzuschreiben, der sich jedoch mit ganz anderen Inhalten zu füllen begann, und am Wochenende unternahm ich Ausflüge mit Arthur. Ab und zu traf ich Alexandre, doch vermied ich es, über die verschwundenen Briefe zu sprechen, und wenn er danach fragte, machte ich einen Scherz und sagte, es gäbe nichts Neues an der Friedhofsfront.

Hin und wieder saß ich sogar abends bei Cathérine auf dem Balkon – seitdem Madame Grenouille uns beide so in Grund und Boden verdammt hatte, waren wir Komplizen geworden, und die Verlegenheit, die seit jener denkwürdigen Nacht zwischen uns geherrscht hatte, war verschwunden und hatte einem freundschaftlich-nachbarschaftlichen Verhältnis Platz gemacht – zumindest dachte ich das damals.

Jeden Mittwoch ging ich mittags zum Essen zu Maman, und sonntags, wenn das Wetter schön war, fuhren wir mit Arthur in den Bois de Boulogne. Manchmal mieteten wir zu seiner Freude dort ein Ruderboot, und ich manövrierte es unter seinem Rufen und vergnügten Juchzen auf dem See zwischen anderen Familien und verliebten Paaren herum, oder wir setzten mit einem kleinen Schiffchen zum Chalet des Îles über, um dort in der Sonne zu sitzen und eine Tarte framboise zu essen. Das war der normale Teil meines Lebens.

Doch dann gab es da noch »das Geheimnis« und diese Unruhe, die mich erfasst hatte und sich bis zu ihrem Höhepunkt am Freitagmorgen steigerte, wenn Louise zum Putzen kam und ich das Haus verließ, um mich zu jenem Hügel im Norden von Paris zu begeben, der offenbar mein Schicksal war.

Jedes Mal, wenn ich zum Montmartre fuhr, begannen meine Gedanken förmlich zu vibrieren, und ich war wie elektrisiert. Was würde ich diesmal im Grabstein vorfinden?

Denn meine Bitte war wundersamerweise erhört worden: Das seltsame Spiel mit den Briefen und Zeichen war weitergegangen. Auf jeden meiner Briefe erhielt ich eine Antwort. Und auf jedes Zeichen hin schrieb ich wieder einen Brief. Ich fühlte mich wie in einem Rausch, dieses fieberhafte Hin und Her erinnerte mich an den unglückseligen und doch auch beseelten Cyrano de Bergerac, der aus der Verborgenheit heraus seine Liebes-Korrespondenz betreibt. Ich gierte nach diesen kleinen Zeichen aus dem Geheimfach, die ich wie kostbare Preziosen nach Hause trug, an denen ich herumrätselte, die ich deutete, die mich Dinge tun ließen. Ich konnte einfach nicht aufhören damit, denn meine Briefe wurden nach wie vor dem Fach entnommen, und der Grabstein bot stets neue Nahrung.

Nachdem ich mit Arthur in der *Zauberflöte* gewesen war, entdeckte ich eine kleine Spieluhr im Grabstein. Sie hatte die Größe einer Streichholzschachtel und war mit einem weißen Karton ummantelt, auf dem man unschwer die scherenschnittartigen Umrisse von Papageno und Papagena erkennen konnte, die in ihren Federkostümen miteinander tanzten. Gespannt drehte ich den kleinen Hebel an der Seite, und es erklang die Melodie des Glockenspiels:

Wer viel wagt, gewinnt oft viel!
Komm, du schönes Glockenspiel,
Lass die Glöckchen klingen, klingen,
Dass die Ohren ihnen singen.
Das klinget so herrlich,
Das klinget so schön!
Larala la la larala la la larala!

Ich stellte die Spieluhr auf meinen Nachttisch, und wenn mich abends die Sehnsucht überkam, nahm ich sie zur Hand und ließ die muntere kleine Melodie erklingen, die silberhell durch die Dunkelheit schwebte.

Beim nächsten Mal fand ich als Antwort auf meinen Brief eine lavendelfarbene Rose, dann einen leuchtend roten Granatapfel, und auch ein Prospekt vom Musée Rodin lag eines Tages in dem geheimen Fach.

Obwohl Maman in derselben Straße wohnte, nämlich in der Rue de Varenne, war ich noch nie in diesem kleinen Museum gewesen, das abseits der belebten Boulevards von Saint-Germain im Regierungsviertel liegt. Und so streifte ich an einem Mittwoch, nachdem ich bei meiner Mutter zum Essen gewesen war, unruhig durch den zauberhaften kleinen Park, der das alte Museumsgebäude umgibt, umrundete etwas ratlos den *Denker* von Rodin, der in ewiger Nachdenklichkeit im Garten auf seinem Sockel hockt, und *Die Bürger von Calais*, die als Gruppe fest zusammenstehen. Ich ging durch die grünen Buchsbaumkegel, betrat das Museum und sah mir im ersten Stock die kleineren Exponate von Camille Claudel an, jener Frau, die zunächst die Schülerin und dann die unglückliche Geliebte von Rodin gewesen war und ein paar Kunstwerke von beeindruckender Expressivität geschaffen hatte, bevor der große Meister sie verließ und sie vor Liebeskummer verrückt wurde und in einem Irrenhaus den Rest ihrer Tage verbrachte.

Ich ging um die Skulpturen herum, sah mir alles eingehend an, musterte die anderen Museumsbesucher mit zusammengekniffenen Augen und versuchte herauszufinden, warum ich eigentlich hier war.

Es ist schon ein merkwürdiges Gefühl, etwas zu suchen, von dem man gar nicht weiß, was es eigentlich ist. Aber war denn nicht unser ganzes Leben eine solche Suche? Die Suche nach dem »verlorenen Land«, wie es Henri Alain-Fournier in seinem *Großen Meaulnes* so treffend beschreibt?

Lange Zeit stand ich versunken vor der anmutigen Skulptur zweier Liebender, die in inniger Verschmelzung und in einer schwungvollen Drehung zur Seite geneigt einen Walzer tanzen. Auch dieses Kunstwerk mit dem schlichten Titel *La Valse* war von der unglücklichen Camille geschaffen worden, und ich fragte mich plötzlich, wer hier wohl mit mir seinen Walzer tanzte.

Als ich das Musée Rodin nach einer Stunde wieder verließ und mich draußen auf eine der Bänke setzte, war ich zwar froh, endlich einmal hier gewesen zu sein, ansonsten jedoch so schlau wie zuvor.

Also machte ich weiter. Ich schrieb an Hélène, ohne zu wissen, ob sie wirklich die Empfängerin meiner Briefe war, ich wollte es glauben, dann wieder zweifelte ich an meinem gesunden Menschenverstand und bezichtigte mich hoffnungsloser Idiotie. Irgendwann hörte ich einfach auf, mir darüber den Kopf zu zerbrechen. Ich lebte in meiner eigenen Welt wie in einem schönen Traum und gab mich der Vorstellung hin, dass alles sich am Ende auflösen würde – und das tat es dann ja auch.

Allerdings viel später, als der Sommer sich seinem Ende zuneigte. Und erst, nachdem ich etwas Wesentliches begriffen hatte.

Doch in diesen Wochen, in denen der Frühling vorüberzog und die Tage heller und wärmer wurden, war ich allein mit meinen Gedanken. Ich redete nicht mehr über meine Besuche auf dem Friedhof und meine neue *raison d'être*, auch nicht mit Alexandre. Einerseits geht das Leben weiter – zumindest für die anderen. Andererseits hatte ich beschlossen, dass es besser war, das Geheimnis für mich zu bewahren, im Vertrauen darauf, dass ich eines Tages alles verstehen würde.

Die Einzige, die meine regelmäßigen Besuche auf dem Cimetière Montmartre zwangsläufig mitbekam, war Sophie. Wenn ich sie auch nicht jedes Mal sah, so waren mir ihre herzliche Zugewandtheit, ihre drolligen Bemerkungen und die Art, wie sie mir manchmal den Kopf zurechtrückte, doch stets willkommen. Außerdem berichtete sie mir nach wie vor, wenn sie jemanden an Hélènes Grab gesehen hatte; sie bezeichnete sich scherzhaft als »meine beste Spionin« und ließ sich zum Dank manchmal von mir auf einen Kaffee oder ein Glas Wein einladen.

Diese zwanglosen Treffen dauerten niemals lange, und auch das Abendessen in ihrem kleinen Lieblingsbistro – das erste und einzige, zu dem sie mich je eingeladen hatte – wiederholte sich nicht. Gleichwohl fand ich in Sophie eine aufmerksame Zuhörerin, die mir oft genug ungefragt einen ihrer Ratschläge gab oder mich aufheiterte, wenn mich die Mutlosigkeit doch wieder einmal erfasst hatte.

Als wir wieder eines Tages um die Mittagszeit in einem Straßencafé an der Rue Lepic saßen, sah Sophie mich nachdenklich an.

»Darf ich dich mal etwas fragen, Schriftsteller?«

Oh je, Fragen von Frauen, die so anfingen, verhießen nichts Gutes.

»Natürlich«, sagte ich und wickelte ein wenig umständlich ein Zuckerstückchen aus.

»Warum interessiert dich das eigentlich so, wer noch an Hélènes Grab kommt? Befürchtest du etwa Konkurrenz?« Sie legte den Kopf schief und spitzte die Lippen. »Du bist mit Abstand die Nummer eins auf dem Friedhof, Julien, das kann ich dir schriftlich geben.«

Sie lehnte sich in ihrem Stuhl zurück, und die Sonne verfing sich in ihrem Haar.

Ich lachte erleichtert. Dann sah ich in ihre Augen, vielleicht einen Moment zu lang, und kurz streifte mich der verlockende Gedanke, mich diesem Mädchen, mit dem man hätte Pferde stehlen können, wie man so schön sagt, einfach anzuvertrauen.

»Weißt du, Sophie …«

Sie sah mich gespannt an, und ich merkte, wie mich der Mut wieder verließ. Vielleicht war es doch keine so gute Idee. Oder doch? Ich merkte, wie ich ins Schwimmen geriet.

»Ja?«

»Manchmal würde ich dir gern etwas sagen, aber ich … traue mich nicht«, sagte ich unbeholfen.

»Oh.« Sie sah mich ganz seltsam an, und statt einer dieser spöttischen Bemerkungen, die ihr sonst so leicht über die Zunge gingen, sagte sie lange Zeit nichts.

Ich wusste auch nicht, was ich sagen sollte, und die Verlegenheit zwischen uns wuchs mit jeder Minute.

Sophie nestelte an der Schließe ihrer Latzhose herum, als wäre diese aufgegangen. Schließlich zog sie die Schultern ein wenig hoch und lächelte vorsichtig.

»Dann sag es mir einfach, *wenn* du dich traust«, meinte sie, und es war unschwer zu erkennen, dass sie meine Bemerkung ganz falsch verstanden hatte. Wahrscheinlich dachte sie jetzt, der Trottel vom Friedhof hätte sich in sie verliebt.

»Nein, nein … es ist nicht *das* …« Ich merkte, wie ich ins Stottern geriet. »Es hat … es hat nichts mit uns zu tun, Sophie«, versuchte ich das Missverständnis zurechtzurücken. »Es ist … so eine Art … *Geheimnis.*«

»So, so … ein Geheimnis also«, sagte sie. Und dann lachten wir beide etwas verlegen.

Später, wenn ich an diese merkwürdige Unterhaltung dachte, fragte ich mich manchmal, ob es denn wirklich ein Missverständnis gewesen war oder ob in diesem Missverständnis nicht die ganze Wahrheit lag.

Es hatte sich etwas verändert. Ich war nicht mehr jede Stunde traurig, nicht einmal mehr jeden Tag. Und ob nun Sophies Einfluss der Grund dafür war oder meine geheime Mission, die mich immer wieder zum Friedhof führte – ich hatte angefangen, meinen Blick von alten Erinnerungen zu lösen, und schaute wieder nach vorn, bis zum nächsten Brief, bis zur nächsten Antwort, bis zum nächsten Mal.

An einem Tag im Juni stand ich vor dem Grab und hielt etwas ratlos eine mit orientalischem Muster bemalte Karte in der Hand, die ich gerade im Tausch mit einem neuen Brief aus dem Geheimfach gezogen hatte. Auf einer türkisfarbenen Holztür, die mit verschlungenen Arabesken umgeben war, stand ein Spruch des bengalischen Dichters Rabindranath Tagore.

Wenn sich ein Tor des Glücks schließt,
öffnet sich ein anderes.
Aber oft schauen wir so lange
auf das verschlossene Tor,
dass wir das andere,
das sich für uns geöffnet hat,
gar nicht sehen.

Ich fragte mich gerade, wie ich diesen Spruch deuten sollte, als ich das Geräusch leiser Schritte hörte. Ich drehte mich um und sah Cathérine. Sie hielt einen Veilchenstrauß in der Hand und sah mich aufmerksam an. Wie lange stand sie schon da?

»*Salut*, Julien«, sagte sie und trat interessiert näher. »Was liest du denn da?«

»Nichts!« Rasch stopfte ich die Karte in meine Umhängetasche.

Sie wich sofort zurück. »Pardon, ich wollte nicht … ich wollte nicht aufdringlich sein, entschuldige.«

»Nein, nein … schon gut. Das war nur …« Ich ließ den Satz in der Luft hängen.

Sie legte ihren Veilchenstrauß aufs Grab und lächelte ungezwungen.

»Es ist so schönes Wetter heute. Und ich hatte früh Schluss. Da dachte ich, ich geh mal wieder zu Hélène.«

»Tja«, sagte ich und lächelte auch. »Da hatten wir wohl beide die gleiche Idee.«

Als wir zusammen den Friedhofsweg entlanggingen, schoss mir ein Gedanke durch den Kopf.

»Sag mal, Cathérine … kennst du eigentlich Tagore?«

Sie verzog keine Miene. »Du meinst diesen orientalischen Dichter?«

»Ja, genau den.« Ich sah sie forschend an, doch ihre Augen blieben ganz ruhig. »Kennst du diesen Spruch mit den Türen?«

Sie überlegte und schüttelte dann den Kopf. »Nein, ich glaube nicht. Ich kenne überhaupt nur einen Spruch von diesem Tagore, den hat mir mal meine Musiklehrerin in mein Poesiealbum geschrieben: ›Die Last des Ichs wird leichter, wenn ich über mich selbst lache‹ – oder so ähnlich. Warum fragst du?«

Sie hatte keine Ahnung. Oder sie war eine gute Schauspielerin.

»Ach, nur so.«

Als wir zum Ausgang kamen, begegneten wir Sophie, die gerade ihre Werkzeugtasche in dem kleinen Schuppen abstellte.

Sophie begrüßte mich, ließ einen raschen Blick über die blonde Frau neben mir gleiten, zog die Augenbrauen hoch und zwinkerte mir vielsagend zu.

Cathérine schaute etwas irritiert auf das zierliche Wesen mit der dunklen Kappe und den dunklen Augen. Ich machte die beiden Frauen kurz miteinander bekannt und hatte das Gefühl, dass sie sich auf Anhieb nicht mochten.

Liebste Hélène,

es ist Samstagabend – heute, am Nachmittag, hat Arthur zum ersten Mal Besuch von seiner Freundin aus dem Kindergarten bekommen – Giulietta, eine kecke kleine Person mit roten Haaren und Sommersprossen. Ich stelle mir vor, dass du als Kind so ähnlich ausgesehen hast. Arthur machte uns miteinander bekannt, nachdem Giulietta von ihrer Mutter gebracht worden war.

Er sagte: »Das ist mein Papa, er schreibt Bücher.« Giulietta war sichtlich beeindruckt und wollte wissen, wie schnell so etwas geht. Wenn ich das nur selbst wüsste! Die beiden sind in Arthurs Zimmer verschwunden und haben stundenlang mit Feuereifer Bilder gemalt. Leider sind sie dann auch noch auf die Idee gekommen, die Wand über Arthurs Bett zu verschönern. Ich saß gerade tatsächlich am Schreibtisch und schrieb an meinem neuen Roman. Du wirst es nicht glauben, chérie, *aber ich komme tatsächlich ein bisschen voran – nicht viel, drei bis vier Seiten am Tag vielleicht, aber die sind gut. Ob das, was ich schreibe, Jean-Pierre Favre letztlich gefallen wird, weiß ich nicht, denn so viel kann ich sagen – es wird ein ganz anderes Buch, als er erwartet. Und ob der Verleger darin wirklich nachts im Mondschein tanzt? Ich wage es zu bezweifeln. Aber das Gute ist doch, dass ich überhaupt wieder regelmäßig schreibe.*

Ich saß also da und hörte immer mal wieder so mit halbem Ohr in Richtung Kinderzimmer, wo die beiden zunächst unentwegt plapperten und lachten. Dann wurde es still, nur ab und zu ein unterdrücktes Kichern und Flüstern, und ich fragte mich lächelnd, was da wohl vor sich ging, achtete jedoch nicht weiter darauf. Einmal hörte ich Arthur sagen »Lass uns die hier nehmen, das geht besser«, und Giulietta quietschte vor Vergnügen »Au ja!« und dann, in dem Bewusstsein, etwas herrlich Verbotenes zu tun, »Das darf man aber nicht«. Und als ich dann doch zum Kinderzimmer schlich und vorsichtig die Tür aufmachte, traute ich meinen Augen nicht:

Die beiden standen einträchtig nebeneinander auf Arthurs Bett und bemalten mit Fingerfarben inbrünstig die weiße Raufasertapete. Die Töpfchen mit den Fingermalfarben waren fast leer.

»Was macht ihr denn hier?«, rief ich einigermaßen entsetzt.

»Wir wollten ein ganz, ganz großes Bild malen, Papa«, erklärte mir Arthur treuherzig und wischte sich seine verschmierten Hände an der Hose ab. »Zusammen! Aber das Blatt war dafür zu klein.«

»Wir haben Kunst gemacht«, rief Giulietta, und ihre Augen strahlten. Sie sah aus wie eine kleine Papagena in ihrem über und über mit Farbklecksen gesprenkelten Kleid.

Ich schaute mir die bunten Sonnen, Bäume, Blumen, Wolken, die Vogelwesen und Männchen an, und plötzlich musste ich lachen. So viel anders sahen manche Bilder von Miró auch nicht aus.

»Das hier ist Giulietta … und das bin ich«, sagte Arthur und zeigte auf zwei Wesen mit riesigen Köpfen und win-

zigen Körpern, die mir mit offenen Mündern und kleinen spitzen Zähnen entgegenlachten. Sie hatten kugelrunde Spiralaugen, Klumpfüße und vier Finger an jeder Hand, und eines dieser Wesen hatte leuchtend rotes Haar, das vom Kopf abstand wie Draht, und trug eine riesige rosafarbene Schleife.

Ich übertreibe nicht, wenn ich sage, dass sie aussahen wie Bewohner vom Mars, aber die beiden Namen, die mit krakeligen Buchstaben unter den Männchen standen, waren über jeden Zweifel erhaben, wenn auch nicht korrekt in der Rechtschreibung:

ATUR + JULETA

»Wow!«, sagte ich überwältigt.

»Siehst du, Giulietta, mein Papa findet's cool.«

Die beiden starrten mich erwartungsvoll an.

Ich beschloss, ein cooler Vater zu sein und das, was geschehen war, mit Fassung zu tragen. Seufzend holte ich den beiden jungen Künstlern frische Anziehsachen aus dem Kleiderschrank und schärfte Arthur ein, dass ich solche Kunstwerke unter keinen Umständen an anderen Wänden der Wohnung vorzufinden wünschte. Und dann bestellte ich Pizza für uns alle.

Als ich Arthur abends ins Bett brachte, meinte er zu mir: »Das war ein toller Tag, Papa.« Er sah mich mit glänzenden Augen an und seufzte zufrieden. »Giulietta hat es auch gefallen.« Das war ihm wohl sehr wichtig. Er richtete sich plötzlich auf. »Meinst du, Maman würde sich auch mal über so ein Bild von mir freuen?«

»Das würde sie bestimmt«, sagte ich und strich ihm über das Haar. »Es darf nur nicht ganz, ganz groß sein.«

»Ich weiß schon ...« Er kicherte. »Sonst passt es nicht in die Schatulle.«

Ich wunderte mich einen Moment über seine Ausdrucksweise – wahrscheinlich hat er das Wort in einem dieser Schatzgräberfilme aufgeschnappt, die er im Moment so gerne sieht.

Kopfschüttelnd warf ich noch einen letzten Blick auf das »Gemälde« über seinem Bett. Dann löschte ich das Licht. Ich kann nur hoffen, dass Giulietta noch ganz, ganz lange »mit ihm geht« – ansonsten werden wir das Marsmännchen wohl überpinseln müssen.

So wirst du also demnächst nicht nur einen Brief von mir bekommen, Hélène, sondern vielleicht auch eine kleine künstlerische Beigabe von Arthur.

Während ich dir diesen Brief schreibe, liegt die Karte vor mir, die ich am Freitag am Grab vorgefunden habe – in der »Schatulle«.

Ich habe den Spruch von Tagore wieder und wieder gelesen und weiß noch immer nicht genau, was ich davon halten soll. Auf welche Tür starre ich denn, die verschlossen ist? Sollte das etwas dein Grab sein? Aber was macht das für einen Sinn, wenn diese Tür doch irgendwie durchlässig zu sein scheint und sich für mich öffnet?

Sind denn neue Türen in meinem Leben aufgegangen, habe ich mich gefragt? Und wer hat mir diese Karte hingelegt? Bist du es, meine geliebte Hélène?

An Tagen wie diesem zweifle ich daran. Und doch würde ich so gern im Dialog mit dir bleiben – du siehst ja, ich schreibe dir weiter und erzähle dir von meinem Leben ohne dich, wie du es mir aufgetragen hast.

Als ich gestern am Grab war, stand plötzlich wie vom Himmel gefallen Cathérine da und schaute neugierig auf die Karte, die ich in der Hand hielt. Den Spruch von Tagore kennt sie angeblich nicht. Aber ist es Zufall, dass sie gerade in diesem Moment am Grab auftauchte?

Als wir den Friedhof zusammen verließen, haben wir Sophie getroffen, du weißt, diese Steinbildhauerin, von der ich dir mal erzählte. Die beiden haben sich taxiert wie zwei Tigerinnen, und Cathérine hat später nur recht spitz gefragt, wer denn dieses Mädchen ist, das aussieht wie ein Schornsteinfeger, und woher wir uns kennen.

Als ich ihr erklärte, dass Sophie auf dem Friedhof arbeitet und Gräber restauriert, schien ihr Interesse erloschen.

Ach, die Frauen! Rätselhafte Wesen allesamt. Doch nicht so rätselhaft wie die Antworten, die ich auf meine Briefe bekomme. Wohin werden mich diese Briefe führen, Hélène? Und – führen sie überhaupt zu etwas? Oder sind sie bloß eine nette Beschäftigung, eine Art Selbstbefriedigung für einen Mann, der seine Frau verloren hat und nicht damit aufhören kann, sich selbst leidzutun und sich auch noch an den letzten Zipfel Hoffnung zu klammern. An eine Tote zu klammern, die auf immer verloren ist. Was für ein vergebliches Spiel ist das? Aber, was schreibe ich denn da?! Nein, mein Liebes, verzeih mir! Keiner meiner Briefe an dich war vergeblich, und egal, ob du sie mit leichter Hand genommen hast oder jemand anderes – ich habe diese Briefe so gern geschrieben.

Und nun stehe ich hier wie Orphée, der seine geliebte Eurydice so gern zurückhätte aus dem Reich der Schatten und sie am Ende doch verliert. Weil er zweifelte, weil er sich umdrehte, um zu sehen, ob das geliebte Wesen ihm denn noch folgte, weil er keine Schritte hörte und nicht wusste, ob Eurydice wirklich noch da war.

Ich will niemals daran zweifeln, dass du noch da bist, Hélène! Ich kann dich nicht sehen, aber es gibt dich.

Ich will alle verschlossenen Tore aufstoßen und das Licht hereinlassen, das du immer für mich warst und nun vielleicht bist.

Auf immer!

Julien

Kapitel 17
Orphée

Am folgenden Samstag kam ich völlig außer Atem vor dem kleinen Programmkino in der Rue Tholoze an, wo man aktuelle Filme und die großen Klassiker der Filmkunst sehen kann. Ich hielt meine beiden Eintrittskarten umklammert und war gespannt, was mich hier erwarten würde. Ein bisschen spät dran war ich, weil ich Arthur zu meiner Mutter gebracht hatte, wo er über Nacht bleiben sollte, und wir erst dort festgestellt hatten, dass er Bruno vergessen hatte. Ohne Bruno schläft Arthur nirgendwo, also war ich noch einmal in die Rue Jacob zurückgerannt, um seinen Teddybären zu holen.

Als ich tags zuvor auf dem Friedhof gewesen war, hätte ich die beiden Kinokarten fast übersehen. Nur weil ich nicht glauben konnte, dass das geheime Fach im Grabstein tatsächlich leer sein sollte, schaute ich noch einmal genauer und tastete mit den Fingern in dem Hohlraum herum, bis ich die zartvioletten Papierschnipsel, die ich mit meinem Umschlag aus Versehen nach hinten geschoben hatte, dann doch entdeckte.

Die Karten waren für die Abendvorstellung am Samstag. Nummerierte Plätze in der neunten Reihe im *Studio 28* am Montmartre. Als ob er etwas geahnt hätte, rief Alexandre an diesem Tag aus dem Laden an und fragte mich, ob ich am Abend Zeit hätte. Er wollte mit mir ausgehen, und ich sagte, dass ich schon etwas vorhätte.

»So, so, du hast etwas vor. Was denn?«

Ich überlegte einen Augenblick, ihn zu fragen, ob er mit mir ins Kino kommen wollte. Doch dann verwarf ich den Gedanken. Es wäre zu kompliziert gewesen, die Herkunft der Karten zu erklären. Mein Freund hatte keine Ahnung, dass ich immer noch regelmäßig meine Briefe zum Grab brachte und die Dinge aus dem Geheimfach auf meinem Schreibtisch hortete.

Also sagte ich, Cathérine hätte mich schon gefragt, ob wir zusammen in einen Film gehen würden. Alexandre stieß einen Pfiff aus und wünschte mir viel Spaß mit Mademoiselle Balland.

Und als ich mit Arthur an der Hand die Rue Bonaparte hochging, kam Cathérine uns witzigerweise tatsächlich entgegen.

»*Salut*, ihr zwei«, begrüßte sie uns. »Na, was macht ihr denn noch Schönes?« Sie blickte auf den Kinderrucksack in meiner Hand.

»Ich übernachte heute bei Mamie«, sagte Arthur. »Sie macht mir Kirschclafoutis.«

»Na, das ist ja großartig. Kirschclafoutis, hmmm … da werde ich ja ganz neidisch, die ess ich auch für mein Leben gern.«

Cathérine lächelte mir zu und zog ihre hübsch geschwungenen Augenbrauen fragend hoch. Sie hatte wieder ihren Julie-Delpy-Blick aufgesetzt. Ich stöhnte innerlich und lächelte auch, aber ich hatte keine Lust auf weitere Erklärungen.

»Ja, dann noch einen schönen Abend, Cathérine, wir müssen nämlich weiter, meine Mutter wartet schon«, sagte ich nur und war mir sicher, dass sie uns erstaunt hinterhersah, als wir ein paar Sekunden später das Café *Les Deux Magots* passierten und den Boulevard Saint-Germain überquerten, um auf die andere Straßenseite zu gelangen. Meiner Mutter erzählte ich, dass ich mit Alexandre zum Kino verabredet sei, und sie nickte erfreut und meinte, sie fände es richtig, dass ich mal etwas unternähme. Auf diese Weise waren alle gut und falsch informiert.

Als ich jetzt die Stufen hinaufhechtete und das kleine Kino betrat, waren die Besucher schon im Vorführsaal verschwunden. Nur ein älterer Herr stand noch etwas unschlüssig vor der Kasse herum.

Ich sah das Schwarz-Weiß-Plakat im Schaukasten, und mein Herz klopfte womöglich noch ein wenig schneller als bei meinem Dauerlauf von der Métrostation den Hügel von Montmartre hinauf.

Gebannt starrte ich auf die alten Fotos, die Jean Marais und Maria Casarès zeigten, und las den Titel des Film, der hier an diesem Abend gespielt wurde: Es war Jean Cocteaus *Orphée.*

Schnell schob ich dem Mann an der Kasse meine Karten entgegen. »Bin ich schon zu spät dran?«

»Sie haben Glück, Monsieur, der Film hat noch nicht angefangen«, meinte er und riss die Karten ab. »Reihe neun – kommt noch jemand?«

Kam noch jemand? An diese Möglichkeit hatte ich noch gar nicht gedacht, aber es sah wohl nicht so aus, als ob hier jemand auf mich wartete. Der ältere Herr, der immer noch unschlüssig herumstand, würde es ja wohl kaum sein. Ich schüttelte den Kopf.

»Nein … ich … ich habe eine Karte zu viel. Sie können sie gern verschenken, falls noch jemand einen Platz braucht.«

»Oh, dann würde ich die Karte gerne haben«, sagte der Herr, der zwar alt, aber offenbar nicht schwerhörig war. »Es gibt nämlich nur noch Plätze in den ersten beiden Reihen, und so sehr ich Cocteau schätze, ich würde mir ungern den Hals verrenken«, erklärte er mir, als wir zusammen den dunklen Kinosaal betraten und uns zu unseren Plätzen vortasteten.

Ich sagte »Ja, ja«, und setzte mich in meinen Sessel. Ich war froh, dass der Film ein paar Sekunden später begann, und der rote Vorhang unter dem lauten Getöse einer pathetischen Musik aufschwang und mir eine weitere Unterhaltung ersparte.

Ich muss gestehen, dass ich einigermaßen sprachlos war. Ich meine, in meinem letzten Brief hatte ich mich selbst als Orpheus bezeichnet – und eine Woche später bekam ich Karten für den Film *Orphée*.

Wenn das nicht ein ganz starkes Zeichen war! Ich ließ mich in meinen Sessel sinken und verfolgte atemlos Cocteaus Meisterwerk, das ich noch nie gesehen hatte und das mir mehr als einen rätselhaften Satz mitgeben sollte.

Der Film war eine Neuinterpretation des alten Mythos von Orpheus und Eurydike. Orphée ist hier ein erfolgreicher Dichter, dem die Ideen abhandengekommen sind. Sein Rivale, ein junger versoffener Typ in Begleitung einer strengen, schwarz gekleideten Prinzessin, die ihn offenbar finanziert, pöbelt betrunken im *Café des Poètes*, dem Café der Dichter herum und wird kurze Zeit später überfahren. Die Prinzessin lässt den Verletzten von ihrem Chauffeur in ihr schwarzes Auto schaffen und befiehlt Orphée, er solle als Zeuge mitkommen.

Während seine hübsche blonde Frau Eurydice beunruhigt auf ihn wartet, gerät Orphée völlig in den Bann dieser dunklen Prinzessin, von der er zunächst nicht ahnt, dass sie *Madame la Mort*, der Tod ist. Die Prinzessin hat ein Auge auf den Dichter geworfen und versucht ihn mit geheimnisvollen Sätzen zu ködern, die aus dem Autoradio ihrer Limousine kommen. Orphée ist fasziniert, ja besessen von diesen Sätzen, die wie aus einem surrealen Traum klingen: »Ein Glas Wasser erleuchtet die Welt« oder »Die Stille schreitet schneller zurück – zweimal«. Erst als die sträflich vernachlässigte Eurydice mit dem Fahrrad verunglückt und stirbt, möchte er seine Frau aus dem Schattenreich zurückholen. Mit Hilfe des umsichtigen Chauffeurs Heurtebise – in Wahrheit ein toter Student, der einst den Gashahn aufdrehte, als seine Freundin ihn verließ – und ein paar Spezialhandschuhen gelingt es Orphée, durch den Schlafzimmerspiegel in das Reich der Toten zu gelangen, wo strengere Gesetze herrschen als auf Erden und es kein »Vielleicht« gibt. Die Spiegel sind die Tore, durch welche die Toten gehen können. Orphée ist hin- und hergerissen zwischen seiner Sehnsucht nach der Prinzessin des Todes und seiner hübschen unbedarften Frau, die ein Kind von ihm erwartet und die er zwar wieder mitnehmen, jedoch nie mehr ansehen darf. Als sich ihre Blicke eines Tages zufällig im Rückspiegel des Autos kreuzen, verschwindet Eurydice. Doch am Ende hat *Madame la Mort* ein Einsehen. Sie verzichtet aus Liebe und in dem Wunsch, dem Dichter Unsterblichkeit zu verleihen, auf Orphée und dreht die Zeit zurück, denn: »Die Menschen müssen ihr Schicksal erfüllen.«

Ich tauchte ein in diesen Film und überließ mich seinen Bildern, die noch immer eine eigenartige Faszination auszuüben vermochten. Es war, als wandelte man durch einen seltsam schönen und etwas unheimlichen Traum, um zu sehen, was man sonst nie sah.

War ich denn ein Besessener wie Orphée? Wer war meine schwarze Prinzessin, und wer war Eurydice? Liebte ich den Tod oder liebte ich das Leben? Ich nahm jedes Bild, jeden Satz in mich auf, und als der rote Vorhang wieder vor die Leinwand schwebte, erwachte ich benommen, wie nach einem tiefen Schlaf.

»Immer noch ganz große Kunst«, raunte der ältere Herr neben mir beifällig, als die Lichter des Kinos angingen. »Danke noch mal für die Karte, junger Mann.«

Ich nickte und blieb noch einen Augenblick sitzen.

Als ich schließlich aufstand und nach vorn schaute, wo sich die Reihen vor mir allmählich lichteten, hörte ich ein silberhelles Lachen.

Ich musste zwei Mal hinsehen, um festzustellen, ob sie es wirklich war. Da, zwei Reihen vor mir, stand ein zierliches Mädchen in einem weißen Kleid, das sich lebhaft mit ihrer Freundin unterhielt. Sie trug das dunkle Haar offen, auf dem Hinterkopf mit einer funkelnden Spange zurückgehalten.

Ich glaube, es war das erste Mal, dass ich Sophie in einem Kleid sah. Sie sah zauberhaft aus. Ich kannte sie ja nur in ihren Overalls und Latzhosen und starrte einen Augenblick verwundert auf das elfenhafte Geschöpf, das jetzt wieder sein helles Lachen ertönen ließ.

War das überhaupt Sophie?

In diesem Moment drehte sie den Kopf ein wenig zur Seite, und ich erkannte ihr herzförmiges Gesicht.

»Sophie?«, rief ich leise über die Stuhlreihen hinweg. Und dann noch einmal lauter: »Sophie?«

Da drehte sie sich zu mir um, ihr Gesicht eine einzige Überraschung.

»Julien?! Was machst du denn hier? Das ist ja was!«, rief sie, und wir bahnten uns unseren Weg durch die Stuhlreihen, bis wir uns auf dem Gang begrüßen konnten.

»Das ist meine Cousine Sabine.« Sie stellte mir ihre Begleiterin vor, die mit aufgestecktem aschblondem Haar und aufrechter Haltung wie eine Königin hinter ihr herschritt. Sophie zuckte die Achseln. »Sabine hat mich in diesen Film geschleppt, aber ich muss sagen, er war gar nicht mal so schlecht, was?«

Sabine lächelte mich hoheitsvoll an, während Sophie neugierig hinter mich spähte. »Und mit wem bist du hier?«

»Oh, ich bin allein gekommen«, sagte ich.

»Ach was«, entgegnete sie. »Bist du etwa auch so ein Cocteau-Fan?«

»Sieht ganz so aus«, sagte ich und lachte.

»Julien ist nämlich auch ein Dichter«, erklärte sie ihrer Cousine und feixte ein bisschen. »Obwohl er von sich selbst immer sagt, er sei bloß ein schnöder Unterhaltungsschriftsteller.«

Sabine zog die Augenbrauen hoch, darin schien sie einige Übung zu haben. »Die Menschen gut zu unterhalten ist eine Kunst, die man nicht unterschätzen sollte«, meinte sie, und ich mochte sie sofort. »Wollen wir noch etwas trinken gehen? Das Kino hat eine nette Gartenbar, wenn wir uns sputen, finden wir noch einen Platz.«

»Gute Idee!«, rief Sophie und fing sofort an, in ihrer kleinen Handtasche zu kramen. »Geht schon mal vor, ich sag nur kurz Bescheid, dass es später wird.«

Kurze Zeit darauf saßen wir in einem winzigen Innenhof, der an das Café im Inneren des Kinos angrenzte. Runde marokkanische Tischchen und Palmen, die in Töpfen wuchsen, machten diesen Ort zu einer zauberhaften Oase. An der Wand waren Schwarz-Weiß-Fotos berühmter Schauspieler zu einer riesigen Collage zusammengefügt. Ich erkannte Jean-Louis Barrault, den traurigen Pantomimen aus *Kinder des Olymp*, Brigitte Bardot, Jeanne Moreau, Cathérine Deneuve, Marlon Brando und Humphrey Bogart in seinem unvermeidlichen Philip-Marlowe-Trenchcoat. Jeder Tisch des kleinen Cafés war besetzt, und wir saßen vor unserem Wein, glücklich, zu den Auserwählten zu gehören, die an diesem lauschigen Abend hier einen Platz ergattert hatten. Wir unterhielten uns angeregt. Zunächst über den Film und schließlich über alles Mögliche. Sophie war taktvoll genug, nicht zu erwähnen, dass wir uns vom Friedhof her kannten. Überhaupt spielte der Umstand, dass ich meine Frau verloren hatte und Witwer war, an diesem Abend ausnahmsweise einmal keine Rolle. Sabine hatte ernsthafte und kluge Augen, konnte jedoch sehr witzig sein. Sie arbeitete als Kulturredakteurin bei einer Zeitschrift und kannte eine Unmenge an Büchern und Filmen, von denen sie sehr anschaulich zu erzählen wusste. Sie kannte sogar meinen ersten Roman und fand ihn »äußerst amüsant«, was mich irgendwie sehr glücklich machte.

Der Abend verflog wie im Nu, und erst als die Kellner anfingen, die Stühle mit einigem Getöse an die Tischchen heranzuschieben, bemerkten wir, dass der kleine Innenhof sich bereits geleert hatte.

Sophie sah auf die Uhr.

»*Mon Dieu!* Schon zwanzig nach eins«, sagte sie und wandte sich dann mit einem koketten Lächeln an einen der Kellner. »Danke, dass Sie uns so lange ertragen haben.«

Ich bestand darauf, den Wein zu bezahlen – immerhin hatte ich ja die Karten umsonst gehabt –, und wir verabschiedeten uns vor den Stufen des Kinos.

»Hat mich sehr gefreut, dich kennenzulernen, Julien«, sagte Sabine und reichte mir ihre Karte. »Wenn du wieder mal denkst, dass du nicht schreiben kannst, ruf mich einfach an. Ich sag dir dann, wie toll du bist.« Sie verzog den Mund zu einem süffisanten Lächeln, und ihre Augen funkelten.

Ich steckte die Karte ein und nickte. »Da komme ich gerne drauf zurück.«

»Mach's gut, Sophie, wir sehen uns! Grüße an *Chouchou*!« Sabine küsste ihre Cousine auf beide Wangen und schritt mit wehendem Cape die Straße hinunter.

Sophie grinste. »Das war Sabine«, sagte sie. »Meine Lieblingscousine.« Sie legte den Kopf schief und lächelte. »Ich hab zwar keine Karte dabei, Schriftsteller, aber du kannst mich auch gern anrufen, wenn du mal jemanden brauchst, der dir sagt, wie toll du eigentlich bist.« Sie zwinkerte. »Ich geb dir gern meine Mobilnummer.«

»Nicht nötig«, sagte ich und lächelte auch.

Sophie legte sich einen Schal über die Schultern und sah in den Himmel, wo der Mond voll und still stand.

»Wie ruhig es jetzt ist«, sagte sie. »Bei Nacht ist mir der Montmartre fast am liebsten.« Sie sah mich an. »Gehen wir noch ein Stück zusammen?«

Wir schlenderten schweigend nebeneinander die Straße entlang.

»Das war wirklich ein eigenartiger Film … eigenartig und schön zugleich«, sagte sie.

Ich nickte unbestimmt.

»Da gab es so einen Satz, der hat mir sehr gefallen.«

»Welchen Satz meinst du?«

Ihr Gesicht nahm einen träumerischen Ausdruck an. »Jede Welt wird von der Liebe berührt.«

»Ja, das ist tatsächlich ein sehr schöner Satz.«

»Glaubst du, dass es neben unserer Welt noch andere Welten gibt, Julien?«

»Vielleicht. Manchmal kommt es einem so vor, oder? Das Universum ist schließlich sehr groß.«

»Unendlich«, sagte sie. »Das kann man sich kaum vorstellen.«

Unsere Schritte hallten auf dem Pflaster wider.

»Weißt du, dieser Mann, dieser Orphée hat mich ein bisschen an dich erinnert.«

»Warum? Wegen seiner toten Frau?«

»Nein. Weil er sich beinahe für die falsche Seite entscheidet.« Sie lächelte. »Ich bin jedenfalls sehr froh, dass die schwarze Prinzessin Orphée freigegeben hat. Am Ende sollte immer das Leben gewinnen, nicht der Tod.«

Wir blieben stehen und sahen einander an, und ich hatte für einen Augenblick das Gefühl, dass sich unsere Herzen über die zwei Fußbreit, die zwischen uns lagen, berührten.

»Hier trennen sich unsere Wege«, sagte sie da. »Ich muss hier lang, und du musst da lang. Gute Nacht, Julien!«

»Gute Nacht, Sophie«, sagte ich.

Ich sah ihr nach, ein lauer Wind spielte mit dem Rocksaum ihres Kleides, und ich dachte mit einem plötzlichen Bedauern, dass die nettesten Mädchen immer schon vergeben sind.

Kapitel 18
Die Landkarte meines Herzens

Allmählich hatte ich das Gefühl, selbst in einem Film zu sein. Immer noch dachte ich an den Abend im Kino, ich hatte so viele Bilder in meinem Kopf, die wiederum andere Bilder heraufbeschworen – da entdeckte ich den Stadtplan.

Es war ein heißer Tag im Juli, um die Mittagszeit lag der Friedhof wie ausgestorben da, keine Sophie war zu sehen, und als ich das Grabfach öffnete, um meine Post hineinzulegen, fand ich einen Stadtplan von Paris vor, der augenscheinlich nicht mehr ganz neu war. Ich sah mich nach allen Seiten um und steckte ihn dann in meine Tasche.

Jetzt mal im Ernst, dachte ich. Was soll ein Pariser mit einem Stadtplan von Paris?

»Ist das ein Scherz?«, schimpfte ich halblaut vor mich hin und schaute zu dem Bronzekopf hinüber, der unbeteiligt lächelte wie immer.

»Na schön, keine Antwort ist auch eine Antwort.«

Ich ging hinter den Grabstein, um die Steckvase hervorzuholen, die dort lag, füllte sie an dem nahegelegenen Kran mit Wasser und tat meinen bunten Strauß hinein.

Seit dem Abend im Kino hatte ich einiges zustandegebracht. Ich hatte wie in einem Rausch über fünfzig neue Seiten geschrieben – echte, wirkliche Seiten, die mehr mit meinem Leben zu tun hatten als die andere ausgedachte Geschichte um das Buch, das aus Zufall den Prix Goncourt bekommt. Und als mich Jean-Pierre Favre bei einem Mittagessen im *Le Petit Zinc* fragte, wie es voranginge, sah ich auf die schöne Jugendstildame, die hinter ihm auf einer Säule an ihrer Blume schnupperte, und antwortete beherzt, dass mein Roman Ende des Jahres fertig sein würde. Es war etwas vollmundig, das gebe ich zu. Aber ich hatte das deutliche Gefühl, dass ich bis dahin, von dem unsichtbaren Faden meiner geheimnisvollen Ariadne geführt, aus dem Labyrinth meines Lebens wieder herausgefunden haben würde. Und damit würde auch der Roman an sein Ende gelangen.

Glücklicherweise sprachen wir nicht mehr über Inhalte – Monsieur Favre hätte sich sonst womöglich noch an seinem *steak tartare* verschluckt, das mit einem Spiegelei gekrönt war.

»Großartig!«, rief er, während er sich mit einer anmutigen Bewegung eine Gabel davon in den Mund schob, und ich wusste nicht, ob sein Enthusiasmus dem rohen Rindfleisch galt oder der Tatsache, dass sein Autor offenbar wieder im Fluss war.

Außerdem hatte ich mich um die Organisation der Sommerferien gekümmert. Zunächst hatte ich gar nicht daran gedacht, dass der Kindergarten im Sommer ein paar Wochen schließen würde, so sehr war ich in meinem eigenen kleinen Film. Eigentlich war es Cathérine gewesen, die mich daran erinnerte, als ich Arthur eines Nachmittags bei ihr abholte.

»Habt ihr schon Pläne für die Sommerferien?«, fragte sie, und ich sah sie einen Moment verdattert an.

»Hm … tja …« Mir fiel das ein, was am naheliegendsten war. »Ich denke, wir fahren nach Honfleur. Aber gut, dass du es sagst, ich sollte das mit meiner Mutter besprechen.«

Arthur sah mit einem Mal von dem Bilderbuch auf, das er sich gerade anschaute.

»Kann Giulietta mitkommen?«, fragte er. »Das wäre so *cool*, Papa!«

Ich sah die beiden Kleinen schon das ganze Haus in Honfleur mit Fingerfarben verschönern und seufzte lächelnd. »Ich glaube, das wird vielleicht ein bisschen viel für Mamie.«

Arthur schüttelte den Kopf. »Mamie hat gesagt, Giulietta kann mitkommen«, erklärte er.

»Wie?« Ich war einigermaßen überrascht. »Du hast Mamie schon gefragt?«

Cathérine lachte, als sie meine Verblüffung sah. »Es scheint, dass dein kleiner Sohn etwas vorausschauender ist als du, Julien. Das hat er sicher von Hélène, die hat auch immer so gern geplant.«

Wir lachten beide – immerhin konnten wir mittlerweile von Hélènes liebenswerten Macken sprechen, ohne gleich tieftraurig zu werden –, und ich dachte für einen Moment an die vielen Jahresanfänge, diesen berühmten ersten Januar, wenn es für Hélène keine schönere Beschäftigung gegeben hatte, als sich an den Tisch zu setzen und in ihrem neuen Terminkalender alles einzutragen: Geburtstage, Konzertbesuche, Wochenenden mit Freuden oder mit der Familie, Feste im Kindergarten, Ausflüge, Ferien.

»Freuden setzen«, hatte sie das immer genannt.

Ich hatte also mit Maman gesprochen, dann mit den Eltern von Giulietta, und am Ende war der Plan, dass Maman mit Camille, der Tochter von Tante Carole, und den beiden Kindern im August für zwei Wochen ans Meer fahren würde und ich dann später für weitere zwei Wochen nachkommen sollte, während Camille wieder nach Paris zurückfuhr und Giulietta mit zurücknehmen würde. Ich war lange nicht mehr in Honfleur gewesen und freute mich auf das alte Haus, wo ich als Kind so viele wunderbare Sommer verbracht hatte. So weit der Plan.

Doch wie sagt man so schön? Der Mensch plant, und Gott lacht.

Als ich jetzt in Gedanken den Friedhofsweg entlangschritt, ahnte ich nicht, dass ich in diesem Sommer nicht nach Honfleur fahren sollte. Ich ahnte vieles nicht, damals. Im Nachhinein kommt es mir so vor, als sei ich mit Blindheit geschlagen gewesen.

Ich ging die Avenue Hector Berlioz entlang. Wie so oft kam mir der grimmige Gärtner entgegen, diesmal schleifte er einen grauen Müllsack mit Gartenabfällen hinter sich her und starrte mich grußlos an, und dann bemerkte ich hinter einem Grabstein zu meiner Rechten einen großen schwarzen Hut, der zwischen den Büschen auf und ab schwebte.

Er gehörte zu einer Dame, die ein elegantes schwarzes Kostüm trug und schließlich lange vor einem Grab stehen blieb, über dem ein steinerner Engel aufragte. Natürlich musste ich gleich an Alexandres Theorie von der schönen Witwe denken und auch an Sophies Bemerkung, sie habe einige Male eine Frau mit großem Hut auf dem Friedhof gesehen. Aber schließlich war es nicht Hélènes Grab, an dem die Dame stehen blieb, und ich hatte erstens Wichtigeres zu tun, als schwarzen Witwen zu folgen, und zweitens hatte ich Hunger.

Ich aß bei einem Marokkaner am Boulevard de Clichy. Während ich auf meine Lamm-Tajine mit Couscous wartete, zog ich den Stadtplan von Paris aus der Tasche, den ich an diesem Tag im Grabstein vorgefunden hatte. Es war ein Faltplan, und ich breitete ihn umständlich auf dem kleinen Tischchen aus und sah mir das Gewimmel aus Gässchen, Straßen und großen Boulevards eingehend an. Es war, wie gesagt, kein neuer Stadtplan, an einigen Stellen war er eingerissen, und als ich jetzt meinen Blick über die Karte von Paris gleiten ließ, entdeckte ich einen Kreis, den jemand mit Kugelschreiber um einen kleinen Platz gezogen hatte. Und rechts daneben war ein Stern, so wie man ihn von Fußnoten kennt.

Merkwürdig.

Ich beugte mich vor und erkannte, dass es der Square Jehan-Rictus war, der eingekringelt war – ein kleiner Platz, ganz in der Nähe der Métrostation Abbesses und auch nicht weit von dem Bistro entfernt, in dem ich gerade saß. Was sollte dort sein?

Meine Tajine kam, der Duft von geschmortem Lammfleisch, von Datteln und Honig stieg mir in die Nase, und ich faltete rasch und etwas ungeschickt den Plan zusammen – ich war noch nie besonders gut darin, Stadtpläne wieder zusammenzufalten –, als mir etwas auffiel, das jemand auf die Rückseite des Plans geschrieben hatte, ein Satz, der mit einem Stern versehen war:

Wenn man liebt, wirft man sein Herz über die Mauer
und springt hinterher.

So schnell hatte noch niemals jemand seine Tajine gegessen. Es war schade um das schöne Gericht, das doch stundenlang im Ofen geschmort hatte, damit das zarte Fleisch vom Knochen fiel, kaum dass man es mit der Gabel berührte.

Ich schlang ein paar wahrhaft köstliche Bissen herunter, nahm einen großen Schuck Rotwein und verlangte nach der Rechnung. Der dunkelhäutige Kellner sah mich an, als hätte ich ihn persönlich beleidigt.

»Hat es Ihnen nicht geschmeckt, Monsieur?«

»Doch, doch, es war ganz wunderbar.« Ich stand hastig auf und warf fast den Stuhl um. »Ich muss nur los, verstehen Sie?« Ich warf einen raschen Blick auf den Stadtplan, um zu sehen, wie ich am besten zum Square Jehan-Rictus kam.

Der Kellner nickte bekümmert. Er verstand nichts. Wer eine so gute Lamm-Tajine stehen ließ, konnte nicht von hier sein.

»Kann ich Ihnen helfen, Monsieur? Kennen Sie den Weg?«

»Natürlich kenne ich den Weg. Ich bin aus Paris.«

Ich stopfte den Stadtplan in meine Tasche und marschierte los.

Wenige Minuten später stand ich mit klopfendem Herzen am Square Jehan-Rictus. Es war ein kleiner schattiger Platz, der an einer Seite vor einer beschrifteten Wand endete, von der ich schon gehört hatte (schließlich kam ich aus Paris), wohin mich mein Weg aber noch nicht geführt hatte. Es war die berühmte *mur des je t'aime* – eine alte Hausmauer, in die eine riesige Tafel eingelassen war, auf der – angeblich in allen Sprachen – jene drei kleinen Worte standen, die der Motor der Welt sind.

Ich liebe dich.

Ich liebe dich – hundert Mal, tausend Mal.

Ich hatte keine Ahnung, wer sein Herz über die Mauer geworfen hatte. Ich hielt meinen Stadtplan in der Hand und ließ mich auf eine Bank in der Nähe sinken, von der aus ich einen Blick auf die *mur des je t'aime* hatte.

An diesem Nachmittag lernte ich sehr viel über die Liebe.

Ich sah zwei Freundinnen, die Arm in Arm vor der Mauer stehen blieben und sich gegenseitig die Sätze vorlasen. Ich sah Verliebte, die sich in die Augen schauten und küssten. Ich sah ein Brautpaar, das sich dort fotografieren ließ, um das Bild später seinen Kindern zeigen zu können. Ich sah zwei Engländer, die sich gegenseitig dabei fotografierten, wie sie einen Luftsprung vor der Mauer machten. Ich sah eine Gruppe Japaner, die winkten und kicherten und nicht müde wurden, mit ihren Händen Herzen zu formen. Ich sah ein Mädchen mit einem Rucksack, das lange reglos dort stand. Und ein altes Ehepaar, das sich ungeschickt an den Händen fasste, dankbar dafür, dass ihnen das Leben eine so lange Zeit zusammen geschenkt hatte.

Ich sah sehr viele Menschen an diesem Tag, Menschen jeden Alters und aus ganz unterschiedlichen Ländern, aber eines hatten sie alle gemeinsam: Wenn sie sich umdrehten und von der Wand wegtraten, lag ein Lächeln auf ihrem Gesicht.

Die Nachmittagssonne stand schon tief, als ich meinen Platz auf der Bank freigab. Aus meiner Tasche war ein kurzes »Pling« zu hören. Langsam zog ich mein Telefon heraus und sah eine Textnachricht von Alexandre, der offenbar schon den ganzen Nachmittag versucht hatte, mich zu erreichen. Ich schaute auf das Display und musste schmunzeln.

Na? Wo steckst du? Wieder unterwegs mit der schönen Nachbarin? Mir machst du nichts vor, mein Freund.

Alexandre gab keine Ruhe, weil er mir einfach nicht glauben wollte, dass da nichts lief zwischen Cathérine und mir, wo wir doch angeblich zusammen im Kino gewesen waren.

Ich drückte auf seine Nummer, um ihn zurückzurufen, und er war sofort am Apparat.

»Meine Güte, Julien, wo steckst du denn den ganzen Tag? Du bist ja schwerer zu erreichen als der Papst«, maulte er. »So ein Mobiltelefon ist ja eine feine Sache, aber man muss auch mal draufgucken.«

»Jetzt bin ich ja da. Was gibt's denn so Wichtiges?«, fragte ich belustigt und sah noch einmal zu der Mauer hinüber, wo jetzt eine junge Frau mit leuchtend roten

Haaren stand und die Inschriften der Tafel zu studieren schien. Sie drehte sich langsam um, und für einen Moment glaubte ich, Hélène zu sehen. Sie wandte sich um, und alles um mich herum kam zum Stillstand.

»Alexandre, ich muss Schluss machen«, krächzte ich in den Hörer.

Ein paar Meter von mir entfernt stand Caroline, jene Caroline, mit der ich auf den Stufen von Sacré-Cœur über die Gedichte von Jacques Prévert geredet hatte, und lächelte mich an.

Hélène, du mein geliebtes Wesen,

es ist schon spät, Arthur schläft friedlich in seinem Zimmer, und ich sitze an meinem Schreibtisch und bin noch ganz aufgewühlt von den Ereignissen des Tages.

Als ich dir heute meinen Brief brachte, fand ich einen Stadtplan von Paris in dem Geheimfach vor – und dieser Plan führte mich anhand einer eingekreisten Stelle und eines sonderbar schönen Satzes, in dem es um Mauern und Herzen geht, zur mur des je t'aime.

Ich saß wirklich lange dort auf einer Bank und beobachtete die Menschen, die zu der Liebesmauer kamen, seltsam ergriffen von den Szenen, die sich davor abspielten. Ich saß da, ich schaute und wartete, und mit einem Mal überwältigte mich die Sehnsucht, auch einmal wieder »Ich liebe dich« sagen zu können, zu einem Menschen, der mich ansähe und meine Hand nehmen könnte, so wie einst du, Hélène.

Alexandre rief an, ich war einen Moment abgelenkt – und dann blickte ich auf und sah DICH dort stehen, vor dieser Mauer, Hélène, und glaub mir, mein Herz setzte für einen Moment aus, und ich befand mich im freien Fall.

Doch dann war es Caroline, die rothaarige Studentin von Sacré-Cœur, du erinnerst dich, die auch Gedichte liest und mich schon damals an dich erinnert hat, mon amour, *diese junge Frau, die mich just an dem Tag ansprach, als ich das Herz aus Stein gefunden hatte, das allererste Zeichen. Und wieder begann mein dummes Herz zu stolpern.*

Caroline stand da, als ob sie die Antwort auf alle meine Fragen wäre. Sie lächelte mir zu, und ich war mir plötzlich absolut sicher, dass sie es war, die all diese Spuren gelegt und mich am Ende zu dieser Mauer geführt hatte.

Ich bewegte mich taumelnd auf sie zu.

»Caroline«, sagte ich. »Caroline! Waren Sie das etwa? Haben Sie mir all diese Zeichen hinterlassen?«

Sie sah mich freundlich, aber verständnislos an.

»Welche Zeichen?«, wiederholte sie irritiert. »Was meinen Sie, Monsieur?«

»Aber … aber … was machen Sie dann hier?«, stammelte ich. »Warum sind Sie jetzt hier, ausgerechnet vor dieser Mauer?«

*»*Well*«, sagte sie und lachte ein wenig verlegen. »Ich wollte mir die berühmte* mur des je t'aime *auch mal anschauen und … ein Foto machen.« Sie strich ihre roten Haare zurück. »O je, wie peinlich – jetzt denken Sie sicher, dass ich mich vor allen Bauwerken von Paris verewigen möchte, wie so'n blöder Tourist.«*

Sie kicherte, dann starrte sie erschrocken in mein Gesicht, aus dem offenbar alle Farbe verschwunden war. »Geht es Ihnen nicht gut, Monsieur? Kommen Sie, setzen wir uns.«

Sie nahm mich beim Arm und führte mich wieder zurück zu der Bank, von der ich gerade gekommen war. Ich beugte mich vor und ließ den Kopf in meine Hände sinken, um mich wieder zu fangen. Was hatte ich mir nur gedacht? Ich war ja schon völlig übergeschnappt – diese Studentin, die hier in Paris ihr Gastsemester machte, kannte ja nicht einmal meinen Namen, geschweige denn das Grab!

Die Peinlichkeit war ganz auf meiner Seite.

»Entschuldigen Sie, ich habe Sie für einen Augenblick … verwechselt«, sagte ich und sah auf. »Und dann hat alles angefangen, sich um mich zu drehen.«

Caroline nickte. »Der Kreislauf. Das kenne ich. Vielleicht sind Sie auch zu lange in der Sonne gewesen.« Sie kramte in ihrem kleinen Wildlederrucksack herum. »Hier, nehmen Sie das, Monsieur. Ich habe für solche Fälle immer ein Stück Zucker dabei.« Sie hielt mir ein eingewickeltes Stückchen Zucker hin, dessen Papier mit einem grünen Schriftzug versehen war. Ich wickelte es langsam aus und steckte es mir in den Mund. Der Zucker zersprang knirschend zwischen meinen Zähnen, als ich darauf herumkaute.

»Und … geht es besser?« Caroline sah mich besorgt an. Falls sie mich für einen durchgeknallten Freak hielt, der immer irgendwo geistesabwesend herumsaß und seltsame Dinge von sich gab, ließ sie es sich jedenfalls nicht anmerken.

»Ja … danke.« Mein Schwächeanfall ging vorüber. Ich sah auf das Papierchen und musste lächeln.

»Wie ich sehe, waren Sie auch schon im Café de Flore. Vor Ihnen ist ja wirklich nichts sicher«, versuchte ich zu scherzen, um das Gespräch wieder in normalere Bahnen zu lenken.

Sie grinste. »Das ist alles Recherche für meine Bachelor-Arbeit. Ich musste mir doch die Stätte ansehen, wo Prévert mit seiner Groupe Octobre gewesen ist.«

Wir saßen noch ein paar Minuten auf der Bank, und Caroline erzählte mir von ihrer Arbeit. Ich gebe zu, ich verstand nur die Hälfte von dem, was sie sagte, aber das mochte auch daran liegen, dass ich einfach zu erschöpft war. Erschöpft von den Dingen, die es beunruhigenderweise tatsächlich in meinem Leben gab, und jenen, die ich mir in meinem Wahn einbildete.

Schließlich stand sie auf und hielt mir ihr Smartphone hin.

»Würden Sie wohl noch ein Foto von mir machen, oder besser noch einen kleinen Film – vor der Mauer?« Sie zupfte ihre Strickjacke zurecht, unter der ein sommerlicher Rock hervorsah.

Die Aufnahme sei für ihren Freund – Michael –, der wieder nach London zurückgefahren sei und sie schrecklich vermisse, erklärte sie mir mit einem Augenzwinkern. Sie zeigte mir, welchen Button ich gedrückt halten musste, um die Aufnahme zu machen, und fragte dann:

»Wie heißen Sie eigentlich, Monsieur – nur, falls wir uns noch mal begegnen?«

»Azoulay«, sagte ich. »Julien Azoulay.«

»Na gut, Monsieur Azoulay, dann kann's jetzt losgehen«, rief sie. »Aber die Mauer muss ganz mit drauf.«

Ich nickte, hob das Handy und drückte den Aufnahmebutton.

Caroline ging auf die Mauer zu, blieb einen Moment stehen und drehte sich langsam um. Dann lächelte sie ihr Lächeln, das so jung war, so herrlich jung, breitete die Arme

weit aus, als wollte sie die ganze Welt umarmen, und rief:
»Je t'aime!!!«

Ach, Hélène! So waren wir auch einmal – so glücklich und unbeschwert und jünger als ein Tag im Mai. Was hätte ich dafür gegeben, dass diese Worte mir gegolten hätten. Ich vermisse dich so, mon amour, *aber ich vermisse auch die Liebe in meinem Leben. Ja, ich würde so gern wieder glücklich sein, Hélène.*

Ich denke an dich wie an einen schönen Traum. Warum konntest nicht du es sein, die dort vor der Mauer stand und »Ich liebe dich!!!« rief?

Ich habe nun schon so viele Briefe an dich geschrieben, es sind nicht mehr viele bis zu jenem dreiunddreißigsten, dem letzten, den ich ängstlich herbeisehne.

Was wird geschehen, wenn ich diesen Brief geschrieben habe, Hélène? Was wird geschehen?

Wirst du dann da stehen und mich erwarten? Wird irgendwer da stehen? Oder niemand?

Ich weiß es nicht, weiß gar nichts mehr, weiß nur, dass ich dieses Spiel nicht mehr lange durchhalte. Ich fange ja schon an, Gespenster zu sehen, und verdächtige in meinem Wahn und meiner Verwirrung wildfremde Menschen. So geht es jedenfalls nicht weiter, das muss ein Ende haben.

Ach, mein geliebter Engel, ich bin so schrecklich durcheinander.

Was soll ich nur tun, du meine Herzensfreundin, die du immer für mich da warst und es noch bist, die Frau an mei-

ner Seite, die mir stets Mut machte, wenn ich verzweifelte. Das war so wichtig für mich und hat mir immer geholfen.

Aber jetzt brauche ich einen Hoffnungsschimmer, Hélène, ich brauche ihn ganz dringend! Ich breite die Arme aus und warte.

Komm in meine Nacht und mach sie wieder hell!

Julien

PS: Ich hatte den Brief gerade schon in den Umschlag gesteckt, da ist mir noch etwas eingefallen. Arthur hat ein Bild für dich gemalt, das ich unbedingt auch in die »Schatulle« legen soll. Hier ist es also. Seit er seinen Namen schreiben kann, unterzeichnet er alle Bilder mit »ATUR«. Er fragte mich heute Abend, ob ich denke, dass dir das Bild gefällt, und ich habe ihm gesagt, dass ich mir da ganz sicher bin. Immerhin das weiß ich ganz sicher.

Kapitel 19
Entdeckungen

»Weißt du was, mein Freund? Ich habe das Gefühl, dass dich da jemand ganz schön verarscht. Und ich weiß auch, wer.«

Ich saß mit Alexandre in einem Café in der Rue de Grenelle, in der Nähe des *L'espace des rêveurs*. Wir hockten an einem Tischchen an der Straße, und der Aschenbecher vor mir war fast voll.

Nachdem ich meinen Freund ohne jede weitere Erklärung abgewürgt hatte, als ich Carole vor der Liebesmauer hatte stehen sehen, hatte er gedroht, mir die Freundschaft aufzukündigen, falls ich nicht *auf der Stelle* zu ihm käme und ihm sagte, was verdammt noch mal eigentlich los sei.

Auf der Stelle war für mich nicht möglich gewesen – ich musste Arthur vom Kindergarten abholen. Zudem wollte ich selbst erst einmal meine Gedanken ordnen, was mir nicht wirklich gelungen war. Und so war ich am nächsten Mittag mit gemischten Gefühlen in die Rue de Grenelle getrabt und hatte mich Alexandres bohrenden Fragen schließlich gestellt und ihm alles erzählt. Er verkniff sich jede Bemerkung über unglückliche Witwer, die einen Dachschaden haben.

»Mann, Mann, Mann«, sagte er nur. »Das ist vielleicht mal 'ne Geschichte.« Er grinste. »Wenn ich das in meinem Club erzähle.«

»Welcher Club?«, fragte ich. »Der Club der toten Dichter?«

»Haha«, sagte Alexandre. »Wie ich sehe, hast du dir noch einen Rest deines vielgepriesenen Humors bewahrt.«

Er winkte dem Kellner und bestellte zwei Mal *Steak frites*. »Keine Widerrede«, sagte er. »Und den können Sie mitnehmen, *s'il vous plaît*.« Er hielt dem Kellner den Aschenbecher hin.

»Du musst dich halt mal auf die Lauer legen, Julien«, meinte er dann zu mir. »Dann wirst du sie schon schnappen.«

Mit »sie« meinte er Cathérine, etwas anderes kam für ihn nicht mehr in Frage. Das oder eine unberechenbare Psychopathin, von der wir nichts wissen konnten. Aber wie hoch war diese Wahrscheinlichkeit?

»Sie ist es, Julien. Hundert pro. Sie ist – entschuldige bitte, dass ich das so unverblümt sage – die Einzige, die an dir interessiert ist. Ich seh da niemand anderen.« Er nahm einen Schluck Wein und kam sich vor wie Sherlock Holmes. »Man muss immer nach dem Motiv fragen.«

Ich schüttelte den Kopf. »Da liegst du völlig daneben, glaub mir.«

»Klappe, Watson. Warum hast du sie nicht einfach mal gefragt? Es ihr auf den Kopf zugesagt?«

»Weil ich keine Lust habe, mich noch einmal lächerlich zu machen? Das wäre ja noch schöner. Ich frag sie, warum sie meine Briefe weggenommen hat, und sie schaut mich an wie ein Auto.« Der Gedanke, Cathérine noch mehr von mir preiszugeben, und zwar völlig sinnlos, behagte mir überhaupt nicht.

»Ich kenne Cathérine«, beteuerte ich wie ein Idiot. »Sie würde so etwas nicht machen.«

»Aber wieso wehrst du dich nur so gegen diese Möglichkeit? Deine Nachbarin hat ein Motiv, plus sie war die Freundin deiner Frau, plus sie kennt deine Gewohnheiten. Ich wette, Cathérine weiß genau, an welchen Tagen du zum Friedhof fährst.«

Ich erinnerte mich an Begegnungen im Hausflur. Cathérine, die zu mir sagt: *Na, Julien, fährst du zum Montmartre?* Und ich, der antwortet: *Freitags mache ich mich immer gern aus dem Staub, da wütet Louise in der Wohnung.*

»Das wissen auch andere«, sagte ich.

»Ach, und wer?«

»Zum Beispiel meine Mutter.«

»Ach, komm schon, hör mir auf mit deiner Mutter, das ist lächerlich.«

»Hm«, machte ich. Ich war nicht überzeugt. »Und wie stellst du dir das vor? Soll ich jetzt mit einem Ein-Mann-Zelt auf dem Friedhof kampieren und mich auf die Lauer legen?«

Alexandre sah mich einen Moment nachdenklich an.

»Du könntest zumindest deine Gewohnheiten ändern«, sagte er dann.

Und so kam es, dass ich mich in dieser Woche bereits am Mittwoch auf den Weg zum Montmartre machte – ich gestehe, ohne große Erwartungen, irgendwie Klarheit zu gewinnen, aber Alexandre hatte dermaßen insistiert, dass ich es schließlich tat, nur um ihm erzählen zu können, diese Aktion hätte mich keinen Schritt weitergebracht.

Es wurde eine ganz andere Geschichte.

Kaum hatte ich mit meinem Brief und ein paar Blumen den Cimetière Montmartre betreten, hörte ich, wie jemand meinen Namen rief.

Es war Sophie, die wie beim ersten Mal, als ich sie sah, oben auf der Friedhofsmauer saß. Ich winkte ihr kurz und verließ die Avenue Hector Berlioz, um mir meinen Weg quer durch die Grabsteine zu ihr hin zu bahnen.

»Warum so grimmig, Schriftsteller?« Sie turnte auf der Mauer herum, dass mir schon vom Zusehen schwindelig wurde. »Deine schlechte Laune sieht man dir schon aus hundert Metern Entfernung an.«

»Pass du lieber auf, dass du nicht da herunterfällst«, sagte ich. Meine Güte, ich hatte wirklich schlechte Laune. »Und wie geht's dir?«, lenkte ich ein. Seit meinem Kinobesuch hatte ich Sophie nicht mehr gesehen.

Sie veränderte ihre Position und lagerte jetzt wie Goethe in der Campagna: auf der Seite aufgestützt, ein Bein angewinkelt, den Arm lässig über dem Knie. Sie sah mich nachdenklich an.

»Auch nicht so ganz phantastisch, aber offenbar besser als dir«, sagte sie.

»Oh! Liebeskummer etwa?«, fragte ich.

»Wer weiß«, entgegnete sie und grinste. »Ich hab noch viel an den Abend im Kino gedacht. Und an Orphée. Du auch?«

»Ehrlich gesagt – nein«, bekannte ich. In meinem Leben löste derzeit eine Aufregung die nächste ab.

»Schade«, sagte sie und setzte sich wieder auf.

Wie ich sie da so auf der Mauer herumrutschen sah, kam mir mit einem Mal der Satz auf dem Stadtplan in den Sinn.

»Aber ich hab noch einen schönen Satz für dich.«

»Da bin ich aber neugierig«, sagte sie. »Lass hören!«

»Wenn man liebt, wirft man sein Herz über die Mauer und springt hinterher.«

Sie legte den Kopf schräg und überlegte einen Moment.

»Das ist tatsächlich ein schöner Satz«, sagte sie dann. »Ist der etwa von dir?«

»Nein.« Ich schüttelte den Kopf und blickte nach oben.

Unsere Blicke kreuzten sich schweigend.

»Von wem ist er dann?«, fragte sie schließlich.

»Keine Ahnung. Ich dachte, du könntest es mir vielleicht sagen.«

Sie runzelte die Stirn und schüttelte bedauernd den Kopf. »Ich fürchte, da kann ich dir nicht helfen, Schriftsteller«, sagte sie. »Aber es ist ein schöner und wahrer Satz. Wenn man liebt, sollte man nicht zu viel nachdenken.« Sie schob sich die Kappe in die Stirn und sah auf die Blumen in meiner Hand. »Gehst du zum Grab?«

Ich nickte.

»Wollen wir nachher noch zusammen etwas trinken gehen? Ich bin hier gleich fertig, und es ist so ein schöner Tag.«

Sie lächelte mich an, und ich nickte wieder und merkte, wie meine Stimmung sich aufhellte.

»Sehr gern, ich bin gleich zurück und hol dich ab.«

»Très bien«, sagte Sophie. »Dann bis gleich, Julien.« Sie wandte sich wieder ihren Werkzeugen zu, die sie neben sich auf der Mauer ausgebreitet hatte, und ich kehrte auf den Hauptweg zurück.

Wenig später stand ich an Hélènes Grab und legte meinen Brief in den Marmorstein. Diesmal fand ich im Hohlraum einen quadratischen Umschlag vor, in dem eine silberne Scheibe steckte – eine CD oder DVD ohne Beschriftung. Überrascht nahm ich sie an mich, steckte sie in meine kleine braune Ledertasche und verschloss das Fach. Dann richtete ich mich wieder auf und ließ meinen Blick über den dicht bewachsenen Friedhof schweifen. Ganz hinten entdeckte ich eine kleine Gestalt, die sich vom Eingang her über die Avenue Hector Berlioz näherte.

Ich kam mir etwas lächerlich vor, als ich jetzt einige Meter zurücktrat und mich hinter einem Grabstein versteckte. Alexandres Worte, dass ich mich auf die Lauer legen sollte, schossen mir durch den Kopf, und ich unterdrückte ein hysterisches Lachen. Ich stand reglos hinter dem fremden Grabstein und wartete ebenso vergeblich auf Godot wie einst die Helden des Theaterstücks von Samuel Beckett.

Wer immer da die Avenue hochkam, er würde nicht den kleinen Weg zu der alten Kastanie einschlagen und vor Hélènes Grab stehen bleiben.

Ich sollte mich täuschen.

Nach einer Weile, die mir wie eine Ewigkeit vorkam, hörte ich Schritte, die sich vorsichtig näherten. Jemand trat an den Engel heran, beugte sich hinunter, schob die Marmorplatte zur Seite und zog einen Umschlag hervor.

Mein Herz raste, als ich vorsichtig hinter dem Grabstein hervorspähte. Mit einem Blick hatte ich die

Frau erkannt, die jetzt hastig meinen Brief aufmachte und ihn zu lesen begann.

Es war Cathérine!

Ich kann gar nicht sagen, was in jenem Moment in mir vorging, zu vielfältig waren die Emotionen. Eine Mischung aus Wut, Erstaunen und grenzenloser Enttäuschung bahnte sich ihren Weg an die Oberfläche.

Es war tatsächlich Cathérine! Ausgerechnet sie!

Alexandre hatte recht gehabt. Verdammte Cathérine mit ihren blauen Unschuldsaugen! Ich glaube, ich hätte jeden lieber an Hélènes Grab gesehen als meine blonde Nachbarin. Selbst eine Witwe mit schwarzem Hut wäre mir lieber gewesen. So etwas Scheinheiliges! Ich kannte mich nicht mehr vor Wut.

»Ha! Hab ich dich erwischt!« Ich sprang mit einem Schrei hinter dem Grabstein hervor, und Cathérine fuhr zusammen und schrie entsetzt auf. Vor Schreck fiel ihr der Brief aus der Hand, und Arthurs buntes Bild segelte über den Weg wie ein riesiges Blatt.

»Julien!« Sie sah mich mit aufgerissenen Augen an. »Was machst du denn hier?«

Ich baute mich vor ihr auf. »Was ich hier mache? Was ICH hier mache?«, schrie ich aufgebracht, und sie zuckte jedes Mal zusammen wie unter einem Peitschenhieb. »Was machst DU hier?! Das ist doch wohl eher die Frage. Schleichst dich zum Grab und stiehlst meine Briefe. *Liest* meine Briefe, das gibt's ja wohl nicht! Das ist privat, verstehst du, privat! Wie kannst du es wagen?«

Sie sah mich zerknirscht an, ihre Augen füllten sich mit Tränen, und ich hätte sie am liebsten geschüttelt.

»Hör bloß auf zu heulen, damit machst du es nur noch schlimmer!« Ich war völlig außer mir. »So was Verlogenes! Ich werde fast irre, ich zweifle schon an meinem Geisteszustand, und Mademoiselle nimmt hier ganz gemütlich einen Brief nach dem anderen und macht mich kirre mit ihren kleinen Zeichen.«

»Julien … ich … ich weiß nicht …«, stammelte sie und wurde ganz bleich.

»Ja, was?!«, fuhr ich sie an. »DU hast doch alles gelesen, du kennst doch alle meine Gedanken, meine Hoffnungen, meine idiotischen Ideen. Hast alle meine Briefe genommen. Legst mir hier Dinge ins Grab – Gedichte, Spieluhren, Stadtpläne, Karten mit Sprüchen von Tagore … ich denk schon, ich kommuniziere mit einer Toten, und dann bist du das … DU! Ich fass es nicht!« Ich drehte mich um und wollte wütend davonstapfen.

Cathérine brach in Tränen aus. »Julien, Julien!«, schluchzte sie. »Nein, bitte geh nicht, hör mir doch wenigstens mal zu.«

»Ich denk nicht dran. Ich hab genug gesehen. Es reicht jetzt, ich lass mich nicht noch weiter an der Nase herumführen.«

Sie klammerte sich an meinen Arm. »Bitte, Julien! Ich kann ja verstehen, dass du schrecklich wütend bist, aber ich habe dich nicht an der Nase herumgeführt. Ich hab nie etwas in dieses Fach gelegt, weder Spieluhren noch Stadtpläne, und dieser Brief hier«, sie deutete auf die Blätter, die verstreut auf dem Weg lagen, »ist der erste und einzige Brief, den ich gelesen habe.«

Ich blieb stehen und sah sie verblüfft an.

»Und das soll ich dir glauben?«

»Bitte, Julien! Es war wirklich nur dieser eine Brief«, beteuerte sie und rang verzweifelt die Hände. »Ich schwöre es bei … bei … beim Leben von Arthur«, stammelte sie. Die Tränen rannen ihr die Wangen hinunter. »Ich wusste doch gar nichts von diesem Fach im Grabstein.«

»Und wieso weißt du es dann jetzt?«

Sie wischte sich die Tränen weg. »Arthur … Arthur hat mir letzte Woche davon erzählt … als er das Bild für Hélène gemalt hat, da hat er gesagt, dass du manchmal Briefe zum Friedhof bringst und dass es da so ein Geheimfach in dem Marmorstein gibt, wo du sie reinlegst. ›Aber das ist ein Geheimnis‹, hat er gesagt. ›Das weiß nicht mal Sophie.‹ Und dann hat er mir plötzlich von dieser netten Frau vom Friedhof erzählt, die Engel repariert und mit der du dich so gut verstehst. Und dass ihr zusammen lacht. Da war ich auf einmal ganz eifersüchtig.« Sie schluchzte auf.

»Meine Güte, Cathérine!«

»Bitte verzeih mir, Julien, du musst mir verzeihen«, flehte sie. »Ich bin doch kein schlechter Mensch. Ich … ich wollte einfach nur wissen … ich meine … ich hab gedacht, vielleicht schreibst du etwas in dem Brief über Sophie und dich …« Sie senkte den Kopf. »Es war ein riesengroßer Fehler, Julien, bitte sei mir wieder gut«, bat sie.

Ich ließ mich wie betäubt auf die kleine Mauer sinken, die das Grab einfasste.

»Das glaub ich jetzt alles nicht.«

Cathérine hockte sich stumm neben mich. So saßen wir eine Weile schweigend da und starrten auf den kleinen Weg, irgendwo ertönte ein leises Niesen, vielleicht war es auch das Fauchen einer Katze oder ein Vogel, der in den Blättern der Kastanie schrie.

Wie auf ein geheimes Zeichen wandte Cathérine sich zu mir und fasste nach meiner Hand.

»Ich habe wirklich nur diesen einen Brief genommen, Julien«, sagte sie. »Bitte, glaube mir!«

Ich starrte sie an. So sah keine Lügnerin aus.

»Na schön. Ich glaube dir, Cathérine.«

»Und – verzeihst du mir auch?«

Ich nickte langsam.

»Danke.«

Ich stand auf, und auch Cathérine erhob sich. Sie zögerte.

»Glaubst du denn … das könnte noch mal irgendwann etwas werden … zwischen uns?«

»Ach, Cathérine!« Ich presste die Lippen aufeinander und schüttelte den Kopf. »Ehrlich gesagt, glaube ich das nicht, aber was weiß ich schon? Ich bin auch nur ein Mensch.«

»Und … und was ist jetzt mit dieser Sophie und dir?«

»Was soll denn da sein?«, sagte ich gereizt und klopfte mir den Staub von der Hose.

»Ich meine … liebst du sie denn?«, fragte sie schüchtern.

Sie nervte mich mit ihrer Fragerei.

»Cathérine, jetzt hör mal gut zu«, erklärte ich lauter als notwendig. »Sophie ist eine Zufallsbekanntschaft vom Friedhof, mehr nicht. Ich liebte Hélène, und die liebte ich sehr. Ich liebe sie immer noch, wenn du es genau wissen willst. Und ich weiß nicht, ob ich überhaupt noch jemals eine andere Frau lieben kann«, setzte ich trotzig hinzu. »Hast du das jetzt endlich begriffen?«

Sie nickte eingeschüchtert. »Ja, Julien.«

Dann sammelte sie die Blätter meines Briefes vom Boden auf und reichte sie mir zusammen mit Arthurs Bild und dem Umschlag.

»Ich geh dann jetzt wohl besser.« Mit hängenden Schultern schlich sie den kleinen Weg entlang.

Ich stand noch eine Weile an Hélènes Grab und schaute ziemlich ratlos auf meinen schönen Engel.

Ich kann nicht behaupten, dass es mir gut gegangen wäre.

Alexandre hatte recht gehabt mit seiner Vermutung. Und gleichzeitig hatte er unrecht gehabt. Cathérine war an mir interessiert, mehr, als ich gedacht hatte, mehr, als ich mir eingestehen wollte – aber sie hatte die Briefe nicht weggenommen. Sie hatte nichts mit all den kleinen Geschenken an mich zu tun.

Oder doch?

In meinem Kopf summte ein Bienenschwarm.

Wenn sie es nicht gewesen war, wer war es dann?

Ach, Hélène, was ist das nur alles für ein Durcheinander!

Ich steckte den Brief zurück in den Umschlag und legte ihn in das Fach, das noch immer offen stand. Dann ging ich die Friedhofswege entlang, schwerfällig wie ein alter Mann.

Erst als die Türen der Métro sich zischend hinter mir schlossen, fiel mir ein, dass ich meine Verabredung mit Sophie ganz vergessen hatte.

Ich starrte in die Dunkelheit des Tunnels, in den wir rasten, und ahnte nicht, dass ich die Steinbildhauerin so bald nicht mehr sehen würde.

Kapitel 20
Das große Schweigen

Manchmal passiert in kurzer Zeit so viel, und die Ereignisse überschlagen sich dermaßen, dass einem schier der Atem wegbleibt. Und dann passiert wochenlang gar nichts.

Offenbar befand ich mich gerade in der Phase, in der gar nichts passiert.

Es herrschte Schweigen – Schweigen von allen Seiten. Und dieses Schweigen irritierte mich.

Cathérine ging mir aus dem Weg. Nach dem Eklat auf dem Friedhof gab es keine Einladungen in ihre Wohnung mehr, und wenn Arthur manchmal zum Spielen zu ihr nach unten ging, brachte sie ihn anschließend nur kurz an die Wohnungstür und war sofort wieder verschwunden. Wenn wir uns zufällig im Hausflur trafen, huschte sie an mir vorbei, murmelte ein *Bonjour* und schlug die Augen nieder. Sie war beschämt, vielleicht hatten meine harschen Worte sie auch verletzt. Sie zog sich zurück, und es hätte mich nicht gewundert, wenn sie im Nachhinein auch noch beleidigt gewesen wäre. Cathérine war genau der Typ, der sich in Schweigen hüllte nach so einem Vorfall. Obwohl sie es ja eigentlich gewesen war, die meinen Brief einfach genommen und auf diese Weise meine Reaktion verursacht hatte. Na schön, vielleicht hatte ich etwas zu heftig reagiert, aber immerhin hatte ich ihr am Ende doch verziehen. Ich ihr – da musste sie nun nicht die beleidigte Leberwurst spielen.

Auch die Steinbildhauerin schien wie vom Erdboden verschluckt. Wie oft war ich in diesen letzten Wochen zum Friedhof gefahren und hatte nach ihr Ausschau gehalten, sie wirklich überall gesucht. Ich hatte sogar den griesgrämigen Gärtner gefragt, ob er die Restauratorin gesehen hätte oder ob sie ihre Werkzeugtasche in dem Geräteschuppen abgestellt hatte. Doch der Gärtner hatte nur den Kopf geschüttelt und missmutig gebrummt, dass die Steineklopferin wohl nicht mehr käme.

Das war alles höchst eigenartig. Wo war Sophie? Jetzt, da sie nicht mehr so selbstverständlich irgendwo auf einer Mauer saß und nach mir rief oder mich in ein Gespräch verwickelte, fing ich an, sie zu vermissen.

Mit schlechtem Gewissen musste ich daran denken, wie ich sie in meiner Rage Cathérine gegenüber als »Zufallsbekanntschaft« bezeichnet hatte. Und nun fehlte sie mir – ihre saloppen Bemerkungen, ihre Ratschläge, ihre Binsenweisheiten, ihre großen dunklen Augen, die belustigt unter der kleinen Kappe hervorschauten. Die Art, wie sie liebevoll-spöttisch »Warum so grimmig, Schriftsteller?!« zu mir sagte. Das ganz besonders.

War sie krank geworden? Hatte sie ihre Arbeiten auf dem Cimetière Montmartre etwa beendet? Sie wäre doch nicht einfach so gegangen, ohne mir Bescheid zu sagen.

Zunächst war mir ihre Abwesenheit nicht groß aufgefallen, und ich hatte mir nichts dabei gedacht. Sie war ja immer mal wieder für ein paar Tage nicht da, und dann tauchte ihre kleine schwarze Gestalt irgendwann aus dem Gebüsch auf, werkelte auf einem Grabstein herum, saß in Bäumen oder auf Bänken und beglückte mich mit ihren Sprüchen und ihrer guten Laune.

An jenem verhängnisvollen Mittwoch, bevor ich Cathérine am Grab entdeckte und so außer mir war, dass ich wie ein Irrer auf dem Friedhof herumschrie und in all der Aufregung meine Verabredung mit Sophie vergaß, war doch alles noch wie immer gewesen. Sie hatte auf der Mauer gesessen und ein bisschen mit mir herumgeflachst, wie es ihre Art war. Kein Wort darüber, dass sie ihre Arbeit auf dem Friedhof beenden würde. Und ich konnte mir auch nicht vorstellen, dass sie es mir krummnahm, dass ich später dann nicht mehr bei ihr aufgetaucht war. Es war doch eher eine lockere Verabredung gewesen, und es passte nicht zu Sophie, dass sie sich beleidigt in ihr Schneckenhaus verkroch, wie Cathérine es im Moment tat.

Zwei Tage nach dem Vorfall, am Freitag, war ich ja sogar noch einmal zum Friedhof gefahren, um ihr irgendeine Ausrede aufzutischen, warum ich es an dem Mittwoch nicht mehr geschafft hatte, und um mich mit einem lockeren Spruch bei ihr zu entschuldigen. Ich hatte fest vorgehabt, Sophie als Wiedergutmachung zum Mittagessen einzuladen. Anders als sonst hatte ich an diesem Freitag nicht einmal einen Brief dabei – die Lust am Briefeschreiben war mir fürs Erste vergangen, und ich war nicht einmal am Grab gewesen. Ich kam wirklich nur wegen Sophie.

Doch Sophie war nicht da. Nicht an diesem Tag und auch an keinem anderen. Seit drei Wochen keine Spur von der Steinbildhauerin.

Wieder und wieder ließ ich mir unsere letzte Begegnung durch den Kopf gehen. Sie hatte mir vorgeworfen, schlechte Laune zu haben – und das stimmte in der Tat –, wobei meine Laune da ja noch vergleichsweise phantastisch gewesen war, wenn man bedachte, was kurze Zeit später an Hélènes Grab passierte. Sophie hatte sich auf der Mauer herumgeräkelt wie eine Katze in der Sonne, aber – und das fiel mir erst später wieder ein, als ich die Worte, die wir gewechselt hatten, sorgsam Revue passieren ließ – hatte sie nicht auch gesagt, ihr ginge es zwar besser als mir, aber auch nicht so großartig?

Und was, wenn sie wirklich Liebeskummer gehabt hatte? Vielleicht hätte sie mir an jenem Tag davon erzählt, und dann hätte ich zur Abwechslung einmal sie trösten können. Vielleicht hatte dieser Chouchou sie schmählich verlassen, und sie lag mit verweinten Augen und gebrochenem Herzen irgendwo in ihrer kleinen Dachwohnung am Montmartre.

Nicht, dass ich gewusst hätte, wo genau Sophie eigentlich wohnte. Oder mit wem. Damals nach dem Kino waren wir ein Stück zusammen gegangen, und dann war sie an der Place Émile Gondeau stehen geblieben und hatte mich weggeschickt.

Wie gerne hätte ich sie jetzt einfach angerufen. Ich stöhnte auf, als mir wieder einfiel, wie ich so leichtfertig ihre Telefonnummer abgelehnt hatte. »Nicht nötig«, hatte ich gesagt. *»Nicht nötig.«*

Was war ich nur für ein bornierter Idiot gewesen!

Wohl schon hundert Mal hatte ich nach der kleinen Visitenkarte ihrer Cousine geschaut, die ich damals achtlos eingesteckt hatte. Nun fand ich sie nicht mehr und wusste nicht einmal mehr den vollen Namen dieser Kulturredakteurin, die mir gewiss hätte weiterhelfen können.

Ich hatte sogar im Internet nach *Sophie Claudel, Steinbildhauerin* gesucht, aber auch da war ich nicht fündig geworden.

Und wenn ich genau darüber nachdachte – und in diesen langen Wochen hatte ich Zeit genug dazu –, wusste ich eigentlich so gut wie nichts über Sophie. In fast allen unseren Unterhaltungen war es um mich gegangen. Um mein Unglück, meine Trauer, meine Schreibblockade, meine Art, mit dem Leben nicht zurechtzukommen. Erst jetzt fiel mir auf, dass ich in meinem Schmerz immer nur um mich gekreist war. Es gab nur mich und dann lange Zeit gar nichts. Und Sophie war stets auf mich eingegangen, hatte mit überlegt, hatte versucht, mir zu raten und mich aufzuheitern. Das Herz der Steinbildhauerin mit den großen dunklen Augen war nämlich weich wie Butter. Da konnte sie noch so spotten und burschikos tun. Was hätte sie denn sonst für eine Veranlassung gehabt, sich um mein Seelenheil zu kümmern? Nach meinem kleinen Sohn zu fragen? Überhaupt so viel Anteil an meiner Geschichte zu nehmen?

Sophie hatte alles. Sie war jung, sie war hübsch – sehr hübsch sogar, wenn sie mal ihre staubige Arbeitskluft ablegte –, sie hatte einen Beruf, den sie liebte, und einen Freund. Zumindest hatte sie den die ganze Zeit über gehabt, und alles andere war Spekulation. Sie war vorschnell, versponnen und impulsiv. Und sie war genau die Art Mädchen, das über die Mauer sprang und sein Herz hinterherwarf, wenn es jemanden mochte.

Mit einem Mal fielen mir tausend Dinge ein, die ich sie hätte fragen wollen. Aber Sophie blieb verschwunden.

Mein Brief hingegen, den letzten, den ich ans Grab gebracht hatte, bevor Cathérine ihn aus dem Geheimfach nahm, lag immer noch da.

Immer wieder, wenn ich auf dem Friedhof gewesen war, hatte ich nach dem aufgerissenen Umschlag geschaut, den ich nach dem Vorfall wieder in das Fach zurückgelegt hatte. Keiner hatte ihn seither an sich genommen. Der Brief mit der Nummer 31 lag in dem kleinen Hohlraum wie ein stummer Vorwurf, eine Woche, zwei Wochen, drei Wochen.

Zeichen gab es auch keine mehr. Offenbar hatte ich den Zorn aller weiblichen Wesen auf mich gezogen. Niemand sprach mehr zu mir, niemand rief nach mir, niemand hinterließ mir irgendwelche Botschaften, und nach einer Weile fühlte ich mich selbst von Hélène verlassen. Ich war zu enttäuscht, um die richtigen Schlüsse zu ziehen, und fragte mich, was ich denn eigentlich getan hatte, um den Zauber zu zerstören.

Der Umstand, dass das ganze Spiel genau in dem Augenblick aufgehört hatte, als ich Cathérine am Grab überraschte, war natürlich verräterisch. Konnte das wirklich ein Zufall sein? Nicht, wenn es nach Alexandre gegangen wäre. Für ihn war der Fall klar.

»Scheiß auf dein Bauchgefühl«, sagte er in seiner ruppigen Art, als mich wieder einmal die Zweifel überkamen. »Natürlich hat Cathérine nicht die ganze Wahrheit gesagt. Ich vermute mal, dass alle deine Briefe bei ihr im Nachtkästchen liegen.«

»Nein, Alexandre, das glaube ich einfach nicht«, hatte ich gesagt und daran gedacht, wie Cathérine mir beim Leben meines Sohnes geschworen hatte, dass sie es nicht gewesen war. »Das traue ich ihr nicht zu.«

»Du hast dich schon mal vertan, was Cathérine angeht. Fakt ist: Du hast sie erwischt, und seither hat offenbar keiner mehr Interesse an den Briefen, nicht mal Hélène – was gibt's da noch zu deuten? Ich meine, wie blind kann man denn sein?«

Vielleicht war ich ja wirklich mit Blindheit geschlagen in diesen Wochen. Manchmal braucht man etwas länger, um die Dinge zu verstehen, die das Herz längst weiß.

Und doch war es am Ende anders, als Alexandre gedacht hatte. Es war ganz anders.

Der August zog ins Land, Paris war wie leergefegt, und auf dem heißen Straßenpflaster Saint-Germains irrten nur noch ein paar Touristen umher, die nicht kapiert hatten, dass dieser Monat der denkbar schlechteste für einen Paris-Besuch war. Eine bleierne Müdigkeit hatte sich über die Stadt gelegt, ich schrieb etwas lustloser als sonst an meinem Roman, und wer konnte, war ausgeflogen und flanierte schon durch die kleinen luftigen Städte der Côte d'azur oder spazierte an den endlosen Stränden des Atlantiks entlang.

Auch Arthur machte sich zusammen mit Maman und seiner kleinen Freundin Giulietta auf den Weg in die Ferien. Ich blieb am Bahnsteig zurück und winkte ihnen noch lange nach, obwohl ich hinter den verspiegelten Scheiben niemanden erkennen konnte.

Ich fühlte mich seltsam haltlos und verlassen und wusste nicht so recht, was ich mit diesem angebrochenen Donnerstag anfangen sollte.

Da rief Alexandre an.

»Na, ist die ganze Bagage weg? Da stirbst du jetzt sicher vor Langeweile, was?«

»Erraten«, sagte ich und ließ mir nicht anmerken, wie gerührt ich war. Alexandre ist großartig. Ich könnte keinen besseren Freund haben als ihn.

»Hör mal, ich geh heute mit ein paar Leuten in diesen neuen Jazzclub an der Bastille – komm doch mit.«

Ich gab mir einen Ruck. »Ja, warum nicht«, sagte ich. Alles war besser, als allein mit meinen trüben Gedanken zu Hause rumzuhängen. Warum nicht Jazz, warum nicht ein paar Drinks? Schließlich musste ich auf niemanden Rücksicht nehmen.

Wir machten aus, dass ich Alexandre nach Ladenschluss im *L'espace des rêveurs* abholen würde. Und als ich einige Stunden später die sommerlich ausgestorbene Rue de Grenelle entlangging, wusste ich noch nicht, dass ich dort etwas finden würde, was ich inzwischen aufgegeben hatte zu suchen.

Als ich die Tür zum Laden aufstieß, kam Alexandre aus dem Hinterzimmer und hielt mir eine kleine braune Ledertasche entgegen, die er an dem schmalen Riemen von seinem Finger baumeln ließ.

»Guck mal!«, sagte er. »Du hattest recht – sie war doch hier. Gabrielle hat gedacht, es sei meine Tasche, ich habe nämlich eine ganz ähnliche, und hat sie mit meinen anderen Sachen in den Schrank geräumt.«

Ich schnappte nach Luft. »Na, hör mal, du machst mir Spaß!«, sagte ich und zog die kleine Tasche an mich, nach der ich in den letzten Wochen wie ein Verrückter gesucht hatte. Am Ende hatte ich es aufgegeben und mich damit abgefunden, dass ich sie damals nach jenem fatalen Mittwoch an Hélènes Grab in einer Bar hatte liegen lassen. Das hätte jedenfalls zu diesem schwarzen Tag gepasst, an dem so ziemlich alles schiefgegangen war, was schiefgehen konnte, abgesehen davon, dass meine sämtlichen Illusionen zerstört worden waren.

An diesem Tag hatte ich entdeckt, wer meine Briefe nahm, oder zumindest diesen einen Brief. Ich hatte eine fürchterliche Szene mit Cathérine gehabt, die seither um mich einen großen Bogen machte. Ich hatte meine Verabredung mit Sophie vergessen, die sich seit diesem Nachmittag in Luft aufgelöst zu haben schien. Ich war bei Alexandre im Laden gewesen, um meine Wut und meine Enttäuschung abzuladen. Anschließend waren wir in eine Bar gegangen und dann in noch eine Bar. Und als ich schließlich nachts betrunken in meine leere Wohnung stolperte (Arthur übernachtete an diesem Tag bei einem Freund), war die kleine lederne Umhängetasche plötzlich weggewesen – und mit ihr bedauerlicherweise auch der quadratische Papierumschlag, den ich aus dem Grabstein gezogen hatte und in dem die silberne Scheibe steckte.

Am nächsten Tag hatte ich überall nachgefragt – bei Alexandre, in den Bars, wo wir gewesen waren, selbst beim Fundbüro der Métro hatte ich angerufen. Ich hatte meine Wohnung abgesucht, in der verwegenen Hoffnung, dass ich die kleine Tasche, nicht mehr ganz Herr meiner Sinne, irgendwo hatte fallen lassen. Ich war unters Bett gekrochen und hatte selbst im Papierkorb nachgeschaut. Und irgendwann hatte ich es aufgegeben. Die letzte Botschaft war verloren – von wem auch immer sie gewesen sein mochte. Ich phantasierte herum und verstieg mich in die Idee, dass jene silberne Scheibe mir alles hätte verraten können, dass ich durch sie alles verstanden hätte. Alexandre sah mich mitleidig an und sagte:

»Willst du meine Meinung hören?«

»Nein!«, schrie ich völlig außer mir.

»Kein Verlust, jedenfalls kein großer. Die war doch sowieso von Cathérine, was soll da schon drauf gewesen sein. Sei froh, dass deine Brieftasche nicht drin war – *das* wäre tragisch gewesen.«

Und nun war die kleine Tasche aus heiterem Himmel wieder aufgetaucht. Ich öffnete sie hastig.

»Die Scheibe ist noch drin«, sagte Alexandre gelassen. »Ich hab schon nachgeschaut.«

»Da bin ich beruhigt. Hast du sie auch schon abgespielt?«

»Nein. Natürlich nicht.« Er grinste. »Ich dachte, dass können wir auch zusammen machen, gleich hier auf meinem PC. Ich möchte mir zu gern Cathérines Bekenner-Video anschauen. Das wird lustig.«

»Keine Chance«, sagte ich und drückte die kleine Tasche fest gegen meine Brust. Was auch immer auf dieser Scheibe war, es war nur für mich bestimmt. Ich sah Alexandre entschlossen an, und er insistierte nicht weiter.

»Tja, ich nehme mal an, du willst jetzt doch nicht mit in den Jazzclub, oder?«

Ich nickte. »Das nimmst du richtig an.«

»Dann schick mir wenigstens eine SMS. Ich bin jetzt doch gespannt, was drauf ist. Wetten, es ist die schöne Nachbarin?«

»Ich wette nicht mehr«, sagte ich.

Kapitel 21
Secret Heart

So schnell hatte noch nie jemand den Weg zwischen der Rue de Grenelle und der Rue Jacob zurückgelegt. Ich rannte fast die schmale Straße entlang, bis ich den Boulevard Saint-Germain erreichte, einen Moment ungeduldig an der Ampel stehen blieb und dann den Boulevard überquerte, ohne das grüne Signal abzuwarten. Ich lief die Rue Bonaparte hinunter, vorbei am *Deux Magots*, wo die Touristen draußen bei einem Glas Weißwein in der Abendsonne saßen und auf die bescheidene alte Kirche von Saint-Germain schauten, und bog dann eilig nach rechts in die Rue Jacob ein.

Nur noch wenige Schritte, und ich stand vor meinem Haus. Ich gab die Zahlenkombination für das Portal ein, ich hechtete die drei Stockwerke hinauf und steckte mit zitternder Hand den Schlüssel in das Schloss meiner Wohnungstür.

Dann schaltete ich meinen Computer ein, und bevor ich die geheimnisvolle Scheibe einlegte, sprang ich noch einmal auf und holte mir eine Flasche Wein aus der Küche. Ich goss mir ein großes Glas ein – »Mit einem guten Glas Rotwein kann man vieles ertragen, wenn nicht gar alles«, hatte mein Vater immer gesagt. Ich prostete ihm zu, murmelte »Ich hoffe, du hast recht, Papa!«, und trank das Glas halb leer.

Ich hatte keine Ahnung, was mich erwartete, aber ich war überwältigt von dem Gefühl, dass es etwas Bedeutendes sein würde.

Konzentriert wie Orphée, der aus dem Autoradio der schwarzen Limousine seine rätselhaften Botschaften empfängt, kauerte ich vor dem Schirm meines Computers. Wer würde sich auf der Bildfläche zeigen? Würde es wirklich Cathérine sein, die mir auf diesem Wege ihre Liebe gestand? Oder würde sich gar das Gesicht von Hélène auf dem Bildschirm materialisieren und zu mir sprechen – sozusagen als Gruß aus einer anderen Welt. Vielleicht war meine Frau ja auch dermaßen vorausschauend gewesen, dass sie sich aufgenommen hatte, bevor sie starb, und hatte jemanden – Cathérine? – damit beauftragt, mir diesen Film irgendwann zuzuspielen.

Ich starrte gebannt auf den Bildschirm, doch er blieb schwarz.

Aus dem Computer erklangen die ersten Töne eines Glockenspiels, denen bald die leisen Rhythmen eines Basses folgten. Dann sang eine Stimme, die mich an Norah Jones erinnerte, ein Lied, das ich noch nie gehört hatte. Die Stimme der Sängerin war angenehm und facettenreich, weich, heiser, dunkel, kindlich.

Der Song hieß *Secret Heart*, und ich hörte ihn wieder und wieder, bis ich den ganzen Text verstanden hatte.

Secret heart
What are you made of
What are you so afraid of
Could it be
Three simple words
Or the fear of being overheard
What's wrong
Let her in on your secret heart

Es ging bei dem Lied um das verborgene Herz eines Mannes, und die einschmeichelnde und etwas spröde Stimme der Sängerin fragte, woraus denn dieses Herz gemacht sei, warum es so ängstlich sei, und ob es vielleicht die Angst vor drei einfachen Worten sei, die Angst, dass jemand diese hören könnte. Und alle Strophen endeten in der Aufforderung:

Was ist los,
lass sie in dein verborgenes Herz.

Besonders von einer Stelle des Liedes fühlte ich mich auf sonderbare Weise angesprochen.

This very secret
That you're trying to conceal
Is the very same one
You're dying to reveal
Go tell her how you feel

Es ging um das Geheimnis, das der Angesprochene offenbar zu verbergen versuchte, obwohl es paradoxerweise doch genau dieses Geheimnis war, das er so liebend gern preisgegeben hätte. Und die Strophe endete mit den Worten *Geh los und sag ihr, was du fühlst.*

Es war ein wunderbarer Song über die Liebe im Verborgenen, über die Angst und den Stolz, den man empfindet, aber auch darüber, dass man seine Liebe zeigen und teilen soll.

Ich versuchte etwas über die Sängerin herauszufinden, die Leslie Feist hieß und aus Kanada kam, aber das brachte mich nicht weiter.

Ich schrieb mir den ganzen Text auf und las ihn Satz für Satz, während ich noch einmal das Lied hörte, dessen Melodie ich schon nicht mehr aus dem Kopf bekam.

Die Botschaft schien eindeutig – doch sollte sie mir etwas über die Gefühlslage derjenigen verraten, die mir diese CD in das Geheimfach gelegt hatte? Oder waren der Song und die Aufforderung, die er enthielt, an mich gerichtet?

Ging es um mein *secret heart*, meine heimlichen Gefühle, die ich nicht zeigen konnte? Oder um die geheimen Briefe von Montmartre?

Und wer war diese *Sie*, die ich in mein Herz lassen sollte?

Ich saß Stunden am Schreibtisch, trank ein Glas Wein nach dem anderen und starrte auf die Dinge, die ich über die Monate in Hélènes Grab gefunden hatte und die in einer kleinen Prozession auf meinem Schreibtisch aufgereiht waren.

Waren Sie nicht alle Zeichen der Liebe?

Mitten in der Nacht wachte ich auf. Die Balkontür war mit einem Knall zugeschlagen. Ein Sommerwind trieb ein paar weiße Wolken vor den Mond, der hoch und fahl über der Stadt stand. Ich sah auf die Uhr: Kurz nach vier – die bevorzugte Zeit aller Menschen, die schlecht schlafen. Ich trank ein Glas Wasser und versuchte dann eine Position zu finden, die es mir ermöglichte, wieder einzuschlafen. Ich wälzte mich hin und her, knautschte mein Kopfkissen zurecht und warf ein Bein über die Bettdecke, aber die Gedanken in meinem Kopf spielten Nachlaufen. Menschen und Situationen zogen an meinem inneren Auge vorbei, vermischten sich mit gesagten und geschriebenen Worten. Ich sah noch einmal alles vor mir, was ich in diesen letzten Monaten erlebt hatte – seit dem Tag, als ich angefangen hatte, die Briefe an Hélène zu schreiben, und das Lied vom *Secret Heart* schwang die ganze Zeit mit und untermalte die Bilder und Empfindungen wie eine Filmmusik.

Mein Herz zog sich zusammen, als ich Hélène jetzt noch einmal in ihrem grünen Kleid vor mir sah, als wir uns kennenlernten, ihre roten Locken, die in der Maisonne aufflammten, und dann am Ende ihre durchscheinende Gestalt, ihr schöner Mund, der blass und tapfer lächelte, ihr Kupferhaar, das wie ein letzter Gruß an mich auf dem weißen Kopfkissen leuchtete.

Doch dann schob sich mit einem Mal ein anderes Gesicht vor das von Hélène, und mein Herz hämmerte gegen die Matratze, als wollte es mir etwas sagen.

Da stand ich auf. Ich stand mitten in der Nacht auf und setzte mich an den Schreibtisch. Ich hatte eine Idee, ich wusste nicht, ob sie gut oder schlecht war, oder ob sie zu irgendetwas führen würde, aber es war das Einzige, was mir in diesem Moment richtig erschien.

Ich zog einen Briefbogen hervor und schraubte meinen Füllfederhalter auf. Einige Minuten saß ich nachdenklich vor dem weißen Blatt.

Und dann schrieb ich an Hélène, an meine über alles geliebte tote Frau, und öffnete mein Herz.

Meine so sehr geliebte Hélène,

ein paar Wochen schon habe ich nichts mehr von mir hören lassen, und das hat seinen Grund. Dein armer Mann befindet sich im Zustand höchster Verwirrung. Es ist so viel Aufregendes passiert in diesen letzten Wochen, und ich weiß immer weniger, ob meine verrückte Idee, dass du diejenige sein könntest, die mir ihre Zeichen am Grab hinterlässt, wirklich zutrifft. Ich denke auch jetzt noch, dass du auf mich schaust, Hélène, und dass deine Liebe auch über den Tod hinaus ihre Spuren in meinem Leben hinterlässt. Aber sie zeigen sich vielleicht nicht unbedingt in Spieluhren, Stadtplänen oder Gedichten von Prévert, sondern in Gedanken und Fügungen.

Ich war wie wahnsinnig in diesen letzten Monaten. Wie ein Detektiv habe ich mich zusammen mit Alexandre auf Spurensuche begeben und die unterschiedlichsten Personen in Verdacht gehabt. Und immer wieder bin ich am Ende zu dem Schluss gekommen, dass du es warst, es sein musstest – auch wenn das eigentlich ein Ding der Unmöglichkeit ist.

Ich schrieb meine Briefe an dich, und jede Antwort schien wieder auf dich zu verweisen. Aber jedes Ding hat doch zwei Seiten, und so habe ich erst allmählich begriffen, dass all diese Zeichen mich zwar immer wieder zum Friedhof führten, doch auch von diesem weg ins Leben.

Du hast dir damals gewünscht, Hélène, dass ich dir schreiben soll, wie mein Leben ohne dich ist, und erst jetzt habe ich die Idee, die hinter diesem Wunsch steht, ganz verstanden. Nämlich dass das Leben auch ohne dich weitergeht.

Ich weiß immer noch nicht, wer meine Briefe genommen hat, wer mir all diese kleinen Dinge in das Fach legte, aber das ist auch nicht mehr so wichtig für mich. Auch wenn ich eine Ahnung habe, ist es letztlich nicht entscheidend, ob du es gewesen bist, deine Freundin Cathérine, die schöne Unbekannte, mein Verleger oder sonst jemand.

Aber was entscheidend ist, was wirklich zählt, ist, dass ich mein Herz wieder geöffnet habe – dem Leben, und ja – vielleicht auch der Liebe.

Ich wollte es mir lange Zeit nicht eingestehen, ich bin darüber hinweggegangen, aber ich fühle wieder etwas, Hélène. Da ist etwas, ein zartes Traumgebilde, das manchmal an die Oberfläche meines Bewusstseins steigt und sich anfühlt wie ein kleiner bebender Vogel in meiner Hand.

Kann es denn wirklich sein, dass ich mich wieder verliebt habe?

Du, die du doch alles weißt und alles siehst von da oben, hättest sicher eine Antwort auf meine Frage, die mich in dieser Nacht, in der ich keinen Schlaf mehr finde, umtreibt.

Die Wahrheit ist: Ich liebe dich immer noch, Hélène. Und doch hat jemand anderes einen Weg in mein Herz gefunden. Es ist Sophie, die Frau in den Bäumen, die Arthur an dem Tag entdeckt hat, als ich dir den ersten Brief ans Grab brachte. Jene Bildhauerin, die ich dir gegenüber nicht oft erwähnte, und die mich doch immer wieder mit leichter Hand auf die Seite der Lebenden geführt hat. Sie war es, die mir gesagt hat, dass man sich am Ende immer für das Leben entscheiden soll und nicht für den Tod. Mag sein, dass sie jemanden hat, aber das ändert nichts daran, dass ich an sie denke und sie vermisse. Ihre dunklen Augen, ihr silberhelles Lachen.

Weißt du, was Arthur zu Cathérine gesagt hat?

»Sophie macht, dass Papa wieder lacht.«

Erstaunlich, wie Kinder immer so klar die Wahrheit benennen.

Und nun ist sie verschwunden, Hélène! Seit über drei Wochen habe ich sie nicht mehr auf dem Friedhof gesehen, und ich weiß mir keinen Rat. Ich weiß nicht einmal, wo sie wohnt, und sie weiß nichts von meinen Gefühlen, die ich ja lange Zeit selbst nicht kannte und die ich dir nun anvertraue, mein geliebtes Herz.

Wenn sie doch nur wieder zum Friedhof am Montmartre käme, dann könnte ich ihr alles sagen. Ich würde es riskieren, auch wenn ich mir nicht sicher bin, was am Ende daraus wird.

Wenn man liebt, muss man sein Herz in beide Hände nehmen und alles wagen, nicht wahr?

Ich schreibe dir diesen Brief, in der Hoffnung, dass du mir helfen wirst, mein wunderbarer Engel, der du immer über uns wachst. Hilf mir, Hélène!

In Liebe
Julien

Kapitel 23
Der Hof der Restauratoren

Es fiel mir sehr schwer, aber ich ließ fast eine Woche verstreichen, bevor ich wieder zum Cimetière Montmartre fuhr, um nachzuschauen, ob mein nächtlicher Brief seinen mysteriösen Adressaten gefunden hatte.

Als ich mich am späten Vormittag Hélènes Grab näherte, entdeckte ich sofort die einzelne rote Rose, die aus dem grünen Efeu hervorleuchtete. Mein Herz machte einen Satz. Das konnte ja nur bedeuten, dass jemand in der Zwischenzeit am Grab gewesen war.

Aufgeregt beugte ich mich zu dem geheimen Fach und öffnete es: Mein letzter Brief war verschwunden, und auch der aufgerissene Umschlag, der so lange unberührt in dem Hohlraum gelegen hatte, war nicht mehr da.

Das Fach war leer, vollkommen leer.

Ich verschloss es wieder und sah zu dem Engelskopf hinüber. Der Engel lächelte, und ich lächelte auch.

Mein Brief schien angekommen zu sein. Immerhin.

Eine Weile stand ich in Gedanken da und konnte es kaum glauben, dass ich in diesem letzten halben Jahr tatsächlich zweiunddreißig Briefe geschrieben hatte. Nur ein Brief stand noch aus, dann hätte ich Hélènes letzten Wunsch erfüllt und mein Versprechen gehalten. Es war seltsam, aber zum ersten Mal hoffte ich, dass Hélène ihre Wette gewinnen würde.

Langsam schlenderte ich über den Friedhof, vorbei an den alten Bäumen, den Grabsteinen und Statuen, die warm von der Sonne waren und mir so vertraut, dass ich sie auch im Dunkeln gefunden hätte.

Vom Eingang her hörte ich Stimmen. Ein Mann und eine Frau in Arbeitskleidung trugen ein steinernes Etwas, schleppten es zu einem Grab und stellten es vorsichtig ab. Der Mann fluchte, die Frau lachte. Und als sie sich umdrehte, war es Sophie.

Tausend Steine fielen mir vom Herzen, und ich beschleunigte meine Schritte. Sie war da. Sie war endlich wieder da.

Ich war so erleichtert, sie zu sehen, dass ich nicht groß überlegte.

»Sophie! He, Sophie!«, rief ich und winkte.

Als sie mich sah, wurde sie über und über rot.

»Oh, der Schriftsteller«, sagte sie und kam zögernd ein paar Schritte in meine Richtung.

»Wo hast du denn nur die ganze Zeit gesteckt?«, fragte ich, und der Mann in seinem dunklen grauen Arbeitskittel sah zu uns herüber und musterte mich mit durchdringendem Bick. Er war schon alt, hatte einen kleinen Schnurbart und flinke braune Augen. Und er hatte einen ebenso festen Händedruck wie seine Tochter.

»Papa, das ist Julien Azoulay«, sagte Sophie statt einer Antwort, und der Alte schüttelte mir die Hand, dass ich fast in die Knie ging. »Er ist Schriftsteller.« Er schien nicht sonderlich beeindruckt.

»Und das ist mein Vater, Gustave Claudel.«

Gustave – hatte ich den Namen nicht schon einmal gehört?

»Wir haben gerade eine Statue aus der Werkstatt hergebracht, jetzt ist sie wieder wie neu. Der Kopf, die Arme, alles musste restauriert werden ...« Sophie redete in einem fort. Ihre Wangen waren gerötet, und sie warf mir immer wieder seltsame Blicke zu.

Der Alte stemmte die Arme in die Seiten und drückte das Kreuz durch. »Ganz schön schwer, das Ding – wir hätten Philippe fragen sollen, wie ich es gesagt habe. Du solltest nicht so schwer tragen, *ma petite*.«

Ich sah verwirrt von einem zum anderen.

Sie sollte nicht so schwer tragen? Warum?

»Aber ... Was ist denn nur los?«, fragte ich. »Wo warst du denn all die Wochen?«

»Ach ... Ich bin umgeknickt und hab mir den Knöchel verstaucht«, erklärte Sophie verlegen.

»Ist vom Baum gefallen, das dumme Ding.« Gustave Claudel schüttelte den Kopf. »Was muss sie auch immer da oben rumturnen wie ein Äffchen. Auf Mauern, in Bäumen. Ich hab's ihr schon so oft gesagt. Irgendwann bricht sie sich noch mal den Hals.«

Sophie sah mich an, und eine Mischung aus Trotz und Unbehagen stand ihr ins Gesicht geschrieben. Hatte ich ihr nicht das Gleiche gesagt? An jenem Tag, als sie auf der Mauer herumturnte und mir zurief, ich sei schlecht gelaunt, an jenem grauenvollen Mittwoch, als ich nicht wiedergekommen war, um sie abzuholen, weil ich mit Cathérine fix und fertig auf dem Grabmäuerchen hockte. Ich erinnerte mich plötzlich wieder, wie es über uns in der alten Kastanie geknackt hatte. War da nicht dieses Niesen gewesen? Hatte Sophie etwa alles mit angehört? Meine Beschimpfungen, mein wütendes Geschrei – laut genug war es ja gewesen –, meine Bemerkung, dass sie nur eine Zufallsbekanntschaft für mich sei und ich mich überdies niemals mehr verlieben würde?

Ich starrte sie an und leistete stumm Abbitte.

Sophie rührte sich nicht. Sie stand da mit ihrer Kappe und presste die Lippen aufeinander.

Gustave kratzte sich am Hinterkopf. Er schien die unguten Schwingungen zu spüren, die zwischen seiner Tochter und mir hin- und hergingen. Wahrscheinlich hielt er mich für einen sehr merkwürdigen jungen Mann. Einen Schriftsteller eben. Die waren dem alten Steinbildhauer sicherlich sowieso suspekt. Er nickte mir kurz zu, um die Sache zu Ende zu bringen. »Hat mich gefreut, Monsieur«, sagte er, drehte mir den Rücken zu und machte ein paar Schritte in Richtung Grab. »Komm, Sophie, wir müssen das Ding jetzt aufstellen.«

»Nein, warte!«, bat ich leise.

Sie blieb stehen und warf mir einen spöttischen Blick zu.

»Kein guter Zeitpunkt, Schriftsteller.«

»Das ist mir egal. Ich … ich würde dir gern etwas sagen, Sophie, aber ich traue mich kaum.«

»Oh! Das schon wieder? Das *Geheimnis*?« Sie zog die Augenbrauen hoch.

»Nein. Diesmal geht es um etwas anderes. Etwas, das mit dir und mir zu tun hat. Mit *uns*!«, flüsterte ich aufgeregt und sah sie vielsagend an. Ich legte meine Hand auf mein Herz.

Ihre Augen weiteten sich, und sie biss sich auf die Unterlippe, während sie mich nachdenklich anstarrte.

»Ich würde dir auch gern etwas sagen, Julien«, sagte sie zögernd. »Aber ich traue mich noch weniger.«

»Kommst du, Sophie?«

»Ich komme, *Chouchou*«, rief sie und warf mir einen entschuldigenden Blick zu. »Ich muss los. Papa wird sonst ungemütlich. Kannst du am Nachmittag noch mal hierherkommen, Julien? So um vier?«

Ich nickte, und mein Herz schlug mir bis zum Hals.

Sophie sah mich an, und im Dunkel ihrer Augen spiegelte sich meine Welt.

»Dann werden wir uns alles sagen«, flüsterte sie, bevor sie sich umdrehte und zu ihrem Vater lief.

Zu *Chouchou.*

Die nächsten Stunden versuchte ich die Zeit irgendwie totzuschlagen. Ich lief am Montmartre herum wie ein Getriebener. Ich ging die Gassen auf und ab und setzte mich schließlich in den kleinen Park unterhalb von Sacré-Cœur. Alle paar Minuten sah ich das *funiculaire* den Berg hochfahren, die kleine silberne Bahn, die unermüdlich ihre Passagiere vom Fuß des Montmartre bis zu der weißen Basilika brachte. Nach einer Weile wurde es mir zu voll und zu laut hier, also stand ich wieder auf und lief den Hügel auf der anderen Seite hinunter, bis ich unweit des Musée Montmartre in eine Seitenstraße einbog und dort ein ruhiges Café fand. Ich bestellte etwas zu trinken, zwang mich, ein Sandwich zu essen, und rauchte. Ich saß da und wartete, aber es machte mir nichts aus. Ich sah in den wolkenlosen Sommerhimmel und sehnte den Nachmittag herbei, wie jemand, den nächtliche Zahnschmerzen quälen, den nächsten Morgen. Nur dass mich nicht das schmerzhafte Pochen eines Zahnes plagte, sondern das aufgeregte Klopfen meines Herzens, das sich einfach nicht mehr beruhigen wollte.

Sophie war zurückgekehrt. Sie war frei. Und *Chouchou* war ihr Vater! Ich hätte den alten Mann am liebsten umarmt, als ich es begriff. Und war es unter diesen Umständen wirklich so vermessen zu glauben, dass Sophie nicht aus reiner Menschenfreundlichkeit so freundlich zu mir gewesen war? Dass sie tatsächlich etwas für mich empfand – für mich, diesen selbstbezogenen, schwer zu erheiternden, mit Blindheit geschlagenen Orphée? Dieser Mann, der immer nur auf das verschlossene Tor gestarrt hatte? Dieser Mann, der jetzt bereit war, ihr sein Herz entgegenzuwerfen – und wenn sie auf der höchsten Mauer saß, die ganz Paris zu bieten hatte.

Ja, wir werden uns alles sagen, dachte ich, als ich mit einem glücklichen Lächeln in meinem Espresso rührte. Ich dachte es, als ich in freudiger Erwartung die Straße hinunterlief, die mich zum Friedhof von Montmartre brachte. Ich dachte es, als ich klopfenden Herzens durch das Tor schritt und jeden Augenblick damit rechnete, dass Sophie meinen Namen rufen würde.

Doch der Friedhof lag still da. Die Sonne zog ihre Bahn am Himmel. Und die Steinbildhauerin war nicht da.

Ich fingerte nervös eine Zigarette aus der Schachtel und lief rauchend die Wege auf und ab. Es war vier Uhr, und wir hatten eine feste Verabredung. Wo steckte sie denn nur? Unruhig setzte ich mich auf eine Bank in der Nähe des Eingangs und hielt nach ihr Ausschau.

Es wurde halb fünf, es wurde fünf, und noch immer keine Spur von Sophie. Schließlich sprang ich wieder auf und beschloss, zu Hélènes Grab zu gehen und dort zu warten. Vielleicht würde Sophie hierhin kommen.

Ich schaute mich um, alles war friedlich und unverändert. Der Engel lächelte sein unergründliches Lächeln, ein Vogel flatterte in der alten Kastanie. Doch die rote Rose lag nicht mehr in dem grünen Efeu. Jemand hatte sie auf den Marmorstein gelegt.

Jemand?

Ich kniete mich hin und öffnete das Geheimfach.

Ich sah den kleinen weißen Umschlag sofort.

Verwundert zog ich ihn heraus. Er war so leicht, als ob er nur Luft enthielte. Doch als ich ihn hastig aufriss, fiel mir eine kleine Visitenkarte entgegen:

Sophie Claudel
La Cour des Restaurateurs
13, Rue d'Orchampt
Paris

Ich schwankte einen Moment, und die Buchstaben verschwammen vor meinen Augen. Sophie war nicht hier. Aber im Geheimfach lag ihre Visitenkarte. Da endlich begriff ich alles. Sophies Verlegenheit. Ihr Zögern. Das, was sie sich noch weniger als ich traute, mir zu sagen.

Das Herz aus Stein, der Prospekt für das Musée Rodin, in dem ich die Skulpturen der Bildhauerin Camille Claudel bewundert hatte, ohne zu verstehen, die Karten für *Orphée*, das Kino am Montmartre, wo sie »zufällig« war und sich von mir hatte finden lassen, die Mauer, zu der mich der Stadtplan geführt hatte, um mir zu sagen »Ich liebe dich!«, die CD mit dem Lied vom *Secret Heart* – das alles war Sophie gewesen.

Sie hatte meine Briefe gelesen.

Sie hatte die Antworten gegeben.

Das Blut schoss mir in den Kopf, als ich jetzt mit eiligen Schritten den Friedhof verließ. Ich kannte die kleine Straße hinter der PLace Émile Gondeau, zu der ich nun mit klopfendem Herzen hochstieg.

Mit suchendem Blick ging ich die Häuser der Rue d'Orchampt entlang, bis ich ein Emaille-Schild mit blauem Rand entdeckte, auf dem in schön geschwungener Schreibschrift *La Cour des Restaurateurs – Der Hof der Restauratoren* stand.

Ich stieß das Tor auf und trat in einen Hof mit Kopfsteinpflaster, an dessen rechter Seite eine Werkstatt für Holzrestaurationen war. Zur Linken befand sich ein Steinbildhauer-Atelier. Die Tür stand offen, und ich ging hinein.

Es roch nach Staub und Farbe, und mein Blick glitt über diesen Zaubergarten aus teils mit hellen Tüchern verhängten Steinfiguren, die ihre Arme nach oben reckten, er fiel auf Hände, Köpfe und Füße aus weißem Marmor, welche auf einem großen Tisch verstreut lagen, auf kunstvolle Reliefs, die bis unter die Decke ragten, auf die lange Werkbank, die an der Wand gegenüber dem großen Fenster stand und über der wie Zinnsoldaten Sägen, Meißel und Klöpfel in Reih und Glied aufgereiht waren.

»Hallo?«, rief ich. »Ist da jemand?«

Es rumpelte, und die Tür des Hinterzimmers öffnete sich mit einem leisen Knarren. Gustave Claudel stand da in seinem grauen Arbeitskittel. Er sah mich freundlich an.

»Sie ist oben in ihrer Wohnung«, sagte er nur und deutete zum Rückgebäude des Hofes. »Sie erwartet Sie schon.«

Kapitel 24
Ich habe so gehofft, dass du es sein würdest

Sophies Wohnung befand sich im dritten Stock. Ich lief die ausgetretenen Stufen der Holztreppe hoch, und noch bevor ich auf die Klingel drücken konnte, wurde die Tür von innen aufgemacht.

Vor mir stand Sophie, außer Atem und blass. Sie trug ein zartes fliederfarbenes Kleid, und ihre Augen waren riesig im Halbdunkel des Flurs.

Ein paar Sekunden sahen wir uns schweigend an, tasteten unsere Gesichter mit Blicken ab. Dann drehte sie sich mit einer raschen Bewegung zu einer Kommode und hielt mir ein Bündel Briefe entgegen.

»Verzeihst du mir?«, fragte sie leise, und ihre Augen schimmerten.

Ich schüttelte den Kopf und nahm ihr die Briefe sanft aus der Hand.

»Nein, verzeih du mir!«, sagte ich. »Ich war so ein Idiot.«

Ich nahm ihr Gesicht in meine Hände, es gab nur noch sie und mich, und während wir uns küssten und einfach nicht aufhören konnten, uns zu küssen und uns unserer Liebe flüsternd zu versichern, taumelten die Briefe leicht wie Blätter zu Boden.

An diesem Abend fuhr ich nicht in die Rue Jacob zurück. Ich blieb am Montmartre, in einer kleinen verwinkelten Wohnung unter dem Dach, wo sich mit einem Mal und unerwarteterweise das Glück eingefunden hatte.

Sophie und ich sagten uns alles an diesem Abend.

Sie erzählte, wie sie mich auf dem Friedhof bemerkt hatte – diesen unglücklichen Mann, der manchmal mit seinem kleinen Sohn kam. Wie sie eines Tages, nachdem wir uns kennengelernt hatten, zufällig sah, wie ich den Grabstein öffnete und etwas hineinlegte. Wie sie später zu Hélènes Grab geschlichen war und das Geheimfach entdeckt hatte.

»Und dann habe ich all diese Briefe gefunden. Ich kann dir nicht sagen, wie gerührt ich war. Gerührt und auch ein bisschen erschrocken. Ich nahm den obersten Brief – ich konnte nicht anders. Ich habe ihn gelesen, Julien, aber nicht aus Neugier.« Sie sah mich zärtlich an. »Ich habe mich gleich in dich verliebt – gleich bei unserer ersten Begegnung, als du nach Arthur gesucht hast und ich oben auf der Mauer saß, erinnerst du dich?«

»Ach, Sophie, wie sollte ich mich daran nicht erinnern!« Ich küsste sie sanft, und sie lehnte sich an mich. »Das war so zauberhaft. Meine Güte, ich dachte schon, du wärst ein Wesen aus einer anderen Welt, als ich Arthur da stehen und mit einem Baum reden sah. Ich war so froh, ihn wiedergefunden zu haben, und dann hast du du da oben gesessen. Und nachher sind wir ins *L'Artiste* gegangen. Ich glaube, das war der erste schöne Abend nach Hélènes Tod, aber da war ich noch so sehr in meinem Unglück gefangen …«

Sie nickte. »Das weiß ich doch, Julien! Als ich damals diesen Brief von dir las, hat sich mir das Herz umgedreht. Du warst so unglaublich verzweifelt, du hast Hélène um ein Zeichen angefleht, und ich …«

Sie stockte einen Moment, und in ihre Augen traten Tränen.

»Es hat mich so angerührt, Julien, und ich wollte dir so gern helfen.« Sie lehnte sich auf dem Sofa zurück, in dem wir nebeneinander saßen. »Und so habe ich alle deine Briefe gelesen. Vom ersten bis zu dem, den du zuletzt ans Grab gebracht hattest. Ich war erschüttert. Ich wusste ja, das es dir nicht besonders gut ging und wie sehr du um deine Frau getrauert hast, aber das …«

Sie schüttelte den Kopf. »Ich wollte dich so gern wieder glücklich machen. Ich wollte deine Gedanken in eine andere Richtung lenken. Und dann ist mir die Idee mit den Antworten gekommen.« Sie lächelte. »Ich legte meine Spuren aus und hoffte, dass sie dich am Ende zu mir führen würden. Ich habe mich ehrlich gesagt gewundert, dass du nicht schon viel eher an mich gedacht hast …«

»Aber ich *habe* an dich gedacht, Sophie«, unterbrach ich sie. »Ganz am Anfang bin ich alle Möglichkeiten durchgegangen. Doch du hattest einen Freund, der dich immerzu anrief. Wie hätte ich denn ahnen können, dass Chouchou dein Vater ist? Wieso nennst du ihn eigentlich so?«

Sie schmunzelte. »Das ist noch aus Kindertagen. Meine Mutter hat zu Papa immer *mon petit chou* gesagt, und daraus habe ich dann irgendwann *chouchou* gemacht.«

»Das letzte große Geheimnis«, sagte ich und strich ihr eine Haarsträhne aus der Stirn. »Nein, das vorletzte. Warum hörte die Sache mit den Briefen dann so abrupt auf?« Ich sah sie forschend an, und sie errötete. »Du warst doch nicht etwa beleidigt, weil ich unsere Verabredung vergessen hatte?«

»Nun ja«, meinte sie kleinlaut. »Was soll ich sagen? Du warst so lange am Grab, bist überhaupt nicht mehr wiedergekommen, und da bin ich dir hinterhergegangen. Und dann habe ich Cathérine mit dem Brief am Grab stehen sehen und dich wütend herumschreien hören und bin rasch in die alte Kastanie geklettert, um mich zu verstecken.«

»Und von deinem Versteck aus hast du dann alles gehört?«

Sie nickte. »Du warst so aufgebracht wegen der Briefe und hast immer nur geschrien, das sei privat, *privat*! Und da habe ich plötzlich einen fürchterlichen Schreck bekommen, und mir wurde klar, was ich da eigentlich getan hatte. Wenn du schon eine gute Freundin so in Grund und Boden verdammt hattest, wie würdest du dann erst reagieren, wenn du herausfändest, dass ich es war, die deine Briefe einfach aufgemacht und gelesen hat?«

Sie sah mich an.

»Mit einem Mal fiel das ganze schöne Kartenhaus in sich zusammen, was ich für uns gebaut hatte. Und dann hast du auch noch gesagt, ich sei nur so eine Zufallsbekanntschaft vom Friedhof.«

»Ja.« Ich nickte unglücklich. »Das tut mir so leid, Sophie. Es hat mir schon in dem Moment leidgetan, als ich es sagte. Ich war einfach genervt, weil Cathérine keine Ruhe gab mit ihren Fragen.« Ich nahm ihre Hand. »Du warst nie nur eine Zufallsbekanntschaft für mich, Sophie«, sagte ich leise.

»Das weiß ich ja. Jetzt ja. Aber es so aus deinem Mund zu hören, war ein ganz schöner Schock für mich.«

»Und da bist du vor Schreck gleich vom Baum gefallen?«

»Nein, nein.« Sie lächelte. »Das hättet ihr dann wohl auch gehört, wenn ich wie Fallobst vom Baum geplumpst wäre, oder? Nachdem du mit düsterer

Miene weggegangen warst, hockte ich noch eine Weile auf meinem Ast und fühlte mich ganz elend. Als ich schließlich herunterklettern wollte, bin ich abgerutscht und hab mir beim Aufprall den Fuß umgeknickt. Es tat so weh, dass ich dachte, der Knöchel sei nun auch noch gebrochen. Nachdem du vorher gesagt hattest, du würdest dich sowieso nie mehr verlieben.« Sie legte eine Hand auf ihr Herz und zog eine drollige Grimasse. »Ich habe den ganzen Weg zurück geheult.«

»Oje …« Ich sah sie im Geiste den Friedhofsweg zurückhumpeln. »Das war wirklich ein schlimmer Tag für uns alle. Und dann?«

»Dann war ich einige Wochen nicht auf dem Friedhof. Ich konnte kaum auftreten, geschweige denn arbeiten. Ich hatte genug Zeit, über alles nachzudenken, und wurde immer hoffnungsloser. Bis …«

»Bis du meinen letzten Brief an Hélène gefunden hast.«

»Ja.« Sie nickte, und ihr Gesicht hellte sich auf. »Und ich war so selig, als ich las, dass du mich vermisst hattest. Dass du dich am Ende doch wieder verliebt hattest – in mich!«

Sie runzelte die Stirn. »Aber dann fiel mir wieder ein, dass du ja noch immer nicht wusstest, wer in Wahrheit all die Briefe weggenommen hatte, und ich bekam plötzlich eine solche Angst, dass du mir das nie verzeihen würdest …« Sie zupfte verlegen an ihrem

Kleid herum. »Du bist mir doch wirklich nicht mehr böse, oder, Julien? Denn eines musst du wissen: Ich habe alles nur aus Liebe getan. Ich liebe dich, Julien.«

Sie wandte sich zu mir um, und ich musste gerührt daran denken, wie ich dieses Gesicht zum ersten Mal gesehen hatte, damals, als sie da oben saß und von ihrer Mauer heruntergeschaut hatte und ich sie zunächst für eine Art Kobold gehalten hatte. Und dann dachte ich an unseren nächtlichen Spaziergang durch das stille Montmartre, diese magische Stunde, bevor sich unsere Wege trennten und ich ihr mit einem gewissen Bedauern nachgesehen hatte. Schon damals war da eine Ahnung, ein Gedanke, ein Wunsch, den ich nicht gewagt hatte, zu Ende zu denken.

Ich zog sie heftig in meine Arme.

»Ach, Sophie«, flüsterte ich und vergrub mein Gesicht in ihrem Haar. »Ich habe so gehofft, dass du es sein würdest.«

Als sie später schlafend in meinen Armen lag, sah ich noch lange in die Dunkelheit, die nicht ganz dunkel war in jener Nacht, weil ein Silberstrahl durch das weit geöffnete Fenster fiel, und ich dachte, dass das Leben traurig und komisch war, erschreckend in seiner Ungerechtigkeit und dann wieder voller Wunder.

Und unsagbar schön.

Epilog

Am Montmartre, diesem berühmten Hügel im Norden von Paris, wo Touristen sich auf der Place du Tertre um Straßenmaler drängen, die Bilder von zweifelhafter Qualität auf die Leinwand bannen, wo im Spätsommer Liebespaare Hand in Hand durch die belebten Gassen streifen und sich, vielleicht ein wenig außer Atem, schließlich auf den Stufen von Sacré-Cœur niederlassen, um staunend über diese Stadt zu schauen, die in einem letzten zarten Rosa aufschimmert, bevor die Nacht hereinbricht – dort liegt auch ein Friedhof.

Es ist ein sehr alter Friedhof mit erdigen Wegen und langen schattigen Alleen, die unter Linden und Ahornbäumen hindurchführen und Namen und Nummern haben wie in einer richtigen kleinen Stadt. Einer sehr stillen Stadt.

Einige Menschen, die hier liegen, sind berühmt, andere wiederum gar nicht. Es gibt Gräber mit kunstvollen Monumenten und engelhafte Gestalten in langen steinernen Gewändern, die ihre Arme sanft ausbreiten und den Blick nach oben richten.

Ein Mann mit dunklem Haar betritt den Friedhof. Er hat einen riesigen Strauß Rosen im Arm und hält vor einem Grab, das nur wenige Leute kennen. Hier liegt keine bedeutende Persönlichkeit. Kein Schriftsteller, Musiker oder Maler. Auch keine Kameliendame. Nur jemand, der sehr geliebt wurde.

Der Engel auf der Bronzeplatte, die auf dem Marmorstein angebracht ist, ist dennoch einer der schönsten hier. Ein Frauenkopf, der ernst, vielleicht auch gelassen zurückschaut, mit der Andeutung eines Lächelns, das lange Haar umweht das Gesicht, als ob ein Wind von hinten käme.

Der Mann steht einen Augenblick still da, während er ein Kind lachen hört, das mit einer jungen Frau draußen vor dem Friedhofstor steht.

Es ist ein warmer Spätsommertag. Ein Schmetterling flattert durch die Luft. Schließlich lässt er sich auf dem Grabstein nieder und klappt ein paar Mal die Flügel auf und ab.

Der Mann zieht einen Brief aus der Tasche. Es ist der Letzte von dreiunddreißig Briefen, die er an seine Frau geschrieben hat. Er legt den Brief in das geheime Fach im Grabstein und verschließt es wieder. Dann tritt er zurück, wirft noch einmal einen Blick auf den Bronzeengel, der die vertrauten Züge trägt, und legt den Rosenstrauß aufs Grab – sicher der größte, der auf dem ganzen Friedhof von Montmartre zu finden ist.

»Du bist so klug gewesen, Hélène«, sagt er und lächelt ein wenig schief. »Mir ist schon klar, dass du das alles irgendwie eingefädelt hast, um deine Wette zu gewinnen. Ich kenne dich, Hélène, du kannst einfach nicht verlieren. Konntest du noch nie.«

Der Mann bleibt noch einen Moment stehen. Er schaut auf das gleichmütige Gesicht des schönen Engels, und für den Bruchteil einer Sekunde meint er ein Zucken um dessen Mundwinkel wahrzunehmen.

»*Au revoir*, Hélène«, sagt er und geht lächelnd den Weg zurück.

Er war in keiner Weise vorbereitet auf das, was ihm passiert ist. So wenig, wie man eben auf das Glück oder die Liebe vorbereitet ist. Und doch ist beides immer da. Das weiß er jetzt.

Am Friedhofstor warten sein kleiner Sohn und die Frau, die er liebt. Sie fassen sich an den Händen und gehen hinaus in den hellen Tag.

Der Mann heißt Julien Azoulay.

Und Julien Azoulay, das bin ich.

Liebste Hélène,

dies ist mein letzter Brief an dich. Dreiunddreißig Briefe habe ich dir geschrieben, so wie ich es versprochen hatte. Als du mir damals dieses Versprechen abnahmst, Hélène, war ich so am Boden zerstört, dass ich niemals für möglich gehalten hätte, was du mir sagtest: dass mein Leben bis zu diesem Brief wieder eine Wendung zum Besseren nehmen würde. Ich habe es gehasst, als du das sagtest, ich wollte es nicht hören, ich habe mich mit Händen und Füßen dagegen gesträubt.

Und nun ist unvorstellbarerweise genau das geschehen, Hélène.

Ich habe mich tatsächlich verliebt. Mehr noch, ich liebe, und ich werde geliebt und bin jeden Morgen aufs Neue überrascht von diesem großen Geschenk.

Vor einem Jahr noch war ich der unglücklichste Mann der Welt. Mein Herz war versteinert, wie von einer Mauer umgeben. Und dann ist diese Frau in mein Leben getreten, die so ganz anders ist als du, Hélène, und die ich dennoch von Herzen liebe. Ist das zu fassen?

Es ist schon so, wie Woody Allen es einmal so wunderbar treffend gesagt hat: Das Herz ist ein sehr beweglicher kleiner Muskel.

Und weißt du was, Hélène? Ich bin sehr froh, dass das so ist.

Und auch wenn es nicht du warst, die mir all diese Dinge in das Geheimfach gelegt hat, glaube ich wieder an Wunder. Manchmal möchte ich gern glauben, dass du damals den

Schmetterling geschickt hast, dem Arthur hinterhersprang und der uns zu Sophie geführt hat. Und wer weiß? Vielleicht ist es ja auch genau so gewesen.

Arthur hat Sophie gleich ins Herz geschlossen, bei mir hat es etwas länger gedauert. Aber ich bin ja auch nur ein dummer Mann, wie Sophie manchmal im Scherz sagt.

In diesem Sommer bin ich nicht nach Honfleur gefahren.

Ich wollte bei Sophie bleiben, die ich ja gerade erst gefunden hatte.

Maman war zunächst ziemlich enttäuscht, als ich sie anrief, um ihr zu sagen, dass ich nicht ans Meer nachkommen würde. Aber als ich ihr dann sagte, dass das Mädchen vor mir säße, von dem sie immer gehofft hat, dass es irgendwo da draußen schon herumlaufen wird und sich in ihren Julien verliebt, war sie einfach nur glücklich.

»Ach, Kind«, sagte sie immer wieder gerührt. »Ach, Kind!«

Für eine Mutter bleibt man wohl immer ein Kind, selbst wenn man achtzig Jahre alt wird. Ich lächle, aber manchmal habe ich ein wenig Angst davor, wenn es niemanden mehr geben wird, der das zu mir sagt. Ach, Kind!

Nun ist der Sommer fast vorüber. Die Ferien sind vorbei, und die Menschen sind wieder nach Paris zurückgekehrt.

Camille hat vor ein paar Tagen ihr Baby bekommen – ein entzückendes Mädchen – Pauline. Wir waren alle da, Tante Carole war überglücklich, und selbst der alte Paul hatte einen lichten Moment, als sie ihm das Kindchen in den Arm legten, und er sagte, das sei doch das Kostbarste, so ein kleines Wesen.

Wir anderen standen einigermaßen ergriffen dabei, und Arthur hielt ganz still, als die Kleine nach seinem Finger griff und diesen mit ihrer winzigen Hand fest umschloss.

Arthur »geht« immer noch mit Giulietta, und als sie wieder einmal bei uns war, habe ich gehört, wie er zu ihr sagte, dass er sehr froh sei, dass sein Papa jetzt auch wieder jemand hätte, mit dem er geht.

Sophie hat ihre Mansardenwohnung im Hof der Restauratoren immer noch, doch sie kommt fast jeden Tag nach der Arbeit zu uns und bleibt dann über Nacht. Es ist so schön, wieder eine Frau in der Wohnung zu haben, die mein Leben mit Licht erfüllt. Nein, nicht irgendeine Frau, sondern Sophie. Anders als Alexandre glaube ich nämlich nicht, dass man sich in jeden Menschen verlieben kann. Als Alexandre hörte, dass Sophie diejenige war, die hinter allem steckte, sagte er nur, das habe er immer gewusst. Typisch! Dabei wollte er schon Wetten auf deine Freundin abschließen. Ich bin sehr froh, dass Cathérine ihre Krise offenbar überwunden hat – sie grüßte Sophie, Arthur und mich ganz freundlich, als wir uns neulich im Hausflur begegneten, und war in Begleitung eines sympathischen Mannes, den sie mir als ihren neuen Kollegen vorstellte.

Und noch jemand ist glücklich. Er hat mich gestört, als ich meinen ersten Brief an dich schrieb, Hélène, und er sollte mich auch bei meinem letzten Brief stören. Ich hatte mich gerade an den Schreibtisch gesetzt, da rief Jean-Pierre Favre an und fragte, was der Roman macht.

»Dem Roman geht's sehr gut«, sagte ich wahrheitsgemäß. »Ich bin eigentlich schon fast fertig. Allerdings …« Ich machte eine Pause.

»Allerdings?«, wiederholte er ungeduldig. »Lassen Sie das, Azoulay, und spannen Sie mich nicht so auf die Folter.«

»Allerdings ist es ein ganz anderes Buch geworden.«

»So?«

»Was würden Sie von einer Liebesgeschichte halten, die auf einem Friedhof anfängt?«

»Auf einem Friedhof«, wiederholte er und überlegte einen Augenblick. »Hm. Tja, warum nicht? Auf einem Friedhof, das klingt originell … doch, doch, das gefällt mir. Alle guten Romane fangen mit einer Beerdigung an. Aber … hat die Geschichte denn auch ein Happy End?«

»Aber sicher«, sagte ich. »Ich schreibe schließlich romantische Komödien, oder etwa nicht?«

Der Verleger lachte.

»Sehr gut, Azoulay, sehr gut. Aber das Buch mit dem Verleger, der nachts im Mondschein tanzt, sollten wir nicht ganz aus den Augen verlieren, n'est-ce pas*?«*

»Auf gar keinen Fall«, sagte ich. »Das schreibe ich als Nächstes.«

»Wunderbar! Ich merke schon, Sie haben Ihren alten Schwung wieder, Azoulay«, sagte Jean-Pierre Favre zufrieden.

Und er hat wohl recht, mein alter Verleger. Mein Leben war so schwer, und nun ist es wieder ganz leicht geworden. Vielleicht nicht leichter als Luft, aber doch sehr leicht. Ich bin glücklich, Hélène. Ich hätte nie gedacht, dass ich das noch einmal von mir sagen könnte. Ich bin so erfüllt von meiner Liebe für Sophie, aber ich denke so oft auch voller Liebe an dich. Ich glaube, mein Herz ist groß genug für euch beide. Aber mein Platz ist hier, Hélène, und deiner ist auf dem Friedhof oder irgendwo zwischen den Sternen.

Dies ist mein letzter Brief an dich, mein Engel, und ich denke, dass ihn nun wirklich niemand lesen wird außer dir. Er wird in deinem Grabstein ruhen, bis ihn vielleicht in vielen Jahren einmal jemand dort findet und verwundert sein wird über dieses Zeichen einer großen Liebe.

Vielleicht bin auch ich dann schon lange tot und wir haben uns wieder wie einst im Mai. Doch bis dahin will ich leben und lieben.

Dein Julien

Nachwort

Jeder Roman ist ein Werk der Fiktion, und doch fließen dort auch immer Dinge oder Begebenheiten ein, die wirklich einmal passiert sind oder so hätten passieren können. Die Idee für diesen Roman kam mir vor einigen Jahren, als ich im Frühling über einen alten Friedhof spazierte. Es war nicht der Friedhof von Montmartre, den ich für mein Buch gewählt habe, weil ich ihn so besonders finde – es war ein kleiner verwunschener Friedhof, weit weg von Paris. Auf diesem kleinen Friedhof steht auch ein Engel, der Vorbild wurde für den Bronzeengel von Hélènes Grab, und hier fand ich auch jene Verse von den Liebenden im Mai, die mich so sehr berührten, dass sie mich zu meiner Geschichte inspirierten.

Ich bin sozusagen darüber gestolpert, denn die drei Zeilen waren auf einem der Wege in einer runden Steinplatte eingelassen, die Buchstaben mit Kies schon so zugesetzt, dass ich sie erst entziffern konnte, nachdem ich die Steine vorsichtig zur Seite gewischt hatte.

Ich habe viel über diese unbekannten Liebenden nachgedacht und wünsche ihnen von Herzen, dass sie sich jetzt wiederhaben wie einst im Mai. Auf diesem kleinen Friedhof mit seinen alten Bäumen und seinen grünen Büschen und hügeligen Wiesen ist schon seit langer Zeit niemand mehr beerdigt worden. Heute sitzen hier alte Männer in der Sonne und lesen Zeitung auf den grüngestrichenen Holzbänken, junge Studentinnen breiten im Sommer auf dem Rasen unter den Bäumen ein Badetuch aus und lesen ihr Buch. Liebespaare schlendern ohne Eile die Wege entlang, Freundinnen erzählen sich ihre Geheimnisse, junge Eltern schieben ihren Kinderwagen. Und manchmal hängen sogar bunte Lampions zwischen den Grabsteinen, was besonders zauberhaft ist, und man hört helles Lachen, weil Kinder mit ihren Müttern ein Geburtstagspicknick machen.

Ich finde die Vorstellung schön, dass an diesem friedlichen Ort, wo vor vielen Jahren irgendwelche Toten ihre letzte Ruhestätte gefunden haben, das Leben weitergeht. Auf derselben Erde trappeln kleine Füße, hängen Menschen ihren Gedanken nach oder schenken sich ein Lächeln.

Ich denke, dass das die Toten freut. Dass sie voller Güte und Nachsicht auf uns Lebende schauen, die wir so wenig wissen von den Dingen, die zwischen Himmel und Erde möglich sind. Und dass sie uns immer wieder daran erinnern, dass Liebe die Antwort ist auf alle unsere Fragen.

Paris, im Mai 2018

Kleiner Streifzug durch Paris und die Bücher von Nicolas Barreau

»Jeder liebt ihn. Seine Bücher sind zauberhaft.
Nicolas Barreau zu lesen ist wie mit
meiner besten Freundin zusammenzusitzen
und endlich Zeit zu haben.«

NINA GEORGE

»Der Meister der romantischen Komödie.«

LA STAMPA

Die Bestseller von Nicolas Barreau in schönen Geschenkausgaben

ISBN 978-3-85179-282-9

ISBN 978-3-85179-342-0

ISBN 978-3-85179-391-8

ISBN 978-3-85179-392-5

ISBN 978-3-85179-393-2

ISBN 978-3-85179-262-1

ISBN 978-3-85179-329-1

Das Kinderbuch von Nicolas Barreau, wunderbar illustriert von Simona Mulazzani

Héloise ist ein sehr phantasievolles kleines Mädchen. Sie ist davon überzeugt, dass Teppiche fliegen können, wenn man das Zauberwort kennt, und dass ihre Stofftiere sich nachts heimlich unterhalten. Als sie an ihrem achten Geburtstag bei einem Klassenausflug in die *Jardins des Bagatelles* einen blauen Tiger mit silbernen Streifen malt, wird sie von allen ausgelacht. Verlegen behauptet Héloise, dies sei ein Wolkentiger, und vergisst vor lauter Aufregung ihren Zeichenblock.

Als sie am Abend heimlich in den Park zurück schleicht, ist das Bild verschwunden. Doch plötzlich steht vor der Grotte der vier Winde ein blauer Tiger mit Silberstreifen, der sich als Wolkentiger vorstellt. Er erzählt ihr von dem blauen Land, wo Farbkleckse das Wichtigste im Leben sind und Himmelskiesel eine Kostbarkeit. Und dann lädt er die staunende Héloise zu einem unvergesslichen Nachtflug über Paris ein …

Ein wunderbares Buch voller Magie und Weisheit, bezaubernd illustriert von Simona Mulazzani. Für Kinder ab fünf Jahren und für Erwachsene, die manchmal auch noch Sehnsucht haben nach dem blauen Land.

ISBN 978-3-99056-074-7

»In seinem ersten Kinderbuch erzählt der Bestsellerautor Nicolas Barreau herrlich unaufgeregt, warum es wichtig ist, sich niemals seine Fantasie nehmen zu lassen. Die anmutigen Bilder der preisgekrönten Illustratorin Simona Mulazzani passen perfekt dazu.« BRIGITTE

»Ein wunderbares Kinderbuch, das mein Herz erfreut hat und davon erzählt, warum Farbkleckse das Wichtigste im Leben sind.« MAX KRUSE

Nicolas Barreau
im Piper-Taschenbuch

ISBN 978-3-492-31053-6

ISBN 978-3-492-27285-8

ISBN 978-3-492-25775-6

ISBN 978-3-492-30246-3

ISBN 978-3-492-30583-9

ISBN 978-3-492-30247-0

Das Gedicht *Le Jardin/Der Garten* und die Gedichtzeilen aus *Cet Amour/ Liebe* wurden dem Gedichtband *Jacques Prévert, Gedichte und Chansons*, Rowohlt Taschenbuch Verlag, Reinbek bei Hamburg, 1962 entnommen, in der Übersetzung von Kurt Kusenberg.

ISBN 978-3-85179-410-6

Umschlaggestaltung: Christina Krutz, Biebesheim am Rhein
Satz: Christine Paxmann • text • konzept • grafik, München
Druck und Bindung: CPI books

www.thiele-verlag.com